사랑을 배운다

AGATHA CHRISTIE

사랑을 배운다

애거사 크리스티 장편소설
공경희 옮김

THE BURDEN

문학동네

차례

프롤로그

교회 안은 추웠다. 10월이었고, 난방을 하기에는 너무 일렀다. 바깥의 햇살에는 촉촉한 온기와 기분좋은 활기가 있었지만, 차가운 회색 석조 교회 안에는 눅눅하고 겨울이 가까운 기미만 있었다.

로라는 풀 먹인 칼라와 커프스가 달린 옷을 입은 유모와 헨슨 부목사 사이에 서 있었다. 목사는 가벼운 감기로 나오지 못했다. 헨슨 부목사는 젊고 호리호리하고, 목젖이 튀어나온데다 고음의 콧소리로 말했다.

섬약하고 매력적인 프랭클린 부인은 남편의 팔에 기대서 있었다. 남편은 꼿꼿하고 침울하게 서 있었다. 둘째 딸의 탄생도 찰스를 잃은 슬픔을 달래주지 못했다. 그는 아들을 원했다. 그러나 의사는 그에게 아들이 생길 것 같지는 않다고 말했다……

그는 로라를 보다가 유모의 품에 안겨 행복한 듯이 꾸르륵거리는 아기에게 시선을 옮겼다.

두 딸…… 물론 로라는 착하고 사랑스러운 아이고, 모든 아기가 그렇듯 갓난아기 또한 더없이 사랑스러웠지만 남자는 아들을 원하는 법이었다.

찰스―금발머리를 젖히며 웃던 찰스. 매력이 넘치는 아이였다. 밝고 잘생기고 총명한 아이였다. 정말 특별한 아이였다. 자식 하나를 데려가야 했다면 로라를 데려가시지……

그때 그는 큰딸과 눈이 마주쳤다. 작고 창백한 얼굴에 있는 크고 슬픈 눈을 보자 프랭클린은 양심의 가책을 느꼈다. 대체 무슨 생각을 한 거지?

무슨 생각을 했는지 아이가 알기라도 하면. 물론 그는 로라를 사랑했다. 다만―다만 로라는 찰스가 아니고 찰스가 될 수 없을 뿐이었다.

남편에게 기대서 있던 앤절라 프랭클린도 눈을 살포시 감고 생각했다.

'우리 아들―예쁜 아들―내 새끼…… 아직도 믿기지가 않아. 차라리 로라였다면.'

그런 생각을 하면서도 앤절라는 양심의 가책을 느끼지 않았다. 그녀는 남편보다 냉정하고 솔직하고 더 감정에 충실했다. 그래서 둘째자식인 딸은 맏이로서의 의미도 없고, 앞으로도 그럴 수 없다는 것을 알았다. 찰스에 비하면 로라는 용두사미 같은 자식이었다. 조용하기만 할 뿐 뭔가 부족한 아이였다. 예의바른데다 말썽을 부리지도 않지만 뭔가—그게 뭘까?—개성이 부족했다.

앤절라는 생각했다. '찰스—누구도 찰스를 대신할 순 없어.' 그녀는 자신의 팔을 힘주어 잡는 남편의 손길을 느끼고 눈을 떴다. 세례식에 집중해야 했다. 헨슨 부목사의 목소리는 정말 거슬렸다!

앤절라는 유모의 품에 안긴 아기에게 얼마간 놀라움이 뒤섞인 너그러운 눈길을 던졌다. 이 작은 아기에게 너무 거창한 의식이구나.

졸던 아기는 눈을 깜빡이다가 떴다. 찰스처럼 눈부시게 파란 눈을 가진 아기가 목구멍소리를 냈다.

앤절라는 생각했다. '찰스의 미소야.' 모성애가 그녀를 휘감았다. 그녀의 아기—그녀의 사랑스러운 아기. 이때 처음으로 찰스의 죽음이 과거로 사라졌다.

앤절라는 로라의 어둡고 슬픈 눈을 바라보았고, 순간 궁금한 마음이 들었다. '이 아이는 지금 무슨 생각을 하고 있을까?'

유모 역시 자기 옆에 얌전하게 똑바로 서 있는 로라를 의식하고 있었다.

유모는 생각했다. '조용한 아이. 이상할 정도로 조용하지. 어린애가 이렇게 조용하고 얌전한 건 자연스럽지가 않아. 이 애에 대해 알 만큼 알아야 하는 게 당연한데 지금껏 뭐 하나 내 눈에 띄는 점이 없었어. 앞으로는 어떨지—'

유스터스 헨슨 부목사는 그가 늘 불안해하는 대목에 접어들고 있었다. 그는 세례식을 집전한 경험이 많지 않았다. 담임 목사가 있었으면 좋았을 것이다. 그는 로라의 침착한 눈길과 진지한 표정을 호감을 느끼며 바라보았다. 예의바른 아이였다. 문득 그는 로라가 무슨 생각을 하는지 궁금했다.

부목사와 유모, 프랭클린 부부는 이 아이가 무슨 생각을 하는지 모르는 게 차라리 다행이었다.

불공평해……

정말 불공평해……

엄마는 이 아기를 찰스 오빠만큼 사랑해.

공평하지 않아……

로라는 동생이 미웠다. 싫었다. 싫어, 싫어!

'얘가 죽어버리면 좋겠어.'

성수반 옆에 선 로라에게 세례식의 엄숙한 음성이 들렸지만, 이 말이 더 또렷하고 생생하게 마음속에 떠올랐다.

'얘가 죽어버리면 좋겠어······'

유모가 로라를 가볍게 찌르고는 아기를 넘겨주며 속삭이듯 말했다.

"조심조심, 자, 아기를—가만히—안아서 부목사님에게 넘겨드려요."

로라도 속삭이듯 대답했다. "알아."

아기가 로라의 품에 있었다. 로라는 동생을 내려다보았다. '내가 팔을 벌려 떨어뜨리면—이 돌바닥에 떨어뜨리면. 죽을까?'

아주 단단한 회색 돌바닥에—하지만 아기는 단단히—아주 꽁꽁 싸여 있었다. 떨어뜨리면? 내가 그럴 수 있을까?

머뭇거리다가 그 순간이 지나갔다. 이제 아기는 불안해하는 유스터스 헨슨 부목사의 품에 있었다. 담임 목사의 노련한 느긋함이 부족한 부목사의 품에 있었다. 부목사가 로라에게 아기의 이름을 묻고 그 이름을 따라 불렀다. 셜리, 마거릿, 에벌린······ 아기의 이마에 성수가 뚝뚝 떨어졌다. 아기는 울지 않았고, 평소보다 더 즐거운 듯이 목구멍소리를 냈다. 부목사는 속이 죄어드는 것을 느끼며 천천히 아기의 이마에 입을 맞췄다. 담임 목사가 언제나 그렇게 한다는 것을 알았다. 그는 안도의 숨을 내쉬며 유모에게 아기를 건넸다.

세례식이 끝났다.

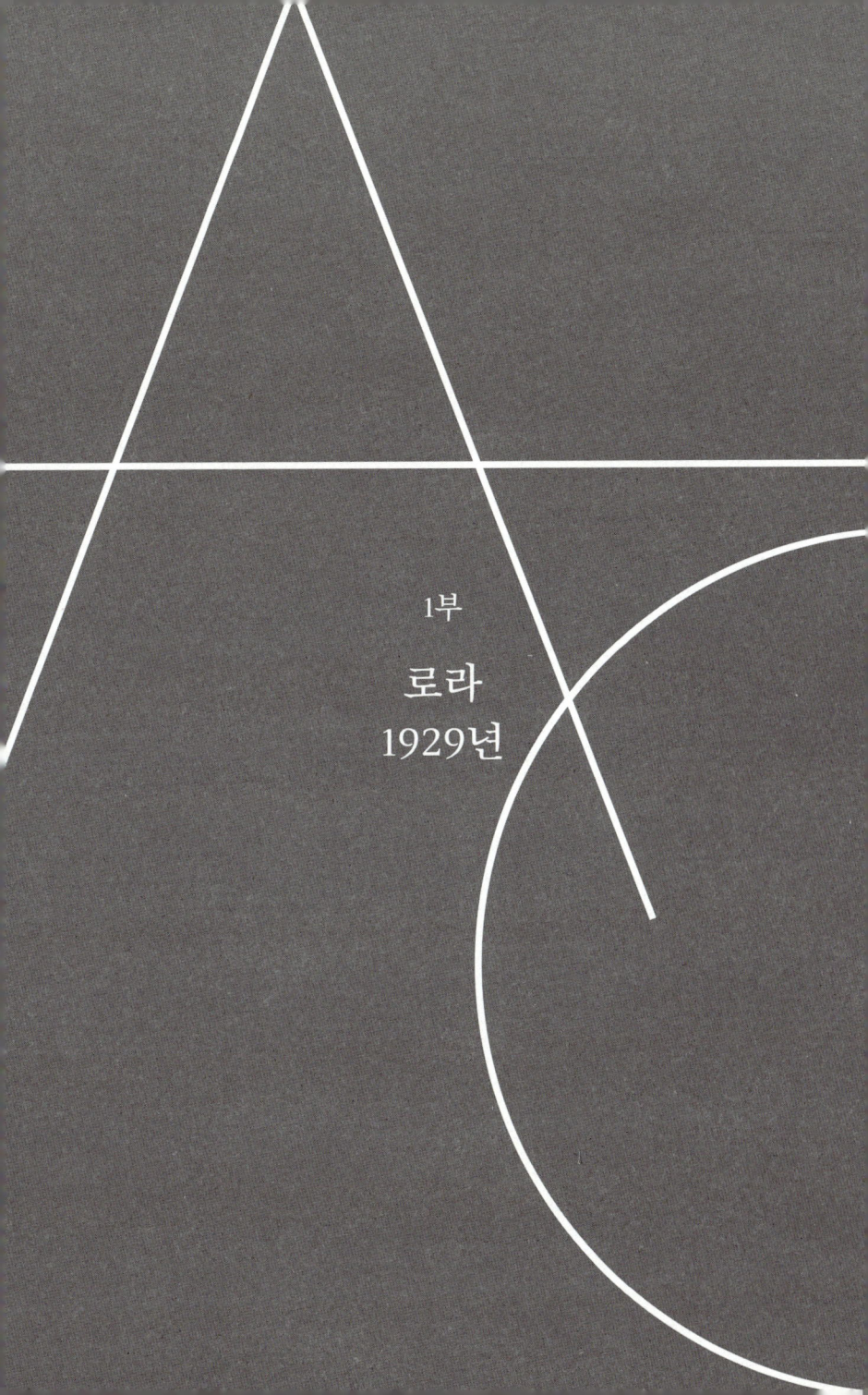

1부

로라
1929년

1

성수반 옆, 조용히 서 있는 것처럼 보이는 아이의 내면에서 분노와 고통이 점점 더 사납게 솟구쳤다.

찰스가 죽자 로라는 혹시나 하는 희망을 품었다…… 찰스의 죽음은 슬픈 일이지만(로라는 오빠를 무척 따랐다) 두근대는 갈망과 기대가 그 감정을 밀어냈다. 찰스가 살아 있을 때는 잘생기고 매력적인데다 명랑하고 느긋한 찰스에게 당연한 듯 사랑이 쏠렸다. 로라는 그게 합당하고 공평하다고 생각했다. 로라는 언제나 말없고 뚱하고, 맏이에 이어 터울 없이 태어난 환영받지 못하는 둘째아이였다. 아빠와 엄마는 딸에게 상냥하고 사랑을 베풀었지만, 그들이 애지중지하는 자식은 찰스였다.

로라는 엄마가 집에 방문한 친구에게 말하는 것을 들었다.

"로라도 귀한 자식이지만, 좀 따분한 아이지."

로라는 그 말을 가망 없이 그대로 받아들였다. 로라는 따분한 아이가 맞았다. 작고 창백하고, 곱슬머리도 아니고, 찰스처럼 무슨 얘길 하든 사람들을 웃게 만들지도 못했다. 로라는 착하고 말 잘 듣고 사람을 성가시게 하지도 않지만 자기는 중요한 아이가 아니고, 앞으로도 그럴 거라고 생각했다.

언젠가 로라가 유모에게 말했다.

"엄마는 나보다 오빠를 좋아해……"

유모가 즉시 나무라듯 말했다.

"그건 정말 어리석은 말이고, 전혀 사실도 아니에요. 아가씨의 어머니는 자식들을 똑같이 사랑하세요. 언제나 더없이 공평하게요. 어머니에게는 어떤 자식이든 다 사랑스러운 법이에요."

"고양이는 안 그래." 로라는 최근에 태어난 새끼고양이들을 떠올리며 말했다.

"고양이는 동물일 뿐이잖아요. 아무튼……" 당차고 우직한 유모가 한풀 꺾인 말투로 덧붙였다. "하느님은 아가씨를 사랑하신다는 걸 기억해요."

로라는 그 말을 받아들였다. 그리고 생각했다. '하느님은 날 사랑하신다고? 그렇겠지. 하지만 하느님도 오빠를 더 사랑하실 거야…… 날 만들었을 때보다 오빠를 만들었을 때 훨씬 더

만족하셨을 거라고.'

로라는 곰곰이 생각하며 자신을 위로했다. '하지만 내가 날 가장 사랑하면 돼. 내가 오빠나 엄마나 아빠나 누구보다 나 자신을 사랑하면.'

로라가 전보다 더 창백하고 조용하고 더 눈에 띄지 않는 아이가 된 것은 이때부터였다. 유모는 아이가 너무 순하고 말을 잘 들어서 불안할 정도였다. 유모는 한 하녀에게 하늘에서 로라를 일찍 '데려갈' 것 같다고 걱정했다.

하지만 데려간 아이는 로라가 아니라 찰스였다.

2

"왜 저애에게 개를 기르게 하지 않지?" 볼독 씨가 벗이자 측근인 로라의 아빠에게 불현듯 말했다.

아서 프랭클린은 상당히 의아한 듯한 표정을 지었다. 두 사람은 종교개혁의 영향에 대해 열띤 토론중이었기 때문이다.

"저애라니요?" 그가 갸우뚱하며 물었다.

볼독 씨는 얌전한 로라를 턱짓으로 가리켰다. 아이는 앙증맞은 자전거를 타고 정원의 나무들 사이를 돌아다니고 있었다. 위험하지 않게, 다치지 않게 조심조심 탔다. 로라는 조심

성이 많은 아이였다.

"왜 그래야 하는데요?" 프랭클린 씨가 물었다. "걔는 늘 흙투성이 발로 집에 들어와 카펫이나 망쳐놓잖아요."

"개는 말이야," 볼독 씨가 강의하는 투로 시작했고, 그의 말투는 언제나 듣는 사람을 몹시 짜증나게 만들었다. "인간의 자아를 발달시키는 특별한 재주를 가졌거든. 개에게 주인은 경배하는 신 같은 존재야. 오늘날 퇴폐적인 현대 문명 속에서 신은 경배보다는 사랑을 받는 존재라 할 수 있는데, 개에게 주인이 바로 그래.

많은 사람이 개를 기르고 싶어하지. 그게 자신들을 중요하고 힘있는 존재로 느끼게 해주거든."

"흠. 당신은 그게 좋은 일이라고 하시는 겁니까?" 프랭클린 씨가 물었다.

"딱히 그렇다는 건 아니야." 볼독 씨가 말했다. "하지만 난 사람들의 행복한 얼굴이 보고 싶어. 그게 내 고질적인 약점이지. 난 로라의 행복한 얼굴을 보고 싶거든."

"로라는 충분히 행복해요." 로라의 아빠가 말했다. "그리고 어쨌든 고양이를 기르고 있고요."

"글쎄, 그건 똑같지가 않아. 조금만 생각하면 자네도 알 텐데? 그래, 그게 자네의 문제지. 자네는 생각하질 않아. 종교개혁 당시의 경제 정세에 관한 좀전의 의견만 해도 그래. 자네는 일순간이었다고 생각하나본데—"

그들은 다시 좀전의 화제로 돌아가 논쟁했다. 두 사람은 논쟁을 무척 즐겼고, 볼독 씨는 터무니없고 도발적인 발언을 했다.

아서 프랭클린의 마음 한구석에 어렴풋이 불안감이 감돌았다. 그날 저녁 그는 저녁식사를 위해 방에서 옷을 갈아입는 아내에게 불쑥 물었다.

"로라는 별일 없죠? 즐겁고 건강하게 잘 지내죠?"

그의 아내는 깜짝 놀라서 파란색 눈으로 남편을 보았다. 아름다운 수레국화색 짙은 눈은 아들 찰스의 눈과 똑같았다.

"여보!" 앤절라 프랭클린이 말했다. "당연하죠! 아무 일 없어요. 다른 아이들처럼 심통 부리고 투정하는 일도 없는 것 같고요. 난 로라 걱정은 안 해요. 별로 흠잡을 데가 없는 아이예요. 정말 큰 축복이죠."

그러고는 진주목걸이를 채우며 갑자기 물었다. "그런데 왜요? 왜 갑자기 로라에 대해 묻는 거예요?"

아서 프랭클린은 얼버무리듯 말했다.

"아, 볼디*가 했던 말이 생각나서."

"어휴, 볼디요?" 앤절라의 말투에 재미있어하는 느낌이 있었다. "그분이라면 당신이 더 알잖아요. 그분은 남 놀래기를

---

* '대머리'를 친근하게 부르는 말.

좋아해요."

며칠 후 볼독 씨가 점심식사를 하러 왔고, 그들은 식당에서 나오다가 유모와 마주쳤다. 앤절라가 복도에서 유모를 불러 세우고 조금 높은 목소리로 분명하고 똑똑하게 물었다.

"로라는 별일 없지? 즐겁고 건강하게 잘 지내지?"

"물론이죠, 부인." 유모는 조금 발끈하며 단호하게 말했다. "로라 아가씨는 아주 착하고 아무 문제도 없어요. 찰스 도련님과는 딴판이에요."

"그럼 찰스는 문제가 있다는 건가?" 볼독 씨가 말했다.

유모는 볼독 씨를 공손하게 바라봤다.

"도련님은 장난꾸러기 보통 사내아이죠. 잘 지내고 있습니다. 이제 곧 학교에 들어갈 거고요. 그 나이 때는 원래 다 그렇게 활기차잖아요. 하지만 소화력이 약해요. 저 몰래 단것을 너무 많이 먹고요."

유모는 너그러운 미소를 짓고 고개를 저으며 지나갔다.

"유모는 찰스를 아주 좋아하죠." 거실로 들어가며 앤절라가 말했다.

"그렇군." 볼독 씨가 말하고 생각에 잠겨 덧붙였다. "난 여자들이 바보 같다고 생각해."

"유모는 바보가 아니에요—절대 아니에요."

"유모가 그렇단 말이 아니야."

"그럼 저요?" 앤절라는 날카롭지만 지나치게 날카롭지는 않은 시선을 그에게 던졌다. 그가 볼디이기 때문이었다. 유명하고 괴팍하고, 무례한 말을 아무렇지 않게 내뱉는 특권을 누리는 존 볼독이기 때문이었다. 사실 이런 점이 그의 매력이기도 했다.

"난 둘째아이에 관한 책을 준비하고 있네." 볼독 씨가 말했다.

"정말요? 설마 외동을 옹호하시는 건 아니죠? 전 여러모로 외동은 바람직하지 않다고 생각해요."

"이런! 나도 대가족이 여러모로 의미 있다는 건 알아. 내 말인즉 바람직한 방향으로 성장한다면 그렇다는 거야. 집안일을 거들거나 형이 아우를 보살피거나 하면서 집이라는 기계의 톱니에 잘 들어맞아주면 말이야. 뭐랄까, 아이들은 사실 어떤 쓸모가 있어야 해. 그건 그저 그렇다고 생각한다고 되는 게 아니야. 그런데 요즘 우린 바보처럼 아이들을 또래끼리 모아놓으며 분리시키고 있어! 그걸 교육이라고 부르면서! 쳇, 그건 순리에 역행하는 짓이야!"

"교수님 생각과 이론이 그런 거죠." 앤절라는 너그럽게 말했다. "그런데 둘째아이가 어떻다는 건데요?"

"둘째아이의 문제는 실망스러운 결말이기 쉽다는 거야." 볼독 씨는 훈계하는 투로 말했다. "첫아이는 모험이지. 첫 출산은 두렵고 고통스러워. 여자는 출산하다 죽을지도 모른다고 생각하고, 남편(아서가 그 예지) 역시 그렇게 생각해. 그런데 출산이 끝나면 시끄럽게 울어대며 꼼지락거리는 작은 핏덩이가 있어. 두 사람에게 온갖 지옥을 맛보게 한 장본인이! 부모는 당연히 아기를 귀하게 여기지! 갓난아기, 우리의 자식, 근사하기 이를 데 없는 거야! 그런데 대개는 갑자기 잇달아 둘째가 생겨. 앞선 과정이 모두 반복되지만 이번엔 별로 두렵지 않고 대신 훨씬 지루하지. 그래서 태어난 아기는 두 사람의 아이기는 하나 새로운 경험으로서의 의미가 없어. 부모에게 큰 위험 부담을 주지 않았기 때문에 별로 근사하지도 않고."

앤절라는 어깨를 으쓱했다.

"결혼도 안 한 분이 모르는 게 없군요." 그녀는 비꼬듯 중얼거렸다. "그럼 셋째와 넷째, 나머지 아이도 마찬가지인가요?"

"완전히 그렇지는 않아. 보통 셋째가 태어나기까지는 간격이 꽤 있어. 셋째는 위의 두 아이가 점점 부모의 손을 떠나고 '다시 아기가 있으면 좋겠어'라는 생각이 들 때쯤 생기거든. 악취미야. 반감이 들기도 하지만 생물학적으로는 건전한 본능이겠지. 어쨌든 아이들은 계속 자라면서 착한 아이, 못된 아이, 똑똑한 아이, 모자란 아이 같은 식으로 다양해지고, 아이들끼리 짝을 이루며 친해져. 결국 생각해보면 셋째는 첫아이 때와 같은 사랑을 받게 되는 것 같아."

"그러니까 그게 다 아주 불공평하다는 말씀인가요?"

"그럼. 인생이란 게 불공평한 것투성이지!"

"그럼 우린 어떻게 할 수 있을까요?"

"아무것도."

"대체 무슨 말씀을 하시려는 건지 도통 모르겠어요."

"아서에게도 말했지만, 난 마음이 약한 사람이야. 난 누구나 행복했으면 좋겠어. 인간이 갖지 못한 것, 가질 수 없는 것을 보충해주고 싶어. 그럴 수 있다면 어느 정도 공평해질 수도 있겠지. 하지만 그렇지 않으면―" 그는 잠시 멈췄다가 이었다. "위험해질 수도 있어……"

3

"볼디는 말도 안 되는 소리만 늘어놔요." 손님이 떠나자 앤절라가 남편에게 시무룩하게 말했다.

"존 볼독은 영국에서 이름난 학자예요." 아서 프랭클린은 눈을 빛내며 말했다.

"그건 나도 알죠." 앤절라는 조소하듯 대꾸했다. "그분이 그리스인이나 로마인, 엘리자베스시대의 무명 시인들에 대해 말했다면 나도 기꺼이 존경하는 마음으로 얌전히 앉아 들었을 거예요. 하지만 그분이 아이에 대해 뭘 알겠어요?"

"아무것도 모를걸." 그녀의 남편이 말했다. "그런데 지난번에는 로라에게 개를 기르게 하라고 조언하더군요."

"개요? 하지만 로라는 고양이를 기르잖아요."

"개를 기르는 건 다르다고 하던데."

"정말 이상해요…… 전에 그분은 개를 싫어한다고 했던 것 같은데요."

"맞아, 그랬어요."

앤절라는 생각에 잠겨 말했다. "어쩌면 개는 찰스에게 필요할 거예요…… 전에 목사관에서 개가 달려들었을 때 무척 겁먹은 것 같았거든요. 사내아이가 개를 무서워하다니 말도 안 돼요. 개를 기르면 익숙해질 거예요. 승마도 가르쳐야겠어요. 찰스에게 조랑말이라도 사줄까봐요. 방목장이 있으면 참 좋을 텐데!"

"조랑말이라니, 말도 안 되는 소리를 하는군요." 프랭클린이 말했다.

주방 하녀 에설이 요리사에게 말했다.

"그 교수님도 눈치채셨나봐요."

"뭘?"

"로라 아가씨요. 그런 아이는 오래 살지 못한다는 거 말이에요. 유모에게 이것저것 물었어요. 그래요, 아가씨 얼굴이 딱그래요. 장난기도 없고, 찰스 도련님과는 달라요. 제 말이 맞을걸요? 아가씨는 어른이 될 때까지 살지 못할 거예요."

하지만 죽은 아이는 찰스였다.

1

찰스는 소아마비로 죽었다. 그 병에 걸린 다른 두 남학생은 회복했지만, 찰스는 학교에서 죽었다.

이 무렵 건강이 좋지 않았던 앤절라 프랭클린은 큰 충격을 받고 완전히 무너졌다. 그녀의 사랑, 그녀의 귀염둥이, 잘생기고 명랑하고 활기찬 찰스.

앤절라는 어두운 방에 누워 천장을 멀뚱히 올려다보았고, 울 기력조차 남아 있지 않았다. 아서와 로라와 하인들은 고요한 집안을 소리 죽여 다녔다. 의사는 아서 프랭클린에게 아내를 외국으로 데려가라고 충고했다.

"새로운 공기와 환경이 필요합니다. 부인에게는 반드시 기분전환이 필요해요. 공기 좋은 곳—산 공기가 좋아요. 스위스가 좋겠네요."

그래서 프랭클린 부부는 스위스로 떠났고, 로라는 유모에게 맡겨졌다. 상냥하지만 재미없는 가정교사 위크스 부인이 매일 집으로 왔다.

부모님이 집을 비운 동안 로라는 즐거웠다. 엄밀히 말하자면 로라가 이 집의 안주인이었다! 매일 아침 '요리사를 불러' 식단을 짰다. 요리사인 뚱뚱하고 순한 브룬턴 부인은 로라의 요구가 지나치다 싶으면 자르고 수완 좋게 구슬려 원래 자기가 계획한 메뉴를 준비했다. 그래도 로라는 여전히 중요한 존재였다. 로라는 부모님이 별로 그립지 않았다. 속으로 그들의 귀가를 그리며 환상을 만들고 있었기 때문이다.

찰스가 죽은 건 슬픈 일이었다. 물론 부모님은 찰스를 누구보다 사랑했다. 로라도 그것에 대해서는 반박할 마음이 없었지만 이제―이제―찰스가 떠난 왕좌에 오를 사람은 로라였다. 로라는 부모님이 집에 돌아오는 날을 상상했다. 엄마가 두 팔을 벌리며 말할 것이다……

"로라, 우리 아가, 이제 내겐 세상에 너밖에 없어!"

감격적이고 감상적인 장면. 사실 앤절라나 아서 프랭클린이 그렇게 말하거나 행동할 리 없었다. 하지만 그 드라마에서는 그들도 로라에게 따뜻하고 자상했다. 로라는 점점 자신의 상상을 믿게 됐고, 결국에는 그런 일이 이미 일어났다고 착각하게 됐다.

마을로 이어지는 오솔길을 걸으며 로라는 대사를 연습했다. 눈썹을 치뜨고 고개를 갸웃거리며 단어와 문장을 중얼거렸다.

감상적인 상상의 향연에 빠진 나머지 로라는 볼독 씨를 못 보고 지나칠 뻔했다. 그는 바퀴 달린 정원용 바구니를 밀며 걸어오고 있었다. 바구니에는 그가 산 물건들이 들어 있었다.

"안녕, 꼬마 로라!"

로라는 시력을 잃은 엄마를 위해 자작의 청혼을 거절하는 ("전 결혼하지 않겠어요, 제게는 어머니가 전부니까요") 감동적인 드라마에서 황급히 빠져나오며 얼굴을 붉혔다.

"부모님은 아직 안 돌아오셨니?"

"네, 열흘 후에나 오실 거예요."

"그렇구나. 얘야, 내일 우리집에 차 마시러 오지 않을래?"

"네, 좋아요."

로라는 들뜨고 흥분했다. 볼독 씨는 마을에서 14마일 떨어진 대학의 학과장으로, 마을에 작은 집이 있어서 거기서 휴가를 지내거나 이따금 주말을 보냈다. 사교활동은 일절 하지 않았고, 사람들의 초대를 쌀쌀맞게 거절함으로써 벨버리 마을과 등졌다. 아서 프랭클린은 그의 유일한 친구였다. 그들의 우정은 오랜 세월 이어져왔다. 존 볼독은 친절한 사람이 아니었다. 학생들에게도 가혹하고 걸핏하면 야유를 퍼부었고, 뛰어난 몇 몇을 제외한 나머지 학생들은 중도에서 낙오했다. 그는 별로 알려지지 않은 역사의 국면에 관한 책 몇 권을 썼다. 워낙 방대하고 난해해서 대체 무슨 말을 하는지 이해할 수 있는 사람이 거의 없었다. 출판사에서 쉽게 풀어 써달라고 정중하게 요청했지만 그는 무자비하게 비웃으며 딱 잘라 거절했다. 그는 자기 책의 진가를 알아볼 수 있는 사람들만 가치 있는 독자일 뿐이라고 지적했다! 그는 여자에게 특히 더 무례했다. 그러나 그런 면에 열광하는 여자들이 어떤 대접을 받을 줄 알면서도 그를 찾곤 했다. 존 볼독은 지독한 편견과 치명적인 오만함을 가졌지만 그런 행동 원칙에 벗어나는 의외의 친절함이 있었다.

로라는 그의 초대가 영광임을 알았기 때문에 의기양양했다. 깨끗이 씻고 머리를 빗고 깔끔하게 차려입었지만 왠지 불안했다. 그는 상대를 놀라게 하는 사람이었기 때문이다.

로라는 하녀의 안내를 받아 그의 서재로 갔다. 볼독 씨는 고개를 들고 지긋이 로라를 바라보았다.

"안녕?" 그가 말했다. "여긴 무슨 일로 왔지?"

"티타임에 초대하셨잖아요." 로라가 말했다.

볼독 씨는 곰곰이 생각하는 눈빛으로 로라를 보았다. 로라도 그를 보았다. 불안한 마음을 잘 감춘, 진지하고 공손한 눈빛이었다.

"그랬지." 볼독 씨가 코를 문지르며 말했다. "음…… 그래,

내가 그랬지. 그런데 왜 그랬는지 생각이 안 나는구나. 음, 우선 좀 앉아라."

"어디에요?" 로라가 물었다.

아주 마땅한 질문이었다. 그의 서재는 천장까지 닿는 높은 책장으로 가득차 있었다. 책장마다 빼곡하게 책이 꽂혔고 바닥과 탁자, 의자에도 산더미처럼 쌓여 있었다.

"어떻게든 해보자." 볼독 씨는 난처한 표정을 지으며 마지못한 듯이 말했다.

그는 다른 의자들보다 조금 덜 거치적거리는 안락의자에서 먼지 쌓인 책더미를 안아 끙끙대고 숨을 몰아쉬며 두 차례 바닥에 내려놓았다.

"자, 됐다." 그가 말하며 손뼉을 쳐서 먼지를 떨었다. 그 바람에 크게 재채기를 했다.

"이 방은 아무도 청소하지 않나요?" 로라가 차분하게 의자에 앉아 물었다.

"목숨 귀한 줄 알면 못 그러지!" 볼독 씨가 말했다. "하지만 힘든 싸움이야. 여자들은 커다란 노란색 먼지떨이를 휘두르고, 테레빈유나 그보다 더 지독한 냄새가 나는 통을 들고 쳐들어오는 걸 좋아하거든. 책이란 책은 다 들추고 십중팔구 주제와는 상관없이 크기대로만 나눠놓기 일쑤란다! 그러고는 괴상한 기계를 윙윙 붕붕 돌려대다가 마침내 펀치*처럼 퇴장해버리지. 적어도 한 달은 내가 원하는 책을 못 찾을 상태로 만들어 놓고 말이야. 여자들이란 참! 신이 여자를 만들 때 무슨 생각을 하셨을까. 아담이 오만하고 자기만족에 빠졌다고 생각하셨겠지? 우주의 신, 동물과 만물의 이름을 주신 신…… 신은 아담의 콧대를 꺾어놓을 필요가 있다고 생각하셨던 게 분명해. 그렇다고 여자를 만들다니, 그건 좀 지나치셨어. 덕분에 불쌍한 아담이 어떤 꼴을 당했지? 원죄의 구렁텅이에 던져졌어!"

"죄송합니다." 로라가 말했다.

"뭐? 죄송하다고?"

"교수님이 여자에 대해 느끼시는 거요. 저도 여자잖아요."

"다행히 넌 아직 여자가 아니지." 볼독 씨가 말했다. "아직 한참은 아니야. 물론 그날이 오겠지만 불쾌한 일을 앞당길 필요 있겠니? 그건 그렇고, 실은 난 네가 오늘 온다는 걸 잊은 게 아니었어. 한순간도 잊지 않았다! 나름대로 이유가 있어서 그런 척했을 뿐이야."

"이유라니요?"

"음─" 볼독 씨는 다시 코를 문질렀다. "우선 네가 어떻게 대답하는지 보고 싶었다." 그는 머리를 끄덕였다. "그런데 넌 아주 잘 넘겼어. 그래, 썩 잘해냈지……"

---

* 인형극 〈펀치와 주디〉의 주인공.

로라는 어리둥절한 눈으로 그를 물끄러미 보았다.

"한 가지 이유가 더 있다. 우리가 친구가 된다면, 왠지 그렇게 될 것 같다만, 그러면 넌 이대로의 날 받아들여야 해. 오만하고 무례한 심술쟁이 늙은이로. 알겠니? 듣기 좋은 말 같은 건 기대도 마라. '로라─정말 반갑구나─널 기다리고 있었다' 이런 말."

볼독 씨는 마지막 구절을 경멸이 담긴 날카로운 목소리로 말했다. 로라의 진지한 얼굴에 잔물결이 지나갔다. 로라는 웃음을 터뜨리며 말했다.

"재밌는데요."

"그래, 그렇지. 아주 재미있어."

로라는 다시 진지해졌다. 그러고는 볼독 씨를 골똘히 바라보았다.

"우리가 친구가 될 수 있다고 생각하세요?" 로라가 물었다.

"합의가 필요한 문제지. 넌 어떠냐?"

로라는 생각에 잠겼다.

"좀 이상한 것 같아요." 로라가 의심스럽다는 듯이 말했다. "친구는 보통 같이 노는 아이를 말하잖아요."

"〈뽕나무 숲을 돌자〉 같은 노래나 부르며 너와 노는 일은 없을 거다. 그런 건 꿈도 꾸지 마라!"

"그건 애들이나 하는 놀이죠." 로라가 비난하듯이 말했다.

"우리의 우정은 분명 지적인 차원에서 피어날 거야." 존이 말했다.

로라는 기쁜 표정을 지었다.

"무슨 뜻인지는 잘 모르겠지만, 듣기 좋은 말 같아요." 로라가 대답했다.

"우리가 두 사람 모두에게 흥미로운 화제들을 가지고 의견을 나눈다는 뜻이다." 볼독 씨가 말했다.

"어떤 화제요?"

"글쎄—가령 음식이 있지. 난 음식을 좋아한다. 너도 그렇겠지? 하지만 난 예순이 넘었고 넌—그래, 열 살인가? 그러니 우리의 생각은 당연히 다를 거야. 그 점이 흥미롭지. 다른 화제도 많아. 색깔, 꽃, 동물, 영국 역사."

"헨리 8세의 부인들 같은 거요?"

"그렇지! 헨리 8세 하면 열 중 아홉은 그의 부인들에 대해 이야기하지. 기독교 국가에서 가장 멋진 왕자로 칭송받던 남자, 교활한 최고의 정치가였던 남자가 후계자를 얻기 위해 여러 번 결혼한 것으로만 기억되는 건 모욕적이야. 변변찮았던 그 부인들은 역사적으로 전혀 중요하지 않거든."

"음, 전 그의 부인들이 아주 중요하다고 생각하는데요."

"바로 그거야! 토론이 되잖니." 볼독 씨가 말했다.

"전 제가 제인 시모어*라면 어땠을까 하고 생각할 때가 있어요."

"왜 하필 그 여자냐?"

"죽었으니까요." 로라가 황홀한 듯이 말했다.

"앤 불린과 캐서린 하워드도 죽었어."

"그들은 처형됐잖아요. 하지만 제인은 결혼 일 년 만에 아기를 낳다 죽었어요. 분명 모두가 제인을 아주 가엽게 생각했을 거예요."

"아, 그런 관점이구나. 다른 방에 가서 차에 곁들일 만한 게 있나 보자."

2

"멋져요." 로라가 황홀한 듯 말했다.

로라는 건포도빵, 잼 바른 롤케이크, 에클레어, 오이 샌드위치, 초콜릿 비스킷, 소화가 잘되지 않을 것 같은 검고 큰 자두 케이크를 둘러보았다.

그러다가 갑자기 킥킥거렸다.

"제가 오는 걸 아셨다고 했죠? 그럼 언제나 이런 다과를 드

---

* 헨리 8세의 세번째 부인.

시는 건 아니겠네요?" 로라가 물었다.

"그럴 리가 있나!" 볼독 씨가 대답했다.

그들은 다정하게 앉았다. 볼독 씨는 오이 샌드위치 여섯 개, 로라는 에클레어 네 개와 이런저런 것을 골라 먹었다.

"먹성 좋구나. 보기 좋다, 꼬마 로라." 다 먹고 나자 볼독 씨가 만족스러운 듯이 말했다.

"전 항상 배가 고파요." 로라가 대답했다. "그리고 잘 아프지도 않아요. 오빠는 툭하면 아팠거든요."

"그래…… 찰스. 오빠 많이 보고 싶니?"

"네, 그럼요. 보고 싶어요, 정말이에요."

볼독 씨는 덥수룩한 잿빛 눈썹을 치떴다.

"알았다, 알았어, 누가 아니라고 하던?"

"아뇨, 아무도요. 그래도 전 오빠가 보고 싶어요…… 정말."

로라의 진지한 대답에 볼독 씨는 차분하게 끄덕이며 찬찬히 아이를 바라보았다. 의아한 기분이 들었다.

"많이 슬펐어요, 오빠가 그렇게 죽어서요." 로라는 무의식적으로 다른 목소리를 냈다. 마치 어른의 말투를 흉내내는 것 같았다.

"그래, 많이 슬펐겠지."

"엄마 아빠도 많이 슬퍼하셨어요. 이제 부모님에게는 저밖에 없어요."

"그렇게 되는 건가?"

로라는 무슨 뜻인지 모르겠다는 눈으로 그를 바라봤다.

로라는 상상에 빠져 있었다. '로라, 우리 아가, 이제 내겐 세상에 너밖에 없어 ─하나뿐인 내 딸─내 보물……'

"맛대가리 없는 버터야." 불독 씨가 말했다. 당황했을 때 쓰는 표현이었다. "맛대가리 없는 버터야! 맛대가리 없는 버터!" 그는 신경질적으로 고개를 저었다.

"정원에 가자, 로라." 불독 씨가 말했다. "장미를 보자꾸나. 넌 하루를 어떻게 보내지?"

"음, 아침에 위크스 선생님이 오면 내내 공부를 해요."

"그 늙은 얼룩고양이!"

"그분을 싫어하세요?"

"온몸에 거턴이라고 쓰고 다니는 여자지. 넌 절대 거턴에는 가지 마라, 로라."

"거턴이 뭔데요?"

"케임브리지에 있는 여자대학이지. 생각만 해도 소름 끼친다!"

"전 열두 살이 되면 기숙학교에 들어갈 거예요."

"기숙학교도 하나같이 끔찍해!"

"제가 기숙학교를 싫어할 거라고 생각하세요?"

"넌 아마 그곳을 무척 좋아할 거야. 그게 바로 위험한 거지!

하키 스틱으로 여자애 발목이나 후려갈기고, 여자 음악 선생에게 연정을 품고 집에 돌아와서는 십중팔구 거턴이나 소머스빌에 진학하지. 어쨌든 최악의 사태가 발생하기까지 아직 몇 년은 남았구나. 이 시간을 잘 활용해보자꾸나. 넌 어른이 되면 어떤 일을 하고 싶지? 생각해둔 게 있을 것 같은데?"

"나환자를 돌보는 간호사가 될까 생각한 적이 있어요—"

"음, 나쁘지 않구나. 하지만 나환자를 집으로 데려와서 네 남편 침대에 재우지는 마라. 헝가리의 엘리자베스가 그렇게 했지. 그건 너무 지나친 열의야. 성녀임은 틀림없지만 아내로서는 사려가 부족했어."

"전 결혼하지 않을 거예요." 로라가 체념한 듯이 말했다.

"안 한다고? 이런, 내가 너라면 할 텐데. 결혼은 하는 것보다 안 하는 게 훨씬 나빠. 게다가 한 남자를 불행하게 만드는 것이기도 하고. 그런데 내가 보기에 넌 다른 여자들보다 좋은 아내가 될 것 같은데?"

"결혼은 제게 당치 않아요. 엄마 아빠가 나이드시면 제가 돌봐드려야 하니까요. 부모님에게는 저밖에 없어요."

"요리사와 하녀, 정원사가 있잖니. 수입도 넉넉하고 친구들도 많아. 네 부모에게는 아무 일도 없을 거야. 때가 되어 자식이 곁을 떠나는 건 부모로서 당연히 감내해야 하는 일이야. 물론 아주 홀가분해하는 부모도 있다만." 그는 장미 화단 앞에서 갑자기 멈췄다. "이게 내 장미들이다. 어떠냐?"

"예뻐요." 로라가 예의바르게 말했다.

"난 사람보다 꽃이 좋아. 꽃은 사람만큼 오래 살지 않지."

볼독 씨가 말하고는 로라의 손을 꼭 잡았다.

"잘 가라, 로라. 이제 그만 돌아가는 게 좋겠다. 우정은 억지로 질질 끌면 안 좋아. 함께 다과를 들어 즐거웠다."

"안녕히 계세요, 교수님. 초대해주셔서 감사했습니다. 정말 즐거웠어요."

로라의 입에서 인사치레가 술술 흘러나왔다. 로라는 잘 교육받고 자란 아이였다.

"그래." 볼독 씨가 로라의 어깨를 다정하게 두드리며 말했다. "넌 언제나 해야 할 말을 하는구나. 그런 예의치레, 말치레가 세상을 굴러가게 하지. 내 나이가 되면 하고 싶은 말을 마음대로 할 수 있을 거다."

로라는 그를 향해 웃고, 그가 열어준 철문으로 나갔다. 그러고는 곧 몸을 돌리고 머뭇거렸다.

"왜 그러냐?"

"이제 결정된 건가요? 친구가 되는 거예요?"

볼독 씨는 코를 문질렀다.

"응." 그가 한숨을 쉬며 덧붙였다. "그래, 그런 것 같구나."

"싫으신 건 아니죠?" 로라가 걱정스러운 듯이 물었다.

"뭐 별로…… 익숙해지면 괜찮겠지."

"네, 그럴 거예요. 저도 익숙해져야 할 거고요. 하지만 전—제 생각에는 멋질 것 같아요. 안녕히 계세요."

"잘 가라."

볼독 씨는 멀어지는 로라를 바라보며 차갑게 중얼거렸다. "지금 뭔 짓을 한 거냐, 이 늙다리 멍청이!"

그는 집으로 들어가다가 가정부인 라우스 부인과 마주쳤다.

"꼬마 아가씨는 돌아갔나요?"

"응, 갔네."

"아이고, 더 있다 가지 벌써요?"

"그만하면 충분해." 볼독 씨가 말했다. "아이든 무식한 어른이든 돌아가야 할 때를 모르지. 꼭 말해줘야 아니."

"아무렴요!" 라우스 부인은 지나가는 볼독 씨에게 못마땅한 눈길을 던졌다.

"난 이만." 볼독 씨가 말했다. "서재에 있을 거니까 방해 말게."

"저녁식사는—"

"마음대로 해." 볼독 씨가 한 손을 내저으며 말했다. "이 단것들은 몽땅 가져가서 먹든지 고양이 주든지 하고."

"아이고, 고맙습니다. 제 조카딸이—"

"조카딸이든 고양이든 아무나 주라고."

그는 서재로 들어가서 문을 쾅 닫았다.

"아무렴요!" 라우스 부인이 다시 말했다. "나이들고 까다로운 독신 남자 중에서도 하필 저런 양반이라니! 그래도 난 저 양반을 잘 알지! 아마 누구도 못 그럴걸."

로라는 중요한 사람이 된 것 같은 들뜬 기분으로 돌아왔다.

주방 창문으로 들여다보니 에설이 복잡한 코바늘뜨기 패턴에 열중하고 있었다.

"에설, 내게 친구가 생겼어." 로라가 말했다.

"그래요?" 에설이 중얼거렸다. "사슬뜨기 다섯 번, 다음 코에 두 번, 또 사슬뜨기 여덟 번─"

"친구가 생겼다니까!" 로라가 다시 강조했다.

에설은 여전히 중얼거렸다.

"길게 다섯 번, 다음 코에 세 번─이상한데─어디서 잘못된 거지?"

"친구가 생겼다고!" 로라가 소리쳤다. 친한 친구 같은 에설이 듣는 둥 마는 둥 하자 로라는 뿔이 났다.

에설이 놀라서 고개를 들었다.

"아, 잘됐네요, 아가씨. 그거 잘됐어요." 에설이 건성으로 말했다.

로라는 못마땅해서 발길을 돌렸다.

1

앤절라 프랭클린은 집에 돌아오기가 두려웠지만, 그날이 되자 걱정했던 것만큼 힘들지는 않았다.

차가 집 앞으로 접어들었을 때 앤절라가 남편에게 말했다.

"로라가 계단에서 기다리고 있네요. 꽤 들뜬 것 같아요."

앤절라는 차에서 달려가다시피 해 딸을 다정하게 껴안고 소리쳤다.

"우리 로라! 정말 보고 싶었단다. 너도 우리가 많이 보고 싶었겠지?"

로라는 솔직하게 대답했다.

"그렇게 많이는 아니에요. 계속 바빴거든요. 하지만 엄마 드리려고 라피아야자로 매트를 만들었어요."

앤절라는 문득 죽은 찰스를 떠올렸다. 아들은 잔디밭을 뛰어나와 몸을 던지듯이 품에 안기곤 했다. "엄마, 엄마, 엄마!"

추억은 얼마나 가슴을 쓰리게 하는지.

앤절라는 기억을 밀어내며 로라에게 미소 지었다.

"라피아야자 매트? 그거 좋구나, 아가."

아서 프랭클린이 딸의 머리를 살짝 만지며 말했다.

"키가 큰 것 같구나, 우리 야옹이."

그들은 함께 집안으로 들어갔다.

로라는 자신이 무엇을 기대했었는지 기억나지 않았다. 엄마 아빠가 집에 돌아왔고, 로라를 보고 반가워했다. 그들은 딸 앞에서 부산을 떨고 질문을 퍼부었다. 이상한 건 부모님이 아니라 로라였다. 로라는 그렇지 않았다―그렇지가 않았다―뭐가?

로라는 말하고 싶었던 것을 말하지도 않았고, 예상했던 표정을 짓지도 않았으며, 심지어 감정도 예상했던 것과 달랐다.

원래 계획은 그렇지 않았다. 로라는 진정으로 오빠 찰스의 자리를 차지하지 못했다. 뭔가 빠진 게 있었다. 하지만 내일이 되면 달라질 거라고 생각했다. 오늘 아니면 내일, 아니면 모레. 로라는 자신에게 말했다. 집안의 중심. 다락방에서 우연히 집어든 케케묵은 동화책에서 자신의 마음을 빼앗았던 구절이 갑자기 떠올랐다.

지금이야말로 로라가 바로 그것, 집안의 중심이었다.

그러나 안타깝게도 마음 깊은 곳에서 의문이, 자신은 평소의 로라에 불과한지도 모른다는 의문이 싹텄다.

그냥 로라……

2

"볼디는 로라가 꽤 마음에 드시나봐요." 앤절라가 말했다. "봐요, 우리가 집을 비운 사이에 로라를 티타임에 초대하셨다잖아요."

아서는 두 사람이 무슨 대화를 했는지 무척 궁금했다.

앤절라가 잠시 생각에 잠겼다가 말했다. "로라에게 말해야겠어요. 아니면 다른 데서 듣게 될지도 모르니까요―하인들이나 다른 사람한테서요. 이제 로라도 많이 커서 구스베리숲에서 아기를 데려온다는 식의 이야기는 통하지 않아요."

앤절라는 다리가 삼나무로 된 기다란 고리버들 의자에 누워 있었다. 그녀가 안락의자에 앉은 남편에게 고개를 돌렸다.

앤절라의 얼굴에는 여전히 시련의 흔적이 남아 있었다. 뱃속에서 자라는 새 생명도 그녀의 상실감을 없애주지는 못했다.

"분명 남자아이일 거예요." 아서 프랭클린이 말했다. "난 알수 있어요."

앤절라는 미소 짓고 고개를 저으며 말했다.

"그래 봐야 소용없어요."

"난 장담해요, 앤절라. 난 안다고요."

아서는 낙관적이었다―무척 낙관적이었다.

찰스 같은 남자아이, 잘 웃고 파란 눈을 가진 명랑하고 다정한 또다른 찰스.

앤절라는 생각했다. '아들일지는 몰라도 그애는 찰스가 아니야.'

"여자아이여도 기쁠 거예요." 아서가 그다지 자신은 없이 말했다.

"당신은 아들을 원하잖아요!"

"그렇지." 그는 한숨을 내쉬었다. "난 아들이면 좋겠어요."

그는 아들을 원했다―아들이 필요했다. 딸은 아들하고는 달랐다.

아서는 은근히 죄책감이 들었다. 그래서 말했다.

"로라는 정말 사랑스러운 아이예요."

앤절라가 진심으로 맞장구쳤다.

"그럼요, 아주 착하고 얌전하고 소중한 아이죠. 로라가 학교에 들어가면 우린 그 아이가 보고 싶을 거예요."

그러고는 덧붙였다. "태어날 아이가 딸이 아니기를 바라는 건 로라 때문이기도 해요. 로라가 조금 시샘할지도 모르니까요―물론 안 그러겠지만."

"당연하죠."

"하지만 아이들에게 그건 아주 자연스러운 감정이에요. 그렇기 때문에 로라에게 말해서 마음의 준비를 시켜야겠다고 생각하는 거예요."

그래서 앤절라는 딸에게 물었다.

"남동생이 생기면 어떨 것 같니?"

그리고 천천히 덧붙였다. "아님 여동생이 생기면?"

로라는 엄마를 물끄러미 보았다. 질문의 의미를 알아듣지 못한 것 같았다. 로라는 어리둥절했다. 이해가 되지 않았다.

앤절라가 상냥하게 말했다. "로라, 아기가 태어날 거야……9월쯤에. 동생이 생기면 좋지 않겠니?"

로라는 앞뒤가 맞지 않는 말을 중얼거리며 뒷걸음쳤고, 앤절라는 당황했다. 혼란스러운 듯 로라의 얼굴이 빨개지자 앤절라는 어리둥절했다.

앤절라가 걱정하며 남편에게 말했다.

"모르겠어요. 우리가 잘못한 걸까요? 난 사실 아이에게 아무 말도 못했어요. 사정에 대해서 아무 말도 못했다고요. 어쩌면 로라는 아무것도 모르는지도 몰라요……"

아서는 집고양이들이 새끼를 낳는 것을 계속 봐왔으니까 로라가 생명 탄생에 대해 아무것도 모를 리 없다고 말했다.

"그래요. 하지만 인간은 다르다고 생각할지도 몰라요. 그래서 충격을 받았을지도 모른다고요."

로라는 충격을 받았다. 물론 생물학적 의미의 충격은 아니었다. 로라는 엄마에게 아기가 생길 거란 생각을 단 한 번도 해보지 않았다. 로라는 모든 상황을 아주 단순하고 쉽게 바라보고 있었다. 찰스는 죽었고, 로라는 부모의 유일한 자식이었다. 상상 속에서 말했던 것처럼 로라는 '세상에서 엄마 아빠가 가진 전부'였다.

그런데 이제―이제―또다른 찰스가 태어날 거라니.

로라는 태어날 아기가 남자아이일 거라 믿었다. 아서와 앤절라가 은근히 믿는 것처럼.

로라의 가슴속에 비참함이 파고들었다.

로라는 오이 모종이 심긴 못자리 끝에 한참을 웅크리고 앉아 엄청난 불행과 싸웠다.

그러다가 마음의 결정을 내리고 일어서서 차도로 나가 볼독 씨의 집으로 갔다.

볼독 씨는 학술지에 실린 동료 역사가의 일생의 역작을 악의적으로 바득바득 조소하며 호되게 깎아내리는 글을 쓰고 있었다.

라우스 부인이 형식적으로 노크하고 문을 열자 그는 매섭게 쏘아보았다. 라우스 부인이 말했다.

"로라 아가씨가 왔는데요."

"아," 볼독 씨가 중얼거렸다. 그는 욕을 퍼부으려다가 간신히 참고 말했다. "왔니?"

그는 당황했다. 아이가 아무때나 방문하는 건 있을 수 있는 일이었다. 하지만 그는 그런 상황을 예상하지 못했다. 아이는 하나같이 성가셨다! 조금만 틈을 보이면 이때다 하고 엉겨붙었다. 아무튼 볼독 씨는 아이를 좋아하지 않았다. 늘 그랬다.

그의 당황한 눈이 로라의 눈과 마주쳤다. 로라의 눈에는 미안한 기색이 전혀 없었다. 침울하고 무척 고통스러운 듯했고, 이 집에 드나들 신성한 권리를 확신하고 있는 듯했다. 로라는 말문을 여는 형식적인 말조차 꺼내지 않았다.

"말씀드리는 게 나을 거 같아요. 제게 남동생이 생긴대요." 로라가 말했다.

"아." 볼독 씨가 깜짝 놀라 내뱉었다.

"음……" 그는 시간을 버느라 중얼거렸다. 로라의 얼굴은 창백하고 무표정했다. "그거 참 뉴스로구나. 그렇지?" 볼독 씨는 말을 멈췄다가 덧붙였다. "기쁘니?"

"아뇨, 그런 것 같지 않은데요." 로라가 말했다.

"아기는 성가신 존재지." 볼독 씨가 공감하며 맞장구쳤다. "이빨도 머리카락도 없고, 빽빽 울기나 하니까. 물론 엄마들이야 아기를 사랑하지, 그래야 마땅하고―안 그러면 그 가여운 어린 것들이 보호받지도 잘 자라지도 못할 테니까. 하지만 서너 살쯤 되면 그리 나쁘지 않을 거야." 불독 씨는 위로하듯이 덧붙였다. "그때쯤이면 새끼고양이나 강아지만큼 괜찮아질 거다."

"오빠는 죽었어요." 로라가 말했다. "남동생도 죽을까요?"

불독 씨는 날카로운 눈으로 쳐다보고는 단호하게 말했다.

"그런 생각은 절대 하면 안 돼. 벼락이 같은 곳에 두 번 치지는 않는다."

"우리집 요리사도 그렇게 말했어요. 같은 일이 두 번 일어나지는 않는다는 뜻이죠?"

"그래."

"오빠는—" 로라가 입을 열었다가 다물었다.

불독 씨는 또다시 날카로운 눈으로 로라를 쳐다보았다.

"남자아이가 확실한 건 아니잖니?" 그가 말했다. "여자아이일지도 몰라."

"엄마는 남자아이라고 생각하는 것 같아요."

"나라면 그런 건 안 믿을 거다. 네 엄마뿐만 아니라 많은 엄마가 틀린 예상을 하거든."

로라의 얼굴이 별안간 환해졌다.

"여호사밧이라고 덜시벨라가 낳은 막내 새끼고양이가 있어요. 수컷인 줄 알았는데 알고 보니 암컷이더라고요. 그래서 요리사는 이제 여호사밧을 조지핀이라고 불러요." 로라가 말했다.

"그렇구나." 볼독 씨가 격려하듯이 말했다. "난 내기를 좋아하지 않지만 이번엔 여자아이라는 데 걸겠다."

"진짜요?" 로라가 열을 내며 말했다.

그러고는 볼독 씨를 보며 미소 지었다. 감사의 마음이 넘치는데다 뜻밖에도 환한 미소라서 볼독 씨는 꽤 충격을 받았다.

"고맙습니다. 이제 가볼게요." 로라가 말하고 예의바르게 덧붙였다. "일을 방해해서 죄송합니다."

"괜찮다." 볼독 씨가 말했다. "그런 중요한 일이라면 언제든지 와도 좋아. 넌 수다나 떨려고 불쑥 찾아오는 아이는 아닌 것 같으니까."

"물론 그런 짓은 안 할 거예요." 로라는 진지하게 말했다.

로라는 서재에서 나가 조심스럽게 문을 닫았다.

볼독 씨와 대화하자 상당히 기운이 났다. 로라는 그가 아주 똑똑한 사람인 걸 잘 알고 있었다.

'엄마보다 교수님이 훨씬 더 잘 알아.' 로라는 속으로 중얼거렸다.

여동생이라고? 그렇다, 여동생이라면 감당할 수 있을 것이다. 여동생은 또다른 로라에 불과할 테니까. 어쩌면 로라보다 못한 존재일지도 모른다. 이빨도 머리카락도 없고 아는 것도 없을 테니까.

3

앤절라는 자신을 부드럽게 감쌌던 마취에서 깨어나자 수레 국화색 파란 눈을 빛내며 차마 꺼내기 두려운 다급한 질문을 입에 올렸다.

"저—아기는요?"

간호사는 사무적인 어조로 능숙하고 재빠르게 말했다.

"귀여운 따님입니다, 프랭클린 부인."

"딸—딸이군요……" 그녀는 파란 눈을 다시 감았다.

실망감이 차올랐다. 그렇게 확신했는데. 정말 확신했는데…… 또 여자애구나……

오래된 상실의 고통이 되살아났다. 찰스, 잘 웃고 매력적인 찰스. 그녀의 아이, 그녀의 아들……

아래층에서 요리사가 활기차게 이야기하는 소리가 들렸다.

"암튼 로라 아가씨에게 여동생이 생겼네요, 기분이 어때요?"

로라는 차분하게 대답했다.

"여자아이일 줄 알았어. 교수님이 그러셨거든."

"결혼도 안 한 늙은 남자가 그걸 어찌 아셨대요?"

"굉장히 똑똑한 분이야." 로라가 말했다.

앤절라의 몸은 금세 회복되지 않았다. 아서는 아내를 걱정했다. 아기가 태어난 지 한 달이 됐을 때 그는 망설이듯 앤절라에게 물었다.

"그렇게 속상해요? 남자아이가 아닌 게?"

"아니요, 물론 그렇지 않아요. 정말 그건 아니에요. 그냥— 확신했기 때문에 그런 것 같아요."

"만약 남자아이였다고 해도 찰스와는 다른 아이예요. 당신도 알잖아요."

"그럼요. 당연히 다르죠."

유모가 아기를 안고 방으로 들어왔다.

"자, 여기 데려왔어요." 유모가 말했다. "정말 예쁜 아기예요. 엄마한테 가볼까?"

앤절라는 아기를 받아 느슨하게 안았고, 방을 나가는 유모를 못마땅한 눈길로 바라보았다.

"저런 여자들은 눈치 없는 말만 해대요." 그녀는 뿌루퉁하게 중얼거렸다.

아서는 웃음을 터뜨렸다.

"로라, 저기 있는 쿠션 좀 가져다줄래." 앤절라가 말했다.

로라는 쿠션을 가져다주고 엄마가 아기를 편안하게 고쳐 안는 모습을 옆에 서서 지켜보았다. 로라는 다 크고 중요한 사람이 된 듯한 뿌듯한 기분을 느꼈다. 아기는 멍청한 꼬마에 불과했다. 엄마가 의지하는 건 로라, 바로 자신이었다.

이날 저녁은 쌀쌀했다. 벽난로의 불꽃이 포근했다. 아기는 까르르 웃고 행복한 듯 꾸르륵거렸다.

앤절라는 아기의 깊고 파란 눈과 당장이라도 배시시 웃을 것 같은 입을 들여다보았다. 아기의 눈에서 찰스의 눈이 보이자 로라는 순간 충격에 사로잡혔다. 아기 찰스. 그녀는 그때의 찰스를 아득히 잊고 있었다.

앤절라의 핏속으로 사랑이 마구 밀려들었다. 내 아기, 내 귀염둥이. 이렇게 사랑스러운 아기에게 왜 그렇게 쌀쌀맞았을까, 왜 그렇게 냉담했을까, 왜 막무가내였을까? 이렇게 명랑하고 사랑스러운데. 찰스와 닮았어.

"내 사랑," 앤절라가 중얼거렸다. "내 보물, 내 귀염둥이."

그녀는 벅찬 사랑을 느끼며 아기에게 몸을 숙였다. 앤절라는 로라가 옆에서 지켜보고 있는 것을 잊어버렸다. 로라가 소리 없이 방에서 나가는 것도 알아차리지 못했다.

그러나 알 수 없는 불안감이 들어 아서에게 말했다.

"메리 웰스는 세례식에 올 수 없대요. 로라에게 대모를 시키는 건 어떨까요? 로라도 분명 좋아할 거예요."

Chapter

4

1

"세례식은 재미있었니?" 볼독 씨가 물었다.

"아니요." 로라가 대답했다.

"교회 안이 추웠겠지?" 볼독 씨가 말했다. "하지만 성수반
은 멋져. 노르만 양식이고—투르네*의 검은 대리석이지."

로라는 그 이야기를 듣고도 심드렁했다.

질문할 것을 생각하느라 바빴다.

"뭐 좀 여쭤봐도 돼요?"

"물론이지."

"누가 죽기를 기도하는 건 나쁜 일인가요?"

---

* 벨기에의 도시.

볼독 씨는 재빨리 로라를 흘겨보고 말했다.

"그건 용서받을 수 없는 참견 같은데."

"참견이라고요?"

"그래, 세상을 움직이는 분은 전능하신 하느님이야. 왜 돌아
가는 기계에 네 손가락을 집어넣으려고 하지? 너하고 무슨 상
관이 있다고?"

"하느님에게 무슨 문제가 된다는 건지 모르겠는데요. 세례
받은 아기가 죽으면 천국에 가는 거 아녜요?"

"달리 어디로 가겠니." 볼독 씨가 인정했다.

"하느님은 아이를 좋아하세요. 성경에 나와 있잖아요. 그러
니까 아이를 보면 기뻐하실 거예요."

볼독 씨는 침착하지 못하게 방안을 서성거렸다. 그는 몹시
걱정이 됐지만 내색하고 싶지는 않았다.

"얘, 로라," 마침내 그가 입을 열었다. "넌―네 일에만 신경
쓰면 돼."

"하지만 이건 제 일인지도 몰라요."

"아니, 그렇지 않다. 너 자신에게 직접 관계되는 게 아니면
어떤 일도 네 일이 아니야. 자신에 관해서라면 뭘 빌든 상관없
어. 파란색 귀, 다이아몬드 왕관을 달라고 빌어도, 미인대회에
나가서 일등 하게 해달라고 빌어도 좋아. 이때 일어날 수 있는
최악이란 그 기도에 대한 응답이 '알았다'일 뿐이니까."

로라는 이해되지 않는다는 듯한 눈으로 그를 보았다.

"진심이다." 불독 씨가 말했다.

로라는 예의바르게 감사 인사를 하고 집에 돌아가겠다고 말했다.

로라가 떠나자 불독 씨는 턱을 만지고 머리를 긁적거렸다. 그리고 코를 푼 뒤 태연하게 최대 적수의 흥미진진한 책에 대한 비평을 썼다.

로라는 깊은 생각에 잠겨 집으로 걸어갔다.

작은 성당 앞에서 로라는 멈칫했다. 천주교 신자인 주방 하녀가 했던 말 몇 대목이 떠올랐다. 로라는 주방에서 여자들이 나누던 대화에 몰래 귀기울였다. 귀에 익지 않고 이상하고 금지된 말들이 오갔다. 독실한 신자인 유모는 붉은 옷의 여자*에게 아주 강한 반감을 가지고 있었다. 로라는 붉은 옷의 여자가 누구인지, 무슨 의미인지 몰랐다. 명확하지 않지만 바빌론과 관련이 있다는 것만 알았다.

하지만 몰리가 목적을 위해 기도한다고 했던 대목은 떠올랐다. 초를 켠다는 내용도 분명 있었다. 로라는 잠시 망설이다가 크게 심호흡하고 도로 이쪽저쪽을 살폈다. 그러고는 성당으로 들어갔다.

---

* 「요한계시록」에 나오는 여자. 음탕한 여자나 바빌론처럼 사악한 권력을 의미한다.

성당은 좁고 어두컴컴했고, 로라가 매주 가는 교구의 교회에서 나는 냄새도 나지 않았다. 붉은 옷의 여자가 있을 것 같진 않았지만, 파란 망토를 걸친 여자*의 석고상이 있었다. 그 석고상 앞쪽 선반에 있는 고리 모양의 철제 촛대 안에서 초가 타고 있었다. 근처에 새 양초들과 돈을 넣는 상자가 보였다.

로라는 한참 망설였다. 로라가 가진 종교에 대한 지식은 모호하고 빈약했다. 로라는 하느님을 알았다. 하느님이라는 이유로 진심으로 로라를 사랑하시는 분. 그리고 뿔과 꼬리가 달린 악마는 유혹의 명수 같았다. 하지만 붉은 옷의 여자는 악마와 하느님의 중간쯤 되는 지위에 있는 것 같았다. 파란 망토를 걸친 여자는 자비로워 보였고, 기도를 하면 호의적으로 들어줄 것 같았다.

로라는 깊은 한숨을 내쉬고 주머니를 뒤졌다. 아직 건드리지 않은 일주일 치 용돈 6펜스가 들어 있었다.

상자에 난 구멍에 동전을 밀어넣자 툭 하고 떨어지는 소리가 들렸다. 이젠 되돌릴 수 없다! 로라는 새 초를 집어 불을 붙이고 철제 촛대에 꽂았다. 그러고서 낮은 목소리로 엄숙하게 말했다.

"제발 아기를 천국으로 데려가주세요. 최대한 빨리 제 기도

---

* 성모마리아.

를 들어주세요."

로라는 한동안 가만히 있었다. 촛불이 타올랐고, 파란 망토를 걸친 여자는 여전히 자비로워 보였다. 순간 부질없다는 생각이 들었다. 로라는 얼굴을 찌푸리며 성당을 나와 집으로 걸어갔다.

테라스에 유아차가 있었다. 로라는 유아차 옆으로 가서 잠든 아기를 내려다보았다.

아기는 솜털이 보송보송한 머리를 움직이면서 눈을 뜨더니 초점이 맞지 않는 파란 눈으로 로라를 보았다.

"넌 곧 천국에 갈 수 있어." 로라가 동생에게 말했다. "천국은 좋은 데야." 로라는 달래듯이 덧붙였다. "어딜 가나 황금과 보석으로 되어 있어."

잠시 후 로라가 말을 이었다. "하프도 있어. 또 진짜 날개가 달린 천사도 많아. 여기보다 훨씬 좋은 곳이라니까."

로라는 다른 생각을 떠올렸다.

"넌 찰스 오빠를 만날 거야." 로라가 말했다. "그걸 생각해봐! 오빠를 만날 수 있다고."

앤절라가 거실 유리문을 열고 나왔다.

"로라 왔구나. 아기와 얘기하고 있었어?" 그녀가 물었다.

앤절라는 유아차 위로 몸을 숙였다. "안녕, 아가? 깨어 있었네?"

아서가 아내를 따라 테라스로 나와 말했다.

"여자들은 알아듣지도 못하는 갓난아기한테 의미도 없이 무슨 말을 그렇게 하지? 안 그러니, 로라? 이상하지 않니?"

"의미 없다고 생각하지는 않아요." 로라가 대답했다.

"뭐? 그러면 넌 이러는 게 말이 된다고 생각해?" 그는 딸을 놀리는 미소를 지었다.

"사랑이라고 생각해요." 로라가 대답했다.

아서는 약간 놀랐다.

그는 생각했다. '특이한 아이야. 사람을 똑바로 쳐다보는 이 아이의 무감정한 눈길을 읽을 수가 없어.'

"망사나 모슬린 천을 준비해야겠어요." 앤절라가 말했다. "유아차를 내놓을 때 덮을 천이 필요해요. 고양이가 아이 얼굴로 뛰어올라 숨통을 막을까봐 걱정돼요. 집 주변에 고양이가 너무 많아요."

"이런." 아서가 중얼거렸다. "그건 할머니들이나 하는 말이죠. 난 고양이가 아기 숨통을 막는다는 말은 믿지 않아요."

"아니요. 그런 일이 있었어요, 여보. 신문에 종종 난다고요."

"그게 사실이라는 보장도 없잖아요."

"아무튼 망사를 구해야겠어요. 그리고 아기에게 아무 일 없는지 유모에게 가끔 내다보라고 해야겠어요. 아휴, 원래 유모가 있으면 좋을 텐데, 언니 간병한다고 나갔잖아요. 새로 온 젊은 유모는—솔직히 성에 차지가 않아요."

"왜요? 괜찮아 보이던데? 아기에게 헌신적이고 추천장도 다 괜찮았잖아요."

"네, 그건 그래요. 하지만 괜찮아 보일 뿐이죠. 분명 뭔가 있어요…… 추천장을 보면 일 년 반이나 공백이 있고요."

"어머니를 간병하러 집에 돌아갔다잖아요."

"그 사람들은 늘 그런 식으로 둘러대요! 확인해볼 수도 없잖아요. 숨기는 게 있는지도 몰라요."

"무슨 문제라도 있다는 거예요?"

앤절라는 남편에게 로라를 의식하라고 주의를 주는 눈길을 보냈다.

"말조심해요, 아서. 아니, 그런 게 아니에요. 내 말은—"

"당신 말은 뭔데요?"

"잘 모르겠어요." 앤절라가 천천히 대답했다. "그냥 가끔 그 유모와 이야기할 때면 우리가 알까봐 초조해하는 뭔가가 있는 것 같다고요."

"지명수배라도 받고 있다는 거예요?"

"아서! 그런 터무니없는 농담이 어디 있어요."

로라는 슬쩍 물러났다. 로라는 영리했고, 엄마 아빠가 딸을 신경쓰지 않고 유모에 대해 이야기하고 싶어한다는 걸 분명히 알아차렸다. 로라는 새로 온 유모에게 관심이 없었다. 창백한 얼굴과 나직한 목소리를 가진 검은 머리의 젊은 유모 역시 로라에게 친절했지만 특별히 관심을 드러내는 일은 없었다.

로라는 파란 망토를 걸친 여자에 대해 생각하고 있었다.

2

"얼른 가자, 조지핀." 로라가 화가 난 듯 말했다.

전에 여호사밧이었던 조지핀은 심하게 저항하지는 않았지만 내키지 않는다는 것을 온몸으로 표현했다. 온실 옆에서 기분좋게 졸던 고양이는 느닷없이 로라에게 안겨 끌려가다시피 텃밭을 지나고 집을 빙 돌아 테라스로 왔다.

"자!" 로라가 조지핀을 털썩 내려놓았다. 몇 걸음 떨어진 자갈길 위에 아기의 유아차가 있었다.

로라는 천천히 잔디밭을 걸어갔다. 그러고는 큰 라임나무 아래 다다르자 고개를 돌렸다.

조지핀은 안 좋은 기억이라도 떠올린 듯 이따금 꼬리를 탁탁 치고 뒷다리를 불편하게 벌린 채 배를 핥기 시작했다. 그렇게 몸단장을 끝내자 하품을 하고 주위를 두리번거렸다. 그러더니 심드렁하게 귀 뒤를 핥다가 다시 하품했다. 조지핀은 결국 일어나서 생각에 잠긴 사람처럼 느긋하게 집 모퉁이를 걸

어돌아갔다.

로라는 조지핀을 뒤쫓아가서 단호하게 다시 데려왔다. 조지핀은 웅크린 채 로라를 쳐다보며 꼬리를 거칠게 내리쳤다. 로라가 다시 나무 아래로 가자, 조지핀은 또 하품을 하고 기지개를 켜고는 일어나서 걷기 시작했다. 로라는 또다시 조지핀을 데려와 달랬다.

"여기 햇살이 좋잖아, 조지핀. 좋다고!"

조지핀은 로라의 말에 동의하지 않는 게 분명해 보였다. 고양이는 아주 싫은 듯 꼬리를 내리치더니 귀를 바닥에 대고 납작하게 누워버렸다.

"안녕, 꼬마 로라?"

로라는 깜짝 놀라서 고개를 돌렸다. 볼독 씨가 서 있었다. 로라는 천천히 잔디밭을 걸어오는 그의 발소리를 듣지 못했고 기척도 느끼지 못했다. 로라가 잠시 주의를 돌린 틈에 조지핀은 잽싸게 나무 위로 올라갔다. 조지핀은 큰 가지에서 멈추더니 심술궂고 흡족한 눈으로 두 사람을 내려다보았다.

"저게 고양이가 인간보다 우월한 부분이지." 볼독 씨가 말했다. "사람들에게서 벗어나고 싶을 때 녀석들은 나무에 올라가버릴 수 있어. 우리라면 변소에 처박히는 게 고작일 텐데."

로라는 약간 충격을 받은 듯했다. 변소는 유모가(지난번 유모) 이야기한, '어린 아가씨가 입에 담지 말아야 할' 것에 속하는 단어였다.

"하지만 누가 오면 이유 불문하고 나와야 하지. 그런데 이제 네 고양이는 적어도 두 시간쯤은 나무 위에 있겠구나." 볼독 씨가 말했다.

그러나 조지핀은 고양이가 예측 불가능한 동물임을 증명하듯 이내 잽싸게 땅으로 내려왔다. 조지핀은 볼독 씨의 바지에 몸을 부비며 요란하게 가르랑거렸다.

마치 '내가 기다리던 게 왔구나'라고 말하는 것 같았다.

"안녕하세요, 볼디?" 앤젤라가 유리문 밖으로 나왔다. "이제 막 우리 식구가 된 아기 보러 오셨나요? 어머, 이런, 고양이가! 로라, 조지핀 좀 데려갈래? 주방으로 들여보내. 아직 유아차 덮개가 없어서요. 아서는 우습게 생각하지만, 고양이가 아기에게 뛰어올라 숨통을 막는 일이 일어나거든요. 전 고양이가 테라스에서 어슬렁대는 게 싫어요."

로라가 조지핀을 안고 멀어지자, 볼독 씨는 생각에 잠긴 눈길로 그 뒷모습을 바라보았다.

점심식사를 마치자 아서 프랭클린은 친구를 서재로 데려갔다.

"이런 글이 있는데 말이죠—" 아서가 말을 꺼냈다.

볼독 씨는 언제나 그렇듯이 에두르지 않고 곧바로 아서의 말을 가로막았다.

"잠깐 기다려보게, 나도 하고 싶은 말이 있어. 왜 저 아이를 기숙학교에 보내지 않나?"

"로라 말씀인가요? 크리스마스가 지나면 입학시킬 겁니다. 열한 살이 되면요."

"그때까지 기다리지 말고 당장 보내게."

"하지만 지금은 학기중이고 어쨌거나 위크스 부인은 상당 히—"

볼독 씨는 자신이 위크스 부인을 어떻게 생각하는지 한바탕 떠들었다.

"아무리 머리가 좋다고 해도 그렇게 생기 없고 꽉 막힌 여자 에게 배우고 싶은 사람은 없을 거야. 로라도 다른 여자애들처 럼 기분전환이 필요해. 그럼 다른 고민거리가 생길 테니까. 안 그러면 비극이 일어날지도 몰라."

"비극이라니요? 무슨 비극요?"

"얼마 전 철없는 남자아이들이 여동생을 유아차에서 끌어내 강에 던진 일 같은 것 말일세. 그 아이들은 아기가 엄마를 너 무 힘들게 해서 그랬다고 했지. 그 아이들은 정말 그렇게 믿었 을 거야."

아서 프랭클린이 그를 응시했다.

"질투 때문이라는 건가요?"

"질투지."

"로라는 그런 아이가 아닙니다, 볼디. 지금까지 그런 적이 없어요."

"자네가 어떻게 알지? 질투는 내면으로 파고드는 거야."

"그런 기색이 전혀 없었으니까요. 로라는 아주 착하고 순하고, 격한 감정에 휩싸이는 일도 없어요. 전 그렇게 생각합니다."

"그렇게 생각한다고?" 볼독 씨가 코웃음쳤다. "내 의견을 묻는다면, 자네와 앤절라는 자기 아이에 대해 아무것도 모른다고 말하겠네."

아서는 부드럽게 미소 지었다. 그는 볼디에게 익숙했다.

"아이를 잘 지켜보죠." 아서가 말했다. "당신이 걱정하는 게 그런 거라면요. 앤절라에게도 조심하라고 이르겠습니다. 갓난아기에게만 요란 떨지 말고 로라도 신경쓰라고요. 그러면 별 탈 없을 겁니다." 그러고는 호기심이 생긴 듯이 덧붙였다. "전부터 당신이 로라를 어떻게 생각하시는지 궁금했습니다. 그 아이가—"

"비범하고 독특한 영혼이라는 조짐이 있지." 볼독 씨가 말했다. "적어도 난 그렇게 보네."

"글쎄요—앤절라에게도 말해두겠지만—아마 웃어넘길 겁니다."

하지만 앤절라가 이 이야기를 듣고 웃지 않자 아서는 깜짝 놀랐다.

"교수님 말이 맞아요. 동생에 대한 질투는 자연스럽고 거의 불가피한 감정이라고 아동심리학자들은 하나같이 말해요. 사실 로라에게 그런 기색을 본 적은 없지만요. 로라는 침착한 아이고 엄마에 대한 애착이 별로 없는 것 같아요. 내가 로라에게 의지한다는 걸 그 아이에게도 알려줘야겠어요."

일주일 후 주말에 앤절라는 아서와 함께 오래된 친구들을 만나러 가면서 로라에게 말했다.

"로라, 우리가 없는 동안 동생을 돌봐줄래? 네가 여기서 이것저것 챙겨준다고 생각하면 엄마는 안심이 될 것 같아. 너도 알겠지만 유모는 온 지 얼마 안 됐잖니?"

엄마의 말에 로라는 으쓱했다. 다 자라고 중요한 사람이 된 듯했다. 로라의 작고 창백한 얼굴이 환해졌다.

그러나 안타깝게도 그 흐뭇한 기분은 유모와 에설의 대화 때문에 망쳐버렸다. 로라는 두 사람이 아기방에서 나누는 대화를 우연히 듣게 되었다.

"사랑스럽지 않아요?" 에설이 손가락으로 정겹게 아기를 톡 건드리며 말했다. "예뻐 죽겠어요. 그런데 로라 아가씨는 희한하게도 매력이 없는 것 같아요. 두 분이 로라 아가씨를 예뻐하지 않는 게 이해가 간다니까요. 찰스 도련님이나 이 아기는 정말 애지중지하시잖아요. 로라 아가씨는 얌전하기만 하지 뭐 이렇다 할 만한 게 없어요."

그날 밤 로라는 침대 옆에 무릎을 꿇고 기도했다.

파란 망토를 걸친 여자는 기도의 목적에 주의를 기울여주지 않았다. 그래서 로라는 핵심을 공략하기로 했다.

"하느님, 제 기도를 들어주세요." 로라는 기도했다. "아기를 빨리 천국으로 데려가주세요. 아주 빨리요."

침대에 누웠다. 심장이 두근거리고 죄를 지은 것처럼 양심에 걸렸다. 로라는 볼독 씨가 하면 안 된다고 한 일을 했다. 볼독 씨는 무척 똑똑한 사람이었다. 파란 망토를 걸친 여자에게 촛불을 바친 일에 대해서는 죄의식을 느끼지 않았다. 응답받을 거라는 희망도 딱히 없었기 때문이다. 조지핀을 테라스로 데려간 일도 해될 게 없었다고 생각했다. 실제로 조지핀을 유아차에 올려놓을 생각은 하지 않았으니까. 그건 나쁜 짓이라는 것을 알고 있었으니까. 하지만 조지핀이 스스로 뛰어올랐다면……?

하지만 오늘밤 로라는 루비콘강을 건넌 셈이었다. 하느님은 전능하신 분이니까……

로라는 가볍게 몸을 떨다가 곧 잠들었다.

Chapter

5

1

앤절라와 아서는 차를 타고 떠났다.

새로 온 유모인 귀네스 존스는 아기방에서 아기를 재우고
있었다.

귀네스는 왠지 불길했다. 요사이 뭔가 확실한 느낌, 조짐 같
은 것이 있었다. 그리고 이날 밤도—

"기분 탓이야. 상상! 그뿐이라고." 그녀는 혼잣말을 중얼거
렸다.

의사는 그녀가 재발작할 가능성이 크다고 하지 않았던가.

귀네스는 어릴 때 여러 번 발작을 일으켰지만, 끔찍했던 그
날 이전에는 그런 기미가 없었다……

귀네스의 숙모는 어린 시절의 무서운 발작을 어린애의 경기

라고 말했다. 하지만 의사는 다르게 지칭하면서 그 병증에 대해 간단하고 직설적으로 설명했다. 그는 아주 단호했다. "아이를 돌보는 일은 절대 하면 안 돼요. 위험합니다."

하지만 귀네스는 이미 보육 교육을 받느라 큰돈을 썼다. 그녀에게 잘 맞는 일이었다—어떻게 해야 하는지 알았고—필요한 자격들도 땄다—보수가 좋았고—일도 마음에 들었다. 일 년이 지났지만 재발의 기미는 없었다. 의사가 말도 안 되는 겁을 준 거라고 생각했다.

그래서 귀네스는 다른 소개소에 신청서를 보냈고 곧 일자리를 얻었다. 그리고 이 집에서 사랑스러운 아기를 돌보며 행복하게 지냈다.

귀네스는 아기를 침대에 눕히고 저녁식사를 하러 아래층으로 갔다.

밤중에 불편한 기분으로 깼다. 공포감과 비슷했다. 귀네스는 생각했다.

'따뜻한 우유를 마셔야겠어. 그러면 진정이 되겠지.'

그녀는 알코올램프에 불을 붙여 창가의 탁자에 놓았다.

마지막 경고 따위는 없었다. 그녀는 돌멩이처럼 바닥에 쓰러졌고 심하게 몸을 뒤틀었다. 알코올램프가 바닥에 떨어지면서 카펫에서 모슬린 커튼의 끝자락으로 불이 옮겨붙었다.

2

로라는 퍼뜩 잠에서 깼다.

꿈을 꾸었다. 자세히 기억나지는 않지만 불쾌한 꿈이었다. 뭔가가 쫓아왔지만, 이제는 안전했다. 로라는 침대에 누워 있었다.

침대 옆으로 손을 뻗어 램프를 켜고 탁상시계를 보았다. 열두시. 자정이었다.

로라는 일어나 앉았고 뭔가 석연치 않은 묘한 기분을 느끼며 다시 불을 껐다.

귀를 쫑긋했다. 삐걱대는 이상한 소리가 났다…… '도둑이 들었나.' 로라도 다른 아이들이 그러듯 도둑부터 의심했다. 일어나서 문을 살짝 열고 신중하게 밖을 살폈다. 사방이 어둡고 고요했다.

하지만 냄새가 났다. 이상하게 매캐한 연기 냄새였다. 로라는 조심스럽게 킁킁댔다. 계단참으로 가서 하인들의 방으로 통하는 문을 열어봤다. 아무 이상이 없었다.

다른 쪽 계단참으로 갔다. 아기방과 욕실로 이어지는 짧은 통로에 있는 문이 닫혀 있었다.

로라는 그 문을 열었다가 깜짝 놀라 물러섰다. 자욱한 연기가 훅 밀려나왔다.

"불이야. 집에 불이 났어!"

로라가 외치면서 하인들 방 쪽으로 달려가 다시 소리쳤다.

"불이야! 집에 불이 났어!"

그다음에 무슨 일이 있었는지 로라는 확실하게 기억하지 못한다. 요리사와 에설이 나왔고―에설은 전화기가 있는 아래층으로 뛰어내려갔다. 요리사는 계단참 맞은편 문을 열다가 연기 때문에 뒤로 물러섰다. 요리사가 로라를 달래며 말했다. "괜찮아요." 그녀는 두서없이 중얼거렸다. "소방차가 올 거예요―소방관들이 창문으로 들어가 아기와 유모를 구할 거예요―걱정 마요, 아가씨."

하지만 괜찮지 않으리란 것을 로라는 알고 있었다.

자신의 기도에 대한 응답이라고 생각한 로라는 엄청난 충격에 휩싸였다. 하느님이 신속하게 행하셨다―뭐라 형언할 수 없을 정도로 무섭게 행하셨다. 이것이 하느님의 방식이었다. 아기를 천국으로 데려가는 하느님의 소름 끼치는 방식이었다.

요리사가 로라를 데리고 앞쪽 계단으로 내려갔다.

"얼른 나가요, 아가씨―여기서 우물쭈물하면 안 돼요―모두 집밖으로 나가야 해요."

하지만 유모와 아기는 집밖으로 데리고 나갈 수 없었다. 그들은 계단 위, 아기방에 갇혀 있었다!

요리사는 로라를 끌고 쿵쾅쿵쾅 계단을 내려갔다. 하지만 두 사람이 현관문을 나가 잔디밭에 있는 에설 쪽으로 가려 할 때, 요리사의 손이 느슨해졌다. 로라는 손을 빼고 뒤돌아서 계단을 뛰어올라갔다.

로라는 다시 한번 계단참의 아기방 문을 열어보았다. 연기 속 어딘가 멀리서 아기 울음소리가 들려왔다.

그때 갑자기 로라 안에서 뭔가가 꿈틀거렸다―뜨거움, 강렬한 열망, 묘하고 맹목적인 감정. 그건 사랑이었다.

정신이 들고 머릿속이 맑아졌다. 불속에서 사람을 구하려면 젖은 수건으로 입을 감싸고 해야 한다는 것을 읽거나 들은 적이 있었다. 로라는 자기 방으로 달려가 수건에 물을 적셔 얼굴을 감싼 다음 계단참을 가로질러 연기 속으로 뛰어들었다. 이제 불길은 통로를 지나 나무 기둥을 쓰러뜨리고 있었다. 어른이라면 위험과 가능성을 타진했겠지만, 로라는 아이다운 용기로 앞뒤 재지 않고 무턱대고 뛰어들었다. 반드시 아기에게 가야 했다, 동생을 구해야 했다. 그러지 않으면 불타 죽을 것이다. 로라는 의식을 잃은 유모의 몸에 발이 걸렸지만 그게 뭔지도 몰랐다. 숨이 막혀 헐떡이면서 간신히 요람으로 갔다. 가리개 덕분에 최악의 연기가 요람까지 퍼지지는 않은 상태였다.

로라는 아기를 일으켜 젖은 수건을 덮고 꼭 끌어안았다. 문으로 비틀거리며 걸어갔다. 숨이 몹시 막혔다.

하지만 들어왔던 문으로 나갈 수 없었다. 불길이 앞을 막고 있었다.

로라는 정신을 똑바로 차렸다. 손을 더듬어 물탱크실로 가는 문을 찾아 밀었다. 무너질 것 같은 계단은 다락의 물탱크실로 이어졌다. 전에 찰스와 함께 거기서 지붕으로 올라간 적이 있었다. 지붕을 기어갈 수 있다면……

소방차가 도착했고, 잠옷 차림의 두 여자가 소방관들에게 정신없이 소리쳤다.

"아기요―위층에 아기와 유모가 있어요."

소방관은 호각을 불고는 할말을 잃었다. 위층은 이미 화염에 싸여 있었다. "가망이 없어." 그가 중얼거렸다. "그들은 구할 수 없어!"

그러고는 물었다. "다른 사람들은 모두 나왔습니까?"

요리사가 주위를 두리번대다가 외쳤다. "로라 아가씨는 어디 있지? 바로 내 뒤에서 나왔는데 어디 간 거지?"

그때 한 소방관이 외쳤다. "이봐, 조! 지붕에 누가 있어―맞은편 끝에. 사다리를 대!"

잠시 후 소방관들이 구출한 아이들을 잔디밭에 조심스럽게 눕혔다. 온통 불에 그슬린 로라는 양팔에 화상을 입고 의식도 혼미했지만, 핏덩이 같은 아기를 꼭 끌어안고 있었다. 자지러지는 듯한 울음소리가 아기가 아직 살아 있음을 알려주었다.

3

"로라가 아니었으면—" 앤절라는 감정을 삭이느라 잠시 말을 잇지 못했다.

"딱한 그 유모에 대해 다 알아봤어요. 뇌전증을 앓았대요. 의사가 절대 유모 일은 하면 안 된다고 주의를 줬는데 듣지 않았던 거예요. 소방서에서는 유모가 발작으로 쓰러지면서 알코올램프를 떨어뜨린 것 같대요. 전 유모에게 무슨 문제가 있다고 생각했었어요. 뭔가 숨기는 것이 있다고요."

"불쌍한 사람. 대가를 톡톡히 치렀군요." 프랭클린이 말했다.

아이를 잃을 뻔했던 앤절라는 귀네스 존스에 대한 동정을 일축하듯 매몰차게 쏘아붙였다.

"로라가 아니었으면 우리 아기가 죽었을 거예요."

"로라는 괜찮은가?" 볼독 씨가 물었다.

"네, 물론 충격을 받고 양팔에 화상도 입었지만 그렇게 심하지는 않아요. 의사도 곧 나을 거라고 했고요."

"다행이군." 볼독 씨가 말했다.

앤절라는 발끈했다. "교수님은 일전에 아서에게 로라가 어린 동생을 질투해서 위해를 가할지 모른다고 하셨지 않나요! 정말이지 독신 남자들이란!"

"알았네, 알았어." 볼독 씨가 말했다. "난 틀린 말은 거의 하지 않지만 가끔 틀릴 때도 있긴 한 것 같군."

"아이들 한번 만나보세요."

볼독 씨는 앤절라의 말대로 했다. 아기는 난로 앞 작은 카펫에 누워 발길질하며 기분좋게 까르르거리고 있었다.

옆에 로라가 앉아 있었다. 양팔에 붕대를 감은 로라는 눈썹이 타버려서 묘한 느낌을 주었다. 로라는 색색의 딸랑이들을 흔들며 아기의 시선을 끌려 했다. 로라가 고개 돌려 볼독 씨를 쳐다보았다.

"안녕, 꼬마 로라?" 볼독 씨가 말했다. "잘 있었니? 아주 영웅 같았다더구나, 용감하게 구했다고?"

로라는 힐끗 쳐다보고는 다시 딸랑이를 흔들었다.

"팔은 어떠냐?"

"많이 아팠는데 약을 바르니까 괜찮아졌어요."

"넌 이상한 아이야." 볼독 씨가 의자에 털썩 앉으며 말했다. "언제는 고양이가 아기 숨통을 막길 바라더니—그래, 넌 그랬어—난 못 속이지—그러더니 다음날엔 목숨을 걸고 지붕을 타면서 아기 목숨을 구했구나!"

"아무튼 전 아기를 구했어요." 로라가 말했다. "아기는 아무데도 안 다쳤어요—한 군데도요." 로라는 아기 위로 몸을 숙이고 단호하게 말했다. "전 동생이 다치지 않도록 꼭 지킬 거예요. 평생 지켜줄 거예요."

볼독 씨가 천천히 눈썹을 치떴다.

"그러니까 사랑하게 됐다 그거냐? 동생을 사랑하니?"

"그럼요!" 로라는 이번에도 단호하게 대답했다. "전 세상에서 누구보다 이 아이를 사랑해요!"

자신을 돌아보는 로라의 얼굴을 보고 볼독 씨는 깜짝 놀랐다. 그는 누에고치가 터진 것 같다고 생각했다. 로라의 얼굴은 감정으로 상기돼 있었다. 눈썹도 속눈썹도 다 타버려 흉했지만, 그 얼굴에는 불현듯 이 아이를 아름답게 보이게 하는 감정이 넘실거렸다.

"알았다." 볼독 씨가 말했다. "알았어…… 그런데 난 네가 여기서 어디로 빠지게 될지 궁금하구나."

로라는 어리둥절한 눈으로 쳐다보았다. 조금 불안해 보였다.

"그게 맞는 거 아니에요? 동생을 사랑하는 건 당연한 거잖아요." 로라가 물었다.

볼독 씨는 로라를 응시했다. 생각에 잠긴 표정이었다.

"꼬마 로라 너한테야 그렇지." 그가 말했다. "그래, 너한테야……"

그는 손으로 턱을 두드리며 다시 생각에 잠겼다.

그는 역사학자로서 지금까지 주로 과거에만 관심을 가졌지만, 미래를 예지할 수 없다는 사실에 초조했던 순간이 있었다. 지금이 그런 순간이었다.

볼독 씨는 로라와 까르르거리는 셜리를 쳐다보며 화가 난
듯 잔뜩 얼굴을 찌푸렸다. 그는 생각했다. '십 년 후에 이 아이
들은 어디에 있을까? 이십 년 후―이십오 년 후에는? 나는 어
디에 있을까?'

마지막 질문에 대한 답은 금방 떠올랐다.

'흙속이겠지. 흙속에 있겠지.'

그는 답을 알고 있었다. 하지만 정말로 그렇게 믿지는 않았
다. 삶의 활기가 넘치는 긍정적인 사람이 자신이 죽는다는 사
실을 믿지 못하는 것과 같았다.

미래란 어둡고 미스터리한 것이다! 이십 년 후에 어떤 일이
일어날까? 또다시 전쟁이 일어날까? (그럴 것 같지는 않다!)
새로운 질병? 인공 날개를 단 사람들이 신성을 모독하는 사자
使者들처럼 거리를 둥둥 떠다닐까? 화성 여행? 스테이크와 싱
싱한 완두콩 대신 꺼림칙한 알약으로 생명을 부지할까?

"무슨 생각 하세요?" 로라가 물었다.

"미래."

"내일이요?"

"그보다 먼 미래. 글 읽을 줄 알지, 꼬마 로라?"

"당연하죠." 로라가 황당하다는 듯이 대답했다. "『닥터 돌
리틀』* 시리즈를 거의 다 읽었는데요. 『곰돌이 푸』도 읽었고,
또―"

"시시콜콜 늘어놓을 것 없다." 볼독 씨가 말했다. "넌 책을 어떻게 읽지? 처음부터 쭉 읽니?"

"네, 교수님은 안 그러세요?"

"안 그래." 볼독 씨가 대답했다. "나는 앞부분을 보고 요지를 파악한 다음 끝부분으로 가서 결말이 어떤지, 작가가 뭘 증명하려고 했는지 보지. 그리고 그후에야 다시 앞으로 돌아가서 그가 어떻게 그런 결론에 도달했는지, 무엇이 작가를 그렇게 이끌었는지 살펴봐. 그편이 훨씬 더 흥미진진하거든."

로라는 관심은 있지만 못마땅한 표정을 지었다.

"작가는 자기 책이 그런 식으로 읽히는 걸 바라지 않을 거예요."

"당연하지."

"저는 작가의 의도대로 읽어야 한다고 생각해요."

"아," 볼독 씨가 내뱉었다. "하지만 넌 빌어먹을 법률가들이 말하는 제2의 당사자를 잊고 있어. 독자 말이다. 독자에게도 나름의 권리가 있는 거야. 작가는 자기가 원하는 대로 책을 쓰지, 자기 멋대로. 구두법을 무시하기도 하고, 의미를 내키는 대로 가지고 놀기도 하고. 하지만 독자에게도 자기가 읽고 싶은 대로 읽을 권리가 있고, 그건 작가도 막을 수 없어."

---

* 미국의 작가 휴 로프팅이 쓴 열 권짜리 연작동화.

"마치 싸우는 것 같은데요." 로라가 말했다.

"난 그런 싸움을 좋아해." 볼독 씨가 말했다. "사실 우리 인간들은 노예처럼 시간에 얽매여 살지. 시간의 순서 같은 건 아무 의미도 없는 건데 말이야. 영원을 생각한다면, 우린 얼마든지 시간 속을 내키는 대로 건너다닐 수 있어. 하지만 아무도 영원을 성찰하지 않지."

로라는 더이상 볼독 씨의 이야기에 관심을 기울이지 않았다. 영원을 생각하고 있지 않았다. 로라가 생각하는 건 셜리였다.

볼독 씨는 아기를 바라보는 로라의 헌신적인 표정을 보며 다시 막연한 불안감을 느꼈다.

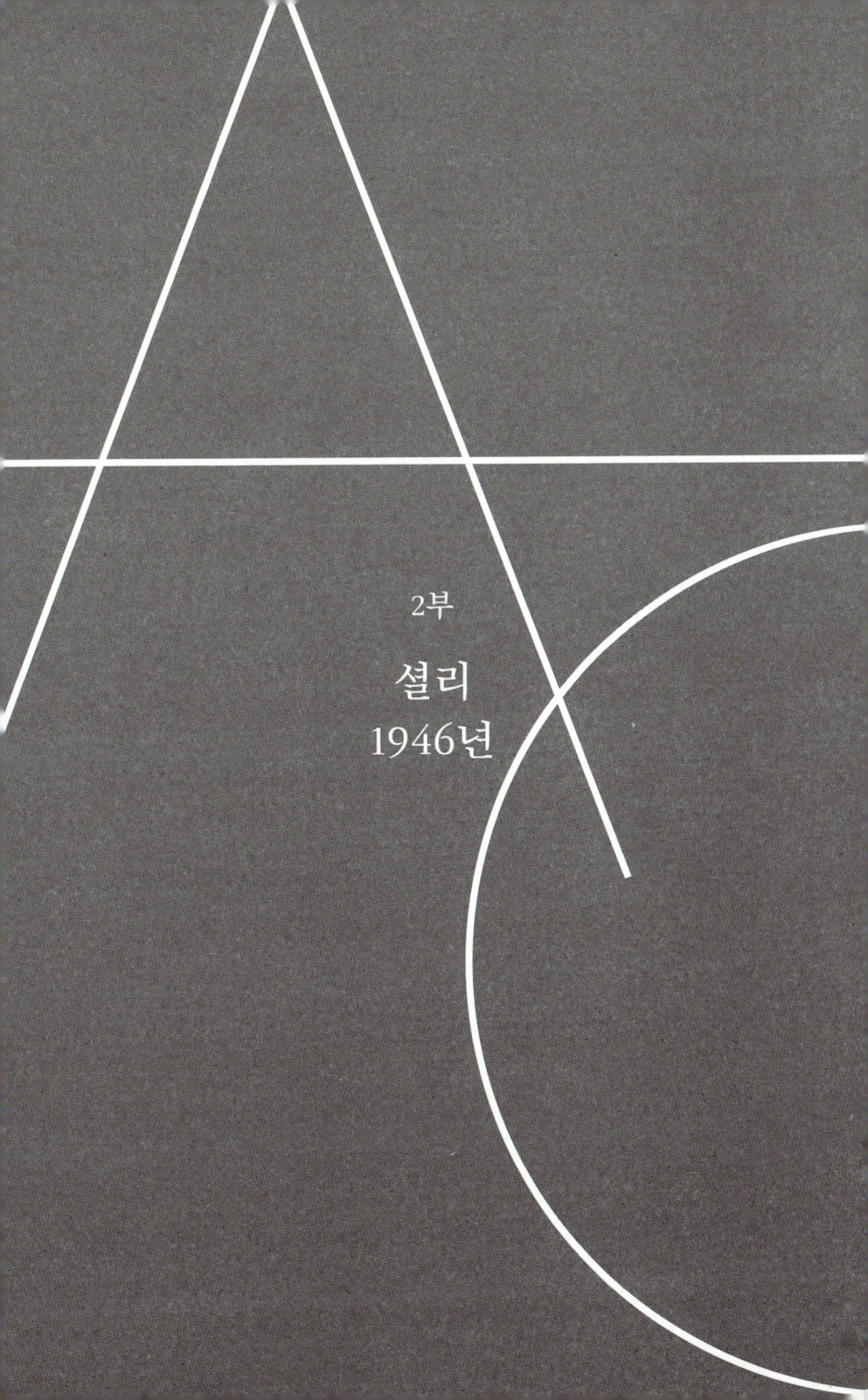

2부

셜리
1946년

1

셜리는 라켓과 신발을 한쪽 겨드랑이에 끼고 잰걸음으로 오
솔길을 걸었다. 그녀는 피식 웃고 살짝 숨을 몰아쉬었다.

서두르지 않으면 저녁식사 시간에 늦을 것이다. 마지막 세
트는 안 하는 게 좋았을 것이다. 만족스러운 시합도 아니었다.
팸은 실력이 형편없었다. 팸과 고든이 셜리에게 적수였던 적
은 없었다. 그리고―그 남자 이름이 뭐랬지? 그래, 헨리. 셜리
는 그의 성이 궁금했다.

헨리를 생각하자 셜리의 걸음이 느려졌다.

헨리는 아주 신선한 느낌이 드는 남자였다. 이곳의 청년들
과는 딴판이었다. 셜리는 이곳의 청년들을 공정하게 평가했
다. 교구 사제의 아들인 로빈은 점잖고 신앙심이 깊고 유쾌한

기사도 정신을 지녔고 런던대학에서 동양 어학을 전공하고 있는데 지식을 뽐내는 구석이 조금 있다. 그리고 피터. 그는 너무 애 같고 세상 물정에 어둡다. 그리고 에드워드 웨스트버리. 은행에 다니는 그는 나이가 꽤 많고 정치적 주관이 아주 뚜렷하다. 모두 이 벨버리의 청년들이다. 하지만 여기 사는 누군가의 조카인 헨리는 바깥세상에서 왔다. 그는 이곳에 자유와 무심함이라는 분위기를 가져왔다.

셜리는 '무심함'이라는 단어를 음미했다. 그녀가 소중하게 여기는 특징이었다.

벨버리의 분위기는 무심함과는 거리가 멀었다. 다들 아등바등 뒤엉켜서 살아갔다. 벨버리의 사람들은 모두 한데 뿌리를 내리고 있었다.

셜리는 이런 표현이 조금 애매하기는 해도 자신의 생각을 잘 드러낸다고 생각했다.

헨리는 분명 어디에도 속하지 않은 사람이었다. 이곳과 연결된 가장 가까운 지점이라면 여기 사는 누군가의 조카라는 사실뿐이었다. 그런데 그 고모도 혈육은 아닐지 몰랐다.

셜리는 중얼거렸다. "물론 말도 안 되는 생각이야. 헨리에게도 분명 다른 사람들처럼 가족이 있을 거야." 그녀는 그의 부모님이 어딘가 외국에서 상당히 젊은 나이에 죽었을 거라고 결론지었다. 혹은 헨리의 어머니가 리비에라*에 살면서 평생 여러 번 결혼했을 수도 있다고 생각했다.

셜리는 다시 중얼거렸다. "말도 안 돼. 사실 난 헨리에 대해서 아무것도 몰라. 성이 뭔지, 오늘 오후에 누가 그를 데려왔는지도 모르잖아."

하지만 그녀가 알지 못하는 게 본연의 헨리일 것 같았다. 늘 그렇게 애매하고, 배경도 확실치 않은 사람일 거라 생각했다. 그러다가 떠날 테고, 그때도 그의 성이 뭔지 누구의 조카였는지 모를 거라 생각했다. 호감 가는 미소를 지닌 매력적인 청년, 테니스를 놀랄 만큼 잘 치는 청년일 뿐이었다.

팸 크로프턴이 "어떻게 경기하는 게 좋을까요?"라고 물었을 때 보인 헨리의 냉랭한 태도가 셜리는 마음에 들었다. 그는 직설적으로 말했다.

"제가 셜리와 팀을 하겠습니다." 그러더니 라켓을 돌리며 물었다. "러프예요, 스무드예요?"**

헨리는 언제나 자기 하고 싶은 대로 하는 사람일 것 같았다.

아까 셜리가 "여기 오래 머물 건가요?"라고 물었을 때, 그는 대답을 흐렸다. "글쎄요, 그러지는 않을 겁니다."

헨리는 그들이 다시 만날 거라는 암시를 주지 않았다.

---

* 프랑스 동남부와 이탈리아 서북부의 지중해 연안 지역.
** 러프(라켓 뒷면)와 스무드(라켓 앞면) 중 하나를 선택한 뒤 라켓을 던져서 땅에 닿은 면으로 서브 순서를 정한다.

셜리는 얼굴을 찌푸렸다. 그가 그런 암시를 내비쳤다면 좋았을 텐데……

셜리는 다시 손목시계를 확인하고 걸음을 재촉했다. 많이 늦을 것 같았다. 로라가 뭐라고 하지는 않을 것이다. 로라는 화를 내는 법이 없었다. 언니는 천사였다……

집이 보였다. 조지아왕조 초기의 아름다움이 우러나는 고즈넉한 건물은 살짝 기운 듯이 보였다. 화재 때문이라고 했다. 화재로 건물 한 부분이 소실되었지만 개축하지 않았던 것이다.

셜리는 별수없이 걸음을 재촉했다. 왠지 오늘은 집에 가고 싶지 않았다. 답답한 사방 벽 속으로 들어가고 싶지 않았다. 해거름의 햇볕이 서쪽 창문의 살짝 바랜 꽃무늬 커튼으로 비쳐들었다. 아주 평온하고 고적한 분위기였다. 로라가 따뜻한 미소로 맞아줄 것이다. 그 지긋한 보호의 눈길, 저녁식사를 들고 쿵쾅대며 들어올 에설. 따스함, 사랑, 보호, 가정…… 인생에서 가장 소중한 것들이 분명하다. 셜리는 노력이나 간절한 기대 없이 그것들을 누렸다. 그것들이 그녀를 에워싸고 압박했다……

'표현 참 이상하네.' 셜리는 생각했다. '압박'이라고? 대체 무슨 의도로 그런 말을 떠올린 거지?'

하지만 그녀가 느끼는 감정이 그것이었다. 압박―분명히 느껴지는 지속적인 압박. 전에 도보여행을 할 때 멨던 배낭의

무게와 비슷했다. 처음에는 잘 모르겠다가 점점 의식하게 되고, 그다음부터는 어깨를 파고들며 몸을 내리누르는 짐덩어리……

"뭐야, 그런 생각을 하다니!" 셜리는 혼잣말을 하며 열린 현관문으로 뛰어들어갔다.

복도는 어두컴컴했다. 위층 계단 통로에서 로라가 조금 허스키한 목소리로 부드럽게 외쳤다.

"셜리니?"

"응. 많이 늦었지?"

"괜찮아. 겨우 마카로니에 그라탱인데 뭘. 에설이 방금 오븐에 넣었어."

로라 프랭클린이 계단 코너를 돌아나왔다. 가냘픈 몸매에 조금 창백한 얼굴이었다. 갈색 눈은 독특한 각도로 움푹 들어가 묘하게 슬픈 분위기를 풍겼다.

로라는 셜리에게 미소 지으며 내려왔다.

"재미있었어?"

"그럼." 셜리가 대답했다.

"테니스는 잘 쳤고?"

"그럭저럭."

"누구 흥미로운 사람은 없었어? 벨버리 사람들뿐?"

"거의 그랬지."

이상하게도 셜리는 대답하기가 싫었다. 대답한다고 나쁠 게 없는데도 그랬다. 동생이 얼마나 즐겁게 지냈는지 언니가 궁금해하는 건 당연한데도.

좋아하는 사람에 대해서는 뭐든 알고 싶은 법이다—

헨리의 가족도 그럴까? 셜리는 집에 있는 헨리를 상상해보려 했지만 할 수 없었다. 이상하게도 떠올릴 수가 없었다. 하지만 그에게도 분명 가정이 있을 텐데!

눈앞에 막연한 그림이 획획 지나갔다. 헨리가 방으로 들어가면, 남프랑스에서 막 돌아온 어머니가 있다. 백금색 머리의 그녀는 대담한 색깔의 립스틱을 정성스레 바르고 있다. "어머니, 돌아오셨어요?"—"그래, 테니스 쳤니?"—"네." 하지만 실제로는 궁금하지도 않고 관심도 없다. 헨리와 어머니 둘 다 상대가 무슨 일을 하는지에 대해 무관심하다.

로라가 궁금해서 물었다.

"뭐라고 혼잣말하는 거야? 입술이 실룩거리고 눈썹이 올라갔다 내려갔다 하는데?"

셜리는 웃음을 터뜨렸다.

"아냐, 그냥 상상 속 대화."

로라는 가느다란 눈썹을 추켜올렸다.

"재미있는 상상인가보네."

"실은 이상한 상상이었어."

부지런한 에설이 식당 문가에서 고개를 내밀고 말했다.

"식사 준비됐어요."

"우선 씻을게." 셜리가 외치고 계단을 뛰어올라갔다.

저녁식사가 끝나고 거실에 앉자 로라가 말했다. "오늘 '세인트 캐서린 비서학교'에서 보낸 안내 책자가 왔어. 비서학교 중에는 일류 같은데, 넌 어떻게 생각해, 셜리?"

셜리는 사랑스러운 앳된 얼굴을 찡그리며 물었다.

"속기와 타자를 배워서 취직하라는 거야?"

"그게 어때서?"

셜리는 한숨을 내쉬고 소리 내어 웃었다.

"난 게으른 사람이니까. 일하는 것보다 집에서 지내는 게 훨씬 좋아. 난 오랫동안 기숙학교에 있었잖아! 그러니 좀 쉬면 안 될까?"

"네가 진심으로 배우고 싶거나 하고 싶은 일이 있으면 좋겠어." 로라도 살짝 얼굴을 찡그렸다.

"난 구식이야." 셜리가 말했다. "그냥 여기서 듬직하고 잘생긴 남편, 늘어가는 가족이 쓸 넉넉한 재산이나 꿈꾸며 살고 싶어."

로라는 대답이 없었지만 여전히 걱정스러운 표정을 짓고 있었다.

"세인트 캐서린 비서학교에 다닌다면 런던 어디서 살지도 고민이야. 사촌 앤절라 집에서 하숙하면 어떨까? 어쩌면ー"

"앤절라는 싫어. 나 좀 봐줘, 언니."

"그럼 거기 말고 다른 집을 알아보자. 호스텔도 있어. 기숙사에서 다른 여학생과 살 수도 있고."

"언니가 함께 살면 안 돼?" 셜리가 물었다.

로라는 고개를 저었다.

"난 여기 있을 거야."

"여기 있겠다고? 함께 런던에 가지 않고?"

셜리는 부루퉁하고 믿을 수 없다는 투로 말했다.

로라는 간단하게 대답했다. "널 불편하게 하고 싶지 않아, 셜리."

"날 불편하게 한다고? 언니가?"

"글쎄ー너도 알다시피, 집착하잖니."

"자식을 닦달하는 엄마처럼 그런다고? 언니는 전혀 그렇지 않아."

로라가 의심스러운 듯이 대꾸했다. "나도 아니길 바라지만 사람은 자기 자신에 대해 잘 몰라." 그녀는 얼굴을 찌푸리며 덧붙였다. "사람들 대부분이 자기 자신에 대해 잘 모르지……"

"아무튼 난 정말 언니가 걱정을 사서 한다고 생각해. 언니는 남을 압박하는 타입이 아니야ー적어도 내겐 그래. 감시하지도 괴롭히지도, 나를 위한답시고 내 인생을 대신 결정하지도 않아."

"그럴까? 사실은 지금 내가 그러고 있는데? 네가 원하지도 않는데 널 위한답시고 런던에서 비서학교에 다니라고 하잖아!"

자매는 함께 웃음을 터뜨렸다.

2

로라는 등을 죽 펴며 기지개를 켜고 말했다.

"네 다스예요."

스위트피를 묶고 있었다. 로라가 다시 말했다.

"트렌들에서 좋은 값을 받아야 할 텐데요. 포기가 길고 꽃송이가 네 개씩 달렸잖아요. 올해 스위트피 재배는 성공적이에요, 호더."

호더는 쭈글쭈글하고 꾀죄죄하고 우울한 얼굴의 노인이었다. 그는 전문가로서 투덜대며 동의했다.

"나쁘지 않았죠, 괜찮았어요." 그는 마지못해 대꾸했다.

호더는 자신의 가치를 확신하는 사람이었다. 나이들어 은퇴했지만 유능한 정원사였고, 오 년 동안 계속된 전쟁이 끝날 무렵부터 몸값이 올랐다. 모두 호더를 데려가려 했다. 군수사업으로 큰돈을 벌었다는 킨들 씨의 부인이 더 높은 급여를 불렀지만 로라가 굳세게 밀어붙여서 호더를 차지했다.

호더도 킨들가보다 프랭클린가가 좋았다. 예전부터 로라의 부모님을 알았다. 선량하고, 좋은 집안에서 나고 자란 사람들이었다. 그는 로라의 어린 시절을 기억했다. 하지만 이런 감상만으로 프랭클린가를 택한 건 아니었다. 사실 호더는 로라 밑에서 일하는 게 좋았다. 로라는 느슨해질 틈을 주지 않고 요령 있게 몰아붙였다. 외출할 때 작업을 얼마나 시켜둬야 하는지 알았다. 그가 해놓은 일을 제대로 평가할 줄도 알았다. 칭찬과 감탄을 아끼지 않았다. 간식 시간에 진하고 달콤하고 따끈한 홍차도 자주 내줬다. 배급을 받던 시절이라 모두가 차와 설탕 인심이 후한 건 아니었다. 그리고 로라 역시 손이 빠른 일꾼이어서 호더보다 더 빨리 꽃을 묶을 수도 있었다. 이건 대단한 장점이었다. 로라는 아이디어가 넘쳤고, 언제나 미래를 내다보면서 이런저런 계획을 세우고 최신의 기술도 척척 받아들였다. 가령 클로시*가 그랬다. 호더는 클로시가 탐탁지 않았다. 로라는 자신의 생각이 틀릴 수도 있다는 사실을 인정하면서 한번 해보자고 부추겼다…… 로라가 그렇게 나오자 호더도 일단 해보자고 못 이기는 척 동의했다. 그렇게 토마토를 키웠는데 결과를 보고 그는 깜짝 놀랐다.

---

* 작물을 상해에서 보호하는 종 모양의 유리 덮개.

"다섯시예요." 로라가 손목시계를 힐끗 보며 말했다. "정말 빨리 했네요."

그녀는 주위를 둘러보다가 내일 밀체스터로 가져갈 것들이 담긴 철제 꽃병들과 깡통들을 바라보았다. 로라는 밀체스터의 꽃집 한 곳과 청과상 한 곳에 물건을 공급했다.

"채소 값을 잘 쳐준다니," 나이든 호더가 흐뭇해하며 말했다. "믿을 수가 없네요."

"꽃으로 바꾸길 정말 잘한 것 같아요. 전쟁 동안 모두들 꽃에 굶주려 있었으니까요. 이젠 대부분 채소를 키우고 있어요."

"아! 정말 많은 게 달라졌죠." 호더가 대답했다. "아가씨의 부모님에게라면 시장에 내다팔 작물을 재배한다는 건 당치도 않은 일이었을 겁니다. 그림 같던 이 저택의 풍경이 기억나네요! 웹스터가 정원사였는데, 그래요, 그 사람은 불이 나기 직전에 왔죠. 그 불! 몽땅 타지는 않았으니 그나마 다행이었어요."

로라는 고개를 끄덕이며 고무 앞치마를 벗었다. 호더의 말에 그녀의 머릿속은 오래전으로 거슬러올라갔다. '불이 나기 직전에—'

그때의 화재는 로라의 삶에 일종의 전환점이었다. 로라는 사고 이전의 자신을 떠올려보았다—관심과 애정을 갈망하던 불행하고 샘 많은 아이.

하지만 화재가 있었던 밤에 새로운 로라가 태어났다. 로라의 삶은 갑자기 만족스럽고 풍요롭게 변했다. 셜리를 안고 연기와 불길을 헤치고 나온 그 순간, 로라는 인생의 목표와 의미를 찾았다—셜리를 보살피는 일!

로라는 셜리의 목숨을 구했다. 셜리는 그녀의 것이었다. 그 순간 엄마 아빠는 전경과 배경 뒤로 사라져버리고(로라에게는 그렇게 보였다) 중요한 두 사람만 있었다. 부모님의 관심을 받고 그들에게 필요한 자식이 되고 싶었던 간절한 열망이 희미해지다가 사그라졌다. 로라는 부모님이 자신을 사랑해주기를 간절히 바랐지만 어쩌면 그만큼 그들을 사랑하지는 않았을지 모른다. 로라는 셜리라는 이름을 가진 핏덩이에게 너무도 충동적인 애정을 느꼈다. 간절하던 바람이 충족되고, 어렴풋하던 욕구도 모두 채워졌다. 이제부터 중요한 사람은 자신이 아니라 셜리였다……

로라는 셜리를 보살필 생각이었다. 동생이 안전한지 살피고, 위험한 고양이가 달려들지 못하도록 지킬 생각이었다. 또 밤에 일어나 화재 위험이 있는지 확인하고, 셜리를 위해 온갖 치다꺼리를 해주고, 장난감을 가져다주고, 셜리가 더 자라면 같이 놀아주고 아프면 돌봐주고……

물론 열한 살 아이는 미래를 알지 못했다. 프랭클린 부부가 르 투케*로 짧은 휴가를 떠났다가 돌아오려고 탄 비행기가 추락하리라고는……

그때 로라는 열네 살, 셜리는 세 살이었다. 가까운 친척이라고는 나이든 여자 사촌뿐이었다. 로라는 직접 계획을 세우고 신중하게 검토해서 어른들이 승낙할 수 있게 다듬었다. 그런 다음 결단력을 발휘해서 모든 일을 꿋꿋하게 밀고 나갔다. 나이 많은 변호사와 볼독 씨가 유언집행자 겸 재산관리인이 되었다. 로라는 학교를 그만두고 집에 있겠다고 했고, 유능한 보모를 두어 셜리를 보살피게 하자고 제안했다. 위크스 부인을 입주시키면 로라를 가르치면서 명목상 가사일도 맡길 수 있을 거라고 했다. 영리한 제안이었고, 현실적이고 수월하게 실행할 수 있는 계획이었다. 다만 볼독 씨는 거턴 출신의 위크스 부인 때문에 이 제안을 잠시 반대했다. 그는 위크스 부인이 로라의 머리에 엉뚱한 생각을 심어놓아 책상물림 헛똑똑이로 만들까봐 염려했다.

하지만 정작 로라는 이것에 대해 아무 걱정이 없었다. 상황을 끌고 갈 사람은 바로 자신이었다. 위크스 부인은 수학에 관심이 많은 지적인 여자였다. 그녀는 집안 살림에 관심이 없었다. 계획은 착착 진행되었다. 로라는 잘 배워나갔고, 위크스 부인도 전에는 받아들이지 않았던 방식이지만 무리 없이 해나갔다. 로라는 볼독 씨와 위크스 부인이 충돌하지 않게 신경

---

* 프랑스 북부 연안의 휴양 도시.

썼다. 하인을 새로 들이는 일도, 셜리를 유치원에 보내고 훗날 근교 수녀원의 부속학교에 보내는 일도, 위크스 부인이 정한 듯 보였지만 사실 모두 로라가 정한 것이었다. 셜리는 유명한 기숙학교에 들어갔다. 그때 로라는 스물두 살이었다.

그리고 일 년 후 전쟁이 일어나자 그들의 생활도 달라졌다. 셜리의 학교는 웨일스의 낯선 지역으로 옮겨갔다. 위크스 부인은 런던의 관청에 취직했다. 로라는 집이 항공국에 징발되는 바람에 정원사의 숙소로 옮겨야 했고, 인근 농장에서 농업 촉진 부녀회의 일원으로 일했다. 그러면서 집 텃밭에서 채소를 재배했다.

그러다가 일 년 전 독일과의 전쟁이 끝났다. 놀랄 만큼 갑작스럽게 집을 되찾았다. 로라는 집다운 분위기를 되찾기 위해 애써야 했다. 셜리는 졸업하고 집으로 돌아왔다. 그녀는 대학에 가서 학업을 이으라는 로라의 조언을 단호히 거부했다.

셜리는 스스로 머리가 좋은 부류가 아니라고 단언했다! 교장은 로라에게 보낸 편지에서 약간 다른 표현으로 셜리의 주장에 동의했다.

"사실 셜리에게 대학교육이 도움이 될 거라고 보지 않습니다. 셜리는 사랑스럽고 아주 영민한 학생이지만 학구적인 타입이 아닌 건 분명합니다."

그래서 셜리는 집에 돌아왔다. 오랫동안 한식구였던 에설

역시 일하던 공장의 군수품 생산이 중단되자 다시 프랭클린가로 돌아왔다. 전에 에설은 식사 시중을 드는 하녀였지만, 이제는 가사 전반을 돕는 가정부이자 친구로서 살게 됐다. 로라는 채소와 꽃을 계속 재배하며 꼼꼼하고 계획적으로 일했다. 세금이 늘어 수입이 예전 같지 않았다. 자매가 집을 유지하면서 살려면 정원에서 수익을 올려야 했고, 수익이 난다는 보장이 있어야 했다.

그 그림이 로라가 앞치마를 벗고 집에 씻으러 들어가면서 떠올린 과거의 풍경이었다. 오랜 세월 그 그림의 중심에 셜리가 있었다.

아장아장 걷고 더듬거리며 알아듣지 못할 소리로 인형에 대해 말하는 아기 셜리. 유치원에서 돌아와 더크워스 선생에 대해 두서없이 이야기를 쏟아내는 조금 더 자란 셜리. 토미는 이랬고 메리는 저랬고 로빈이 어떤 말썽을 부렸고 피터가 이야기책에 어떤 그림을 그렸는지 더크워스 선생이 뭐라고 했는지.

더 자란 셜리가 기숙학교에서 집에 돌아오면 이야깃거리가 차고 넘쳤다. 마음에 드는 여자애 이야기, 마음에 안 드는 여자애 이야기, 제프리 영어 선생의 천사 같은 면모, 앤드루스 수학 선생의 인색함, 프랑스어 선생에게 쳤던 지독한 장난. 셜리는 감추는 것 하나 없이 편하게 시시콜콜 이야기했다. 두 사람의 관계는 묘했다. 여느 자매들과 달리 나이차가 컸지만, 그렇다고 부모자식처럼 세대차가 나는 관계도 아니었다. 로라는 이런저런 질문을 할 필요가 전혀 없었다. 셜리는 계속 재잘댔다. "세상에, 언니한테 할 이야기가 얼마나 많은지 몰라!" 그러면 로라는 귀담아들으며 웃고, 의견을 말하고, 상황에 따라서 반대하거나 동의했다.

셜리가 집으로 돌아오자 모든 게 예전으로 돌아갔다. 아니, 로라는 그렇게 생각했다. 두 사람은 매일매일 서로에게 그날 있었던 일을 이야기했다. 셜리는 로빈 그랜트, 에드워드 웨스트버리에 대해 생각나는 대로 이야기했다. 솔직하고 다정한 셜리는 그날그날 무슨 일이 있었는지 말하는 것이 자연스러웠다. 아니, 전에는 자연스러운 것 같았다.

하지만 어제 셜리는 하그리브스의 집에서 테니스를 치고 돌아왔고, 로라의 질문에 묘하게 단답형으로 대답했다.

로라는 궁금했다. 물론 셜리는 어른이 되어가고 있었다. 자기만의 생각, 자기만의 삶을 꾸릴 나이였다. 그게 자연스럽고도 합당했다. 로라가 할 일은 셜리가 원하는 것을 이룰 수 있도록 최선의 길을 찾는 것이었다. 로라는 한숨을 쉬고 다시 손목시계를 내려다보았다. 가서 볼독 씨를 만나보기로 했다.

1

로라가 오솔길을 걸어 볼독 씨의 집에 도착했을 때, 그는
정원에서 분주하게 일하고 있었다. 그는 끙 소리를 내더니 물
었다.

"내 베고니아 어떠냐? 아주 예쁘지?"

사실 볼독 씨는 심하다 싶을 만큼 서툰 정원사였지만 일궈
낸 결과를 과하게 자랑스러워했고 실패하면 딴청을 부렸다.
그의 친구라면 실패에 대해서는 언급하지 말아야 했다. 로라
는 듬성듬성 핀 베고니아를 유순하게 바라보다가 아주 멋지다
고 대답했다.

"멋지다고? 아냐, 이것들은 훌륭해!" 볼독 씨는 십팔 년 전
보다 훨씬 살이 올랐다. 그는 또다시 끙끙거리면서 허리를 굽

히고 잡초를 뽑았다.

"올여름에는 비가 많이 오는구나." 그가 툴툴댔다. "뽑기 무섭게 다시 올라와. 메꽃 덩굴만 생각하면 정말 할말이 없을 정도다! 넌 아니라고 하겠지만 난 꼭 악마에게 홀린 것 같거든!" 그는 살짝 숨을 몰아쉬고는 말하는 사이사이 힘겹게 숨을 내쉬었다. "그래, 꼬마 로라, 뭔 일 있냐? 고민이라도 생겼어? 무슨 문제인지 얘기해봐라."

"전 여섯 살 때부터 걱정거리가 있을 때마다 교수님에게 달려왔어요."

"넌 이상한 아이였어. 창백한 얼굴에 왕방울 같은 눈에."

"제가 옳은 건지 알고 싶어요."

"나라면 그런 걱정은 안 할 거다." 불독 씨가 말했다. "빌어먹을! 올라와봐라, 이 징글징글한 놈아! (메꽃에게 한 말이었다.) 아니, 나라면 그런 건 개의치 않을 거란 소리야. 뭐가 옳고 뭐가 그른지 전혀 모르는 사람도 있어. 그건 음악을 듣는 귀와 비슷한 거야!"

"도덕적으로 옳고 그른 게 아니라 제가 현명하게 처신하고 있는지 알고 싶다는 뜻이에요."

"그래, 그건 아주 다른 문제지. 사람들은 대부분 현명한 처신보다 어리석은 짓을 더 많이 하니까. 문제가 뭐냐?"

"셜리요."

"당연히 셜리겠지. 네가 언제 다른 사람 일에 관심이나 가졌니?"

"전 셜리가 런던의 비서학교에서 공부할 수 있도록 준비했었어요."

"정말 어리석구나." 볼독 씨가 말했다. "셜리는 사랑스러운 아이지만 유능한 비서가 될 재목은 아니야."

"그애도 뭔가 해야죠."

"요즘은 다들 그렇게 말하더구나."

"그리고 전 셜리가 사람들과 만나면 좋겠어요."

"망할 놈의 지겨운 쐐기풀 같으니." 볼독 씨가 긁힌 손을 흔들며 말했다. "사람들? 사람들이라니 어떤 사람들? 일반 대중? 사장들? 다른 여자들? 젊은 남자들?"

"젊은 남자들이겠죠."

볼독 씨는 키득거렸다.

"그애는 여기서도 나쁘지 않아. 목사관의 마마보이 로빈이 셜리에게 집적거리고, 피터도 푹 빠진 것 같고, 에드워드 웨스터버리까지 얼마 남지 않은 머리에 포마드를 바르기 시작했어. 지난 주말 교회에 포마드 냄새가 진동하더구나. 난 '저 친구 마음을 뺏은 여자가 누굴까?' 그랬지. 그런데 교회에서 나올 때 보니까 웨스터버리가 꼭 뭐 마려운 개처럼 셜리에게 다가가서 말을 붙이더구나."

"셜리는 그들 누구에게도 마음이 없는 것 같아요."

"그 아이가 왜 그럴까? 로라, 동생에게 시간을 줘. 셜리는 아주 어려. 그건 그렇고, 셜리를 런던으로 보내고 싶은 진짜 이유나 말해봐라. 혹시 너도 같이 가려는 거냐?"

"아, 아니요, 그런데 그게 요점이에요."

볼독 씨가 허리를 폈다.

"그게 요점이라고?" 그는 로라에게 궁금해하는 눈길을 던졌다. "로라, 네 생각을 정확히 말해봐라."

로라는 자갈 깔린 오솔길을 내려다보았다.

"교수님이 방금 말씀하신 것처럼 제게 중요한 사람은 오직 셜리예요. 전—제 사랑이 지나쳐서 그 아이에게—혹시 상처를 주게 될까봐 겁이 나요. 셜리를 너무 가까이에 붙잡아두는 게 아닌지요."

볼독 씨는 뜻밖에도 부드러운 말투로 이야기했다.

"셜리는 너보다 열한 살이나 어리고 어떤 면에서는 동생이라기보다 딸 같은 존재잖니."

"제가 엄마 노릇을 해왔죠. 그래요."

볼독 씨는 고개를 끄덕였다.

"그리고 넌 똑똑한 아이니까 모성애가 소유욕 강한 애정이라는 걸 깨달았을 거고?"

"네, 바로 그거예요. 전 그러고 싶지 않아요. 전 셜리가 자유롭길 바라요―그래요―자유롭게 지내길 바란다고요."

"그래서 그게 셜리를 보금자리에서 밀어내는 근본적인 이유라는 거냐? 그애가 세상에 나가 자립해야 한다고 생각하니?"

"네. 그런데 확신이 서질 않아요―그게 옳은 건지."

볼독 씨는 짜증스러운 듯이 코를 문지르며 말했다.

"여자들은 다 똑같아! 매사에 구구한 설명을 늘어놓는 게 여자들의 문제야. 어떻게 하는 게 현명한 건지 누가 어떻게 알지? 어린 셜리가 런던에 가서 이집트인 학생과 눈이 맞아 블룸즈버리에서 커피색 피부의 아기를 낳는다면 넌 자신을 책망하겠지. 하지만 그 책임은 온전히 셜리와 그 남학생에게 있는 거야. 만약 셜리가 비서 교육을 받고 좋은 직장에 취직해 상사와 결혼한다면 넌 아마 흡족해하겠지. 다 허튼소리다! 사람은 다른 사람의 삶을 대신 이끌 수 없어. 문제는 셜리가 지각 있게 사느냐 그러지 못하느냐지. 시간이 지나면 알게 될 거다. 런던으로 보내는 게 좋은 계획 같으면 그대로 밀어붙여. 단, 너무 심각하게 여기진 마라. 그게 바로 네 문제야, 로라. 넌 인생을 너무 심각하게 받아들여. 여자들의 문제가 바로 그거다."

"그럼 교수님은 안 그러신다는 거예요?"

"난 메꽃은 심각하게 여기지." 볼독 씨가 말하면서 한쪽에 쌓인 잡초 더미를 못마땅한 눈으로 보았다. "그리고 진딧물도 그래. 위장도 심각하게 여기고. 안 그러면 위 때문에 영 괴로워지거든. 하지만 다른 사람의 인생에 대해 왈가왈부하는 건 안중에도 없는 일이다. 난 타인의 삶을 지나칠 만큼 존중하며 살아온 사람이야."

"교수님은 이해 못하세요. 셜리가 인생에 실패해서 불행해지기라도 하면 전 견딜 수 없을 거예요."

"말도 안 되는 소리!" 볼독 씨가 사납게 말했다. "그 아이가 불행해지는 게 뭐가 대수지? 많은 사람이 다 그러고 산다. 불행을 견뎌야지, 다른 모든 것을 견뎌야 하는 것처럼. 세상을 헤치고 살아가려면 용기가 필요해. 용기와 유쾌한 마음."

그는 로라를 날카로운 눈길로 보았다.

"너 자신은 어떠냐?"

"저요?" 로라가 놀라서 반문했다.

"그래. 만일 네가 불행해진다면 어떻겠어? 넌 견딜 수 있니?"

로라가 미소 지었다.

"그건 생각해본 적이 없는데요."

"흠, 왜 생각해보지 않았지? 자신에 대해서도 조금은 생각해야지. 여자에게 이기심이 없는 건 파이 만드는 솜씨가 없는 것만큼이나 재앙이야. 넌 인생에서 뭘 원하지? 스물여덟 살이니 결혼할 때도 됐잖니. 남자 만날 생각은 안 하는 거냐?"

"당치도 않은 소리예요, 볼디."

"이놈의 엉겅퀴, 방풍초!" 볼독 씨는 발끈했다. "넌 여자잖니? 못생기지 않았고 아주 정상적인 여자야. 혹시 정상이 아닌 거냐? 남자가 키스하려고 하면 어떻게 반응하지?"

"그런 남자가 거의 없었어요." 로라가 대답했다.

"대체 왜 그런 걸까? 아직 준비되지 않아서?" 그는 손가락 하나를 흔들며 말을 이었다. "넌 언제나 딴생각만 해. 단정한 코트와 치마를 입은 수수한 네 모습을 보면 어머니는 흡족해했겠지. 입술이며 손톱에 우체통 같은 색깔을 칠하는 일은 왜 안 하는 거냐?"

로라는 볼독 씨를 빤히 쳐다보았다.

"교수님은 립스틱도 빨간 손톱도 다 싫다고 하셨잖아요."

"내가 그랬다고? 당연하지, 난 일흔아홉 살이니까! 하지만 그건 상징이야. 네가 세상에 나가 자연의 게임에 참가할 준비가 됐다는 이른바 짝짓기 신호 같은 거. 그런데 봐라, 로라, 넌 누구나 좋아할 만한 짝은 아니야. 넌 어쩔 수 없다는 듯한 표정을 지으며 성적인 깃발을 휘날리지는 않지. 그런 여자들도 있잖니? 물론 네가 아무런 행동을 하지 않더라도 널 알아볼 특별한 남자가 있을 거야. 네가 제 짝인 걸 알아보는 똑똑한 놈이 있을 거란 말이지. 하지만 그런 일은 드물어. 넌 네가 할 일을 해야 해. 여자라는 걸 명심하고, 여자답게 행동하면서 짝을 찾아."

"우리 볼디, 전 교수님의 설교를 좋아해요. 하지만 전 가망 없는 평범한 여자예요."

"그래서 노처녀로 늙어 죽겠다는 거냐?"

로라는 살짝 얼굴을 붉혔다.

"아뇨, 물론 그런 뜻은 아니에요. 그냥 제가 결혼할 거라는 생각이 들지 않아요."

"패배주의자 같으니!" 볼독 씨가 쏘아붙였다.

"아니요, 사실 그런 게 아니에요. 절 사랑할 남자가 없을 것 같다는 생각이 드는 것뿐이에요."

"남자들이란 어떤 여자에게도 끌릴 수 있는 족속이야." 볼독 씨가 거칠게 말했다. "언청이든 여드름투성이든 주걱턱이든 돌대가리든 백치든! 네가 아는 유부녀들 반만 떠올려봐라! 꼬마 로라, 넌 그냥 관심이 없는 거야! 넌 사랑을 주고만 싶지 받고 싶지는 않은 거란 말이다. 거기에 중요한 이유가 있지. 사랑받는다는 건 무거운 짐을 짊어지는 거니까."

"제가 셜리를 지나치게 사랑한다고 생각하세요? 지나친 소유욕이라고요?"

"아니다." 볼독 씨가 천천히 대답했다. "지나친 소유욕이라고 생각하진 않아. 분명 그런 면은 없지."

"그럼—사람을 지나치게 많이 사랑할 수도 있다고 생각하세요?"

"당연하지!" 불독 씨가 언성을 높였다. "사람은 뭔가를 지나치게 사랑할 수 있다. 지나치게 먹고, 지나치게 마시고, 지나치게 사랑하고……"

그는 어떤 구절을 인용했다.

나는 백 가지 사랑의 기술을 알았으나

그 하나하나가 연인을 슬프게 만들었다.

"이 말을 곰곰이 생각해봐라, 꼬마 로라."

2

로라는 생글거리며 집으로 걸어갔다. 집에 도착하자 에설이 나와 비밀을 털어놓듯 속삭였다.

"글린에드워즈라는 아주 젊은 남자분이 기다리고 계세요. 일단 거실로 모셨어요. 기다리겠다고 하시더라고요. 괜찮아 보여요, 진공청소기를 사달라거나 신세 한탄하러 온 사람은 아닌 것 같다고요."

로라는 가볍게 웃었지만 에설의 판단을 믿었다.

글린에드워즈? 기억에 없는 이름이었다. 어쩌면 전시에 이 집을 숙소로 썼던 젊은 조종사들 중 하나인지도 몰랐다.

그녀는 복도를 걸어 거실로 갔다.

일면식도 없는 청년이 얼른 자리에서 일어났다.

그때 헨리에게 받은 느낌이 나중까지 로라에게 지워지지 않는 인상이 됐다. 헨리는 낯선 사람이었다. 그 느낌은 끝까지 변하지 않았다.

청년은 미소를 짓고 있었다. 진지하고 매력적인 미소가 갑자기 흔들렸다. 그는 깜짝 놀란 눈치였다.

"프랭클린 양인가요?" 그가 물었다. "아니군요—" 불쑥 그가 다시 자신 있게 환한 미소를 지었다. "알겠습니다. 당신의 동생이었군요."

"셜리 말인가요?"

"네, 셜리요." 헨리가 대답했다. 그는 안심하는 듯했다. "어제 테니스 모임에서 만났습니다. 전 헨리 글린에드워즈라고 합니다."

"앉으세요." 로라가 말했다. "셜리는 곧 돌아올 거예요. 목사관 티타임에 갔거든요. 셰리주 하실래요? 아니면 진?"

헨리는 셰리주를 마시겠다고 했다.

그들은 앉아서 대화를 나눴다. 헨리는 반듯했고, 수줍은 듯한 태도가 순진해 보였다. 확신에 차서 어필하려 했다면 반발심을 느꼈을 것이다. 하지만 그는 느긋하고 쾌활하게 말했고,

당황하지 않고 유쾌하고 매너 있게 로라에게 대화의 주도권을 양보했다.

"벨버리에서 지내세요?" 로라가 물었다.

"아니요, 엔즈무어에 있는 고모님 댁에서 지냅니다."

엔즈무어는 60마일 떨어진 곳으로 밀체스터의 다른 쪽이었다. 로라는 조금 놀랐다. 헨리는 어느 정도 설명할 필요가 있다고 느꼈다.

"제가 어제 실수로 다른 사람 라켓을 들고 갔습니다." 그가 말했다. "바보같이 말입니다. 그래서 그걸 돌려주고 제 걸 찾으려고 왔습니다. 차에 휘발유를 넣은 참이기도 해서요."

그는 로라를 차분하게 바라보았다.

"라켓은 찾으셨나요?"

"아, 그럼요." 헨리가 대답했다. "다행히도요. 제가 물건을 잘 잃어버리거든요. 프랑스에 있을 때는 군 장비도 종종 잃어버렸습니다."

그는 순진하게 눈을 깜빡거렸다.

"그래서 이왕 온 김에 셜리를 만나고 가려고 왔습니다." 헨리가 말했다.

살짝 당황한 기색이 있는 걸까 없는 걸까?

당황한 기색이 있었다면 좋았을 것이다. 사실 로라는 지나친 자신감보다 그런 태도가 좋았다.

헨리는 무척이나 호감을 주는 청년이었다. 로라는 헨리가 아주 분명하게 발산하는 매력을 느꼈다. 이해할 수 없었던 건 그녀 마음속에서 확연하게 일어난 적대감이었다.

역시 소유욕일까? 로라는 궁금했다. 셜리가 전날 헨리를 만난 사실을 말하지 않았다는 것이 이상했다.

그들은 좀더 대화를 이어갔다. 어느덧 일곱시가 지났다. 헨리는 일반적인 방문 시간이 지났는데도 머물렀다. 셜리를 만날 때까지는 돌아가지 않을 생각인 것 같았다. 로라는 셜리가 언제 올지 궁금했다. 평소라면 이미 돌아왔을 시간이었다.

로라는 헨리에게 양해를 구하고 거실에서 나와 전화기가 있는 서재로 갔다. 목사관에 전화를 걸었다. 목사 부인이 전화를 받았다.

"아, 로라. 셜리요? 여기 있죠. 지금 로빈과 클록 골프*를 하고 있어요. 바꿔드릴게요."

잠시 후 셜리의 명랑하고 활기찬 목소리가 들렸다.

"언니야?"

로라는 딱딱하게 말했다.

"네 손님이 와 있어."

"손님? 누군데?"

---

* 시계문자판 모양으로 12등분한 홀에 공을 넣는 골프 게임.

"글린에드워즈라던데? 한 시간 반 전에 들이닥쳐서 아직까지 기다리고 있어. 널 만나기 전에는 안 돌아갈 생각인가봐. 이제 우린 할 얘기도 떨어졌어!"

"글린에드워즈? 처음 듣는 이름인데? 아—어쨌든 가야겠구나. 아까워, 로빈의 기록을 깰 참이었는데."

"어제 테니스 칠 때 만났다고 했던 것 같아."

"설마 헨리?"

셜리가 흥분한 어조로 믿을 수 없다는 듯이 말했다. 로라는 그 말투에 놀랐다.

"그런지도 모르지." 로라는 딱딱하게 대꾸했다. "고모님 댁에서 지낸다던데—"

셜리가 숨을 몰아쉬며 로라의 말을 가로막았다.

"헨리야. 당장 갈게."

로라는 가벼운 충격을 느끼며 수화기를 내려놓았다. 그리고 천천히 거실로 돌아갔다.

"셜리는 곧 돌아올 거예요." 로라는 말하고, 헨리에게 저녁 식사를 하고 가라고 덧붙였다.

3

로라는 저녁 식탁의 상석에서 등을 기대고 앉아 두 사람을 지켜보았다. 커튼을 젖힌 창문 밖은 땅거미가 지고 있었지만 아직 어둡지 않았다. 저녁 햇살이 젊은 남녀의 얼굴을 두드러지게 비췄다. 둘은 편안하게 마주보고 있었다.

로라는 냉담하게 그들을 바라보면서 점점 불편해지는 자신의 심리를 이해해보려고 애썼다. 그저 헨리가 마음에 들지 않아서일까? 아니다, 그럴 리 없다. 로라는 헨리가 매력적이고 호감을 주고 예의바르다는 것을 인정했다. 하지만 그에 대해 아는 것이 없기 때문에 정확한 판단은 내릴 수 없었다. 혹시 그가 매사에 지나치게 안이하고, 지나치게 즉흥적이고, 지나치게 무심한 건 아닐까? 그게 가장 그럴듯했다―무심함.

그런 감정들 한복판에 분명 셜리가 있었다. 로라는 뭐든 속속들이 안다고 확신하던 사람에게서 전혀 몰랐던 면모를 본 것 같은 강렬한 충격에 휩싸였다. 로라와 셜리는 지나치다 싶을 만큼 서로에게 비밀이 없었고, 그동안은 주로 셜리가 자신이 좋아하거나 싫어하는 것, 하고 싶은 일, 실망한 일 등을 이야기했다.

하지만 어제 로라가 지나가듯 "누구 흥미로운 사람은 없었어? 벨버리 사람들뿐?" 하고 물었을 때, 셜리는 "거의 그랬지"라고 대답했다.

로라는 셜리가 왜 헨리 이야기를 하지 않았는지 의아했다. "설마 헨리?"라고 물을 때의 숨찬 듯한 흥분도 문득 떠올랐다.

로라는 바로 앞에서 오가는 대화로 주의를 돌렸다.

헨리가 말하고 있었다……

"—당신이 좋다면 그렇게 하죠. 카스웰로 데리러 갈게요."

"아, 좋아요. 경마장은 한 번도 못 가봤거든요……"

"말던은 시시한 대회지만 내 친구의 말이 출전해요. 아마도 우린—"

로라는 순간 이것이 구애의 한 장면이라고 침착하고 담담하게 생각했다. 헨리의 갑작스러운 등장, 차에 휘발유를 넣은 참에 왔다는 궁색한 변명—그는 셜리에게 푹 빠진 것 같았다. 아무것도 아닌 일로 끝날 것 같지 않았다. 그러기는커녕 로라의 눈에는 두 사람 앞에 드리워진 그림자가 보이는 것 같았다.

셜리는 헨리와 결혼할 거야. 로라는 직감했다, 그것을 확신했다. 하지만 헨리는 로라에게 낯선 사람이다…… 앞으로도 지금보다 더 잘 알게 되지는 못할 것이다.

셜리는 그를 알게 될까?

3

1

"고모님을 뵈러 와야 할지도 모르겠어, 셜리."

헨리는 걱정스러운 듯이 셜리를 바라보며 말했다. "몹시 따분할지도 몰라."

두 사람은 마장馬場의 난간에 기대어 한 마리뿐인 말을 멍하니 지켜보았다. 19번 말은 단조롭게 원을 그리며 달리고 있었다.

셜리가 헨리를 따라 경마장에 온 것은 이번이 세번째였다. 영화에 관심이 있는 남자가 있듯 헨리처럼 스포츠에 관심이 있는 남자도 있다. 관심의 정도는 엇비슷했다.

"따분하다니." 셜리가 예의를 차려 말했다.

"당신이 감당할 수 있을지 모르겠어." 헨리가 말했다. "고모님은 점성술을 믿는데다 피라미드에 대해 별난 생각을 하시거든."

"헨리, 난 당신 고모님의 성함조차 몰라."

"모른다고?" 헨리가 놀라서 물었다.

"성이 글린에드워즈야?"

"아니, 페어버러야. 레이디* 뮤리얼 페어버러. 사실 고약한 분은 아니야. 누가 오든지 말든지 신경도 안 쓰시지. 일이 터졌을 때는 아주 적절한 지원을 해주시지만."

"저 말은 너무 우울해 보여." 셜리가 19번 말을 보며 말했다. 그녀는 화제를 바꿔보려고 애쓰고 있었다.

"딱한 녀석이지." 헨리가 맞장구쳤다. "토미 트위스던의 말들 중에서도 특히 떨어지는 놈이야. 첫번째 장애물에서 탈락할 것 같군."

경기장에 말 두 마리가 더 들어왔고, 아까보다 많은 사람이 난간에 기대서 있었다.

"이번엔 뭐지? 세번째 레이스인가?" 헨리가 마권을 들여다보았다. "번호는 올라왔나? 18번은 뛰는 거야?"

셜리는 뒤쪽에 있는 게시판을 올려다보았다.

"그러네."

---

* 귀족의 아내나 딸, 또는 남성의 나이트에 해당하는 작위를 받은 여자에게 붙이는 호칭.

"액수가 적당하면 조금 걸어봐도 괜찮겠어."

"당신은 경마에 대해 많이 아는 것 같아. 전에—어릴 때 집에 말이 있었어?"

"내 지식은 경마 업자들에게 주워들은 거야."

셜리는 용기를 내어 그동안 벼르던 질문을 했다.

"이상하게도 난 당신에 대해 제대로 아는 게 없어. 안 그래? 헨리, 부모님은 살아 계셔? 아니면 나처럼 고아야?"

"부모님은 런던 대공습 때 돌아가셨어. 두 분은 카페 드 파리에 계셨지."

"아! 헨리—정말 안됐어!"

"그래, 정말 그랬지." 헨리도 맞장구쳤다. 하지만 감정을 크게 드러내지는 않았다. 그러고는 어색했는지 덧붙였다. "사 년도 더 된 일이야. 난 그분들을 무척 좋아했지만, 언제까지 추억만 되새기며 살 순 없잖아?"

"그렇지." 셜리가 애매한 어조로 말했다.

"왜 그런 걸 궁금해하는 거야?" 헨리가 물었다.

"음—누구든 상대에 대해 알고 싶어하는 거니까." 셜리는 사과하는 투로 말했다.

"그런가?" 헨리는 정말 놀란 것 같았다.

"아무튼 고모님을 만나뵙는 게 좋겠어. 그럼 당신 언니가 날 판단하는 든든한 근거도 될 테고." 그가 결론 내리듯 말했다.

"언니가?"

"응, 당신 언니는 보수적인 타입이잖아. 내 신원이 확실하다면 만족스러워할걸."

그로부터 얼마 지나지 않아 레이디 뮤리얼이 보낸 정중한 초대장이 도착했다. 셜리를 점심식사에 초대하며, 헨리가 차로 데리러 갈 거라는 내용이었다.

2

헨리의 고모는 화이트 퀸*과 아주 닮은 모습이었다. 밝은색 모직 옷을 여러 벌 겹쳐 입은 그녀는 뜨개질에 열중하고 있었다. 희끗희끗한 옅은 갈색 머리를 감아올렸는데 머리카락이 여기저기로 정신없이 흘러내려 있었다.

그녀는 명랑하지만 모호한 태도로 맞았다.

"와줘서 고마워요." 그녀가 상냥하게 말했다. 그리고 손을 내밀어 셜리와 악수하려다 실뭉치를 떨어뜨렸다. "주워줄래, 헨리? 착하구나! 자, 이제 말해봐요, 생일이 언제죠?"

셜리는 1928년 9월 18일에 태어났다고 대답했다.

* 루이스 캐럴 『이상한 나라의 앨리스』의 등장인물.

"그래요. 처녀자리로군요―그럴 줄 알았어. 태어난 시간은?"

"그건 모르는데요."

"아이구, 이를 어째! 나중에 알아보고 꼭 알려줘요. 그게 가장 중요하거든. 다른 바늘들은 어디 있지―8호 바늘들이 있는데? 해군에 보낼 스웨터를 뜨는 중이죠, 하이넥 풀오버예요."

그녀가 스웨터를 펼쳐 보여줬다.

"그걸 입으려면 체구가 아주 커야겠어요." 헨리가 말했다.

"해군에는 다양한 사람들이 있겠지." 레이디 뮤리얼이 느긋하게 말했다. "육군도 그렇고 말이야." 그러더니 생뚱맞게 덧붙였다. "터그 머리 소령이 떠오르는구나―체중이 백 킬로그램이나 나가서 폴로 경기를 할 땐 특별한 말이 필요했단다―그가 말에 타면 누구도 당해낼 수가 없었지. 그러던 그가 파이즐리 팀과 붙었을 때 목뼈가 부러졌어." 그녀는 명랑하게 말했다.

아주 늙고 몸을 휘청거리는 집사가 문을 열고 점심식사가 준비됐다고 알렸다.

세 사람은 식당으로 갔다. 식사는 평범했고, 은식기는 변색되어 있었다.

"불쌍한 멀섬." 집사가 식당에서 나가자 레이디 뮤리얼이 말했다. "이제 전혀 보지 못해요. 게다가 손을 얼마나 떠는지 무사히 식탁을 돌아나갈 수나 있는지 걱정될 정도죠. 요리를 사이드보드에 내려놔도 된다고 해도 듣질 않아요. 은식기가 깨끗이 닦였는지 확인하지도 못하면서 그냥 넣어두라고 해도 말을 듣지 않고요. 하녀와 매번 실랑이하고, 뭐 요즘은 이상한 여자들만 찾아오니까 그러는 것도 이해는 해요—멀섬은 예전엔 이렇지 않았다고 말해요. 그래요, 뭐가 예전 같겠어요? 전쟁이니 뭐니 그 모든 일이 일어났으니."

그들은 다시 거실로 돌아왔고, 레이디 뮤리얼은 성경에 나오는 예언이니 피라미드의 크기 같은 이야기로 대화를 술술 이끌었다. 의류 배급표의 암표가 얼마인지, 다년초를 심은 화단 가두리 장식이 어렵다는 이야기도 했다.

잠시 후 그녀가 갑자기 뜨개질감을 둘둘 말더니 셜리에게 정원을 구경시켜주겠다고 선언하듯 말했다. 헨리에게는 운전기사에게 무슨 말을 전하라고 시켰다.

"사랑스러운 아이예요, 우리 헨리 말이에요." 레이디 뮤리얼이 셜리와 밖으로 나오면서 말했다. "자기중심적이고 씀씀이가 헤프긴 하지요. 하지만 그렇게 자랐는데 뭘 바라겠어요?"

"헨리는 어머니를 닮았나요?" 셜리는 걸어가면서 조심스럽게 물었다.

"아이고, 맙소사, 아니에요. 불쌍한 밀드러드는 얼마나 지독한 구두쇠였는데요. 그렇게 사는 데 애착을 가졌고요. 내 동생이 왜 밀드러드 같은 여자와 결혼했는지 알 수가 없어요—

예쁘지도 않고 매력도 없는 여자였거든요. 부부가 케냐의 농장에서 대규모로 농사지으며 살 때는 밀드러드도 꽤 행복했을 거예요. 물론 그들은 화려한 사람들과 어울렸는데, 그것도 밀드러드에게는 잘 맞지 않는 생활이었죠."

"헨리의 아버지는─" 셜리는 말을 하려다 멈췄다.

"딱한 우리 네드. 동생은 세 차례나 파산법원에 가야 했어요. 하지만 곁에 있으면 아주 즐거워지는 사람이었죠. 헨리를 보면 이따금 내 동생이 떠올라요. 저건 아주 희귀한 알스트로에메리아*예요. 어디서나 잘 자라는 품종은 아니죠. 하지만 내 정원에서 멋지게 피었어요."

레이디 뮤리얼은 시든 꽃송이를 따면서 힐끗 셜리를 곁눈질했다.

"이렇게 말하는 걸 용서해요. 아가씨는 정말 예쁘군요. 게다가 아주 젊고."

"곧 열아홉 살이 돼요."

"아…… 그렇군요…… 아가씨도 똑똑한 요즘 여자들처럼 일을 하나요?"

"전 그렇지 못해요. 언니는 제게 비서학교에 들어가라고 하지만요." 셜리가 말했다.

---

* 수선화과의 구근초.

"그러면 아주 좋을 거 같은데요? 어쩌면 국회의원 비서가 될 수도 있겠네요. 아주 흥미롭다고 하던데. 물론 난 잘 몰라요. 그런데 아가씨는 무슨 일을 하든 오래하지는 못할 거예요―곧 결혼하게 될 테니까."

그녀는 한숨을 쉬고 덧붙였다.

"정말 이상한 세상이 됐어요. 좀전에 어린 시절 친구에게 편지를 받았어요. 딸이 얼마 전 치과의사와 결혼을 했다는군요. 치과의사라니, 내가 젊었을 때는 좋은 집안 아가씨가 치과의사와 결혼하는 일 따윈 없었어요. 일반 의사라면 몰라도 치과의사와 결혼하는 건 상상도 못할 일이었죠."

레이디 뮤리얼은 고개를 돌렸다.

"아, 헨리가 오는군요. 그래, 헨리, 이제 이 아가씨를 바래다주렴, 성이―"

"프랭클린이에요."

"프랭클린 양을 데려다주렴."

"버리 히스에 갈까 해요."

"하먼을 졸라서 휘발유를 얻은 거니?"

"겨우 2갤런이에요."

"흠, 그래도 안 돼. 내가 말했잖니, 자기 차 휘발유 정도는 스스로 구해야지. 우리도 고생해서 구한 거란 말이다."

"진심은 아니시죠? 그러지 마세요."

"이번 딱 한 번만이다. 잘 가요, 아가씨. 태어난 시간을 알게 되면 꼭 알려주고요. 잊으면 안 돼요, 그래야 아가씨 별점을 제대로 볼 수 있어요. 녹색 옷을 입어요, 처녀자리 사람에게는 녹색이 좋으니까."

"난 물병자리야. 1월 20일생." 헨리가 말했다.

"불안정하지." 레이디 뮤리얼이 끼어들었다. "명심해요, 물병자리들은—믿음직스럽지가 않아요."

함께 차를 타고 가면서 헨리가 말했다. "많이 지루하진 않았어야 하는데."

"전혀 안 그랬어. 상냥한 분이던데?"

"그렇게까지 말할 건 없어. 물론 고약한 분은 아니지."

"그분은 당신을 많이 좋아하셔."

"아니, 그건 아니야. 내가 옆에 있든 말든 신경도 안 쓰시거든."

헨리가 덧붙였다. "휴가도 거의 끝나가는군. 난 곧 제대할거야."

"제대하면 무슨 일을 할 거야?"

"사실 모르겠어. 변호사가 될까 생각해봤지만."

"그런데?"

"너무 힘든 일이야. 사업을 해볼까 싶기도 하고."

"어떤 사업?"

"글쎄, 어떤 사업이든 시작을 도와줄 사람이 있느냐 없느냐에 따라 달라지겠지. 난 은행에 다니는 지인이 한두 명 있고 실업계 거물도 몇 알아. 내가 밑바닥부터 시작한다고 하면 그들이 기꺼이 도와줄 거야." 그는 말을 이었다. "돈은 별로 없어. 정확히 말하면 연간 삼백 파운드야. 내게 들어오는 액수가 그렇다고. 친척들은 대부분 지독한 구두쇠고―연락해봐야 나올 것도 없어. 너그러운 뮤리얼 고모님이 가끔 도와주시긴 하지만 요즘은 고모님 형편도 예전만 못해. 말만 잘하면 후하게 베풀어줄 대모님이 계시긴 하지만 그분 역시 만족스럽진 않지……"

"왜 나한테 이런 이야기를 하는 거야?" 셜리가 물었다. 갑자기 밀려드는 정보에 셜리는 당황스러웠다.

그는 얼굴을 붉혔다. 차가 술에 취한 것처럼 흔들렸다.

헨리는 알아듣기 어렵게 웅얼거렸다.

"알고 있는 줄 알았어…… 셜리, 당신은 정말 사랑스러운 여자야…… 난 당신과 결혼하고 싶어…… 당신은 나와 결혼해야 해, 꼭―꼭 그래야 해……"

3

로라는 절망스러운 눈빛으로 헨리를 보았다.

얼어붙은 벼랑을 올라가는 기분이었다. 발을 떼는 즉시 미끄러질 것 같았다.

"셜리는 너무 어려요. 아직 너무 이르다고요." 로라가 말했다.

"그런 말 마요, 로라. 셜리는 열아홉 살이에요. 제 할머니는 열여섯 살에 결혼해서 열여덟 살도 되기 전에 쌍둥이를 낳으셨어요."

"그건 옛날얘기예요."

"전쟁중에는 일찍 결혼하는 사람들이 많습니다."

"그걸 후회하며 사는 사람도 많아요."

"너무 부정적인 것 아닌가요? 셜리와 전 후회하지 않을 겁니다."

"그건 헨리가 알 수 없는 일이에요."

"그렇죠, 하지만 전 압니다." 그는 로라를 향해 빙긋 웃었다. "전 낙관적인 사람이죠. 그리고 셜리를 미치도록 사랑합니다. 셜리의 행복을 위해서라면 무슨 일이든 할 겁니다."

헨리는 희망 가득한 눈으로 로라를 바라보았다. 그가 다시 말했다.

"전 진심으로 셜리를 사랑해요."

예전처럼 그의 진솔함이 로라의 마음을 누그러뜨렸다. 헨리는 셜리를 깊이 사랑하고 있었다.

"물론 제가 돈이 없다는 건 압니다—"

이 말이 다시 그녀의 마음을 누그러뜨렸다. 로라가 걱정하는 건 돈이 아니었기 때문이다. 그녀는 셜리가 소위 '부잣집에 시집가 잘사는 것'을 바라는 게 아니었다. 헨리와 셜리는 신접 살림을 꾸릴 돈이 넉넉하진 않지만 낭비만 하지 않으면 괜찮을 정도였다. 헨리는 제대 후 앞길을 헤쳐나가야 하는 다른 수많은 청년에 비해 전망도 그리 나쁘지 않았다. 그는 건강하고 똑똑하고 매력적이었다. 아니, 어쩌면 그게 문제였다. 로라가 신뢰하지 못하는 이유가 바로 그 넘치는 매력이었다. 누구도 헨리처럼 지나치게 많은 매력을 가질 수는 없을 것 같았다.

로라는 권위적으로 다시 말했다.

"그래요, 헨리, 지금 결혼이라니 말도 안 돼요. 적어도 일 년은 약혼 기간을 가져야 해요. 서로의 마음을 확인할 수 있는 시간이 될 거예요."

"로라, 당신은 쉰 살은 된 사람 같아요. 언니가 아니라 빅토리아시대의 엄격한 아버지 같다고요."

"내가 아버지 역할을 해야 해요. 아무튼 그동안 헨리도 일자리를 구하고 자리잡을 수 있을 거예요."

"정말 맥빠지는군요." 그가 여전히 매력적인 미소를 지으며 말했다. "당신은 셜리가 누구와도 결혼하지 않길 바라는 것 같다고요."

로라는 얼굴을 붉혔다.

"말도 안 돼요."

헨리는 자신이 쏜 날카로운 화살이 표적을 맞히자 흐뭇했다. 그는 방을 나가 셜리에게 갔다.

"당신 언니가 반대해." 헨리가 말했다. "왜 안 된다는 거지? 난 기다리고 싶지 않아. 기다리는 건 질색이라고. 당신은 안 그래? 너무 오래 기다리다보면 흥미를 잃을 수도 있어. 물론 우리끼리 어디 등기소에 가서 조용히 혼인신고를 할 수도 있겠지. 차라리 그럴까? 그럼 이런 소란을 떨지 않아도 될 텐데."

"아니, 안 돼. 헨리, 그럴 순 없어."

"왜 안 된다는 거지? 그러면 이런 소란이 필요 없다니까."

"난 아직 스무 살이 안 됐잖아. 결혼하려면 언니의 승낙이 꼭 필요해."

"그렇겠지. 당신 언니가 법정후견인이니까. 아니, 그 노인이 후견인이랬나? 이름이 뭐라더라."

"잘은 모르지만 내 재산관리인은 볼디야."

"당신 언니는 내가 싫어서 그러는 거야." 헨리가 말했다.

"아니야, 언니는 당신을 좋아해. 그건 내가 장담해."

"아니, 싫어해. 당신 언니는 날 질투하는 거야."

셜리의 표정이 어두워졌다.

"정말 그렇게 생각해?"

"당신 언니는 날 좋아했던 적이 없어―처음부터 지금까지.

난 잘 보이려고 별짓을 다 했고." 헨리가 상처받은 것처럼 말했다.

"알아. 당신은 언제나 언니에게 잘했지. 하지만 따지고 보면 우리가 너무 갑작스럽긴 하잖아. 우리가 안 지 얼마나 됐어? 석 주밖에 안 됐어. 난 일 년쯤 기다리는 건 그리 큰일이 아니라고 생각해."

"셜리, 난 일 년이나 기다리기 싫어. 당장 결혼하고 싶다고―다음 주―아니 내일이라도. 당신은 나와 결혼하고 싶지 않은 거야?"

"아니, 헨리, 하고 싶어―그러고 싶어."

4

로라는 볼독 씨를 저녁식사에 초대해 헨리와 만나는 자리를 만들었다. 나중에 로라가 재촉하듯 물었다.

"헨리를 보니 어떠세요?"

"자, 자, 천천히 생각해보자꾸나. 식사 한 번 한 정도로 어떻게 사람을 평가하겠니. 예의바르고, 날 늙은이 취급하지는 않더구나. 말도 공손히 듣고."

"그것뿐이에요? 셜리의 짝으로 어울려요?"

"로라, 셜리의 상대로 네 눈에 차는 남자는 없을 텐데."

"그래요, 맞는 말씀 같아요…… 하지만 교수님은 헨리가 마음에 드세요?"

"응, 마음에 든다. 괜찮다고 할 만하지."

"헨리가 우리 셜리에게 좋은 남편이 될 거라고 생각하시는군요."

"이런, 난 그렇다고 말하지는 않겠다. 여러 면에서 남편으로서는 부족할 것 같단 의심이 강하게 들었으니까."

"그럼 우리는 셜리를 그와 결혼하게 두면 안 되겠군요."

"셜리가 원하는데 우리가 무슨 수로 막겠니. 그가 다른 남자보다 특별히 더 떨어진다고 할 수도 없고 말이야. 그는 폭력을 휘두르지도, 커피에 독약을 타지도, 사람들 있는 데서 셜리에게 함부로 굴지도 않을 거야. 마음에 들고 품성도 바른 남편을 얻는 일은 쉽지 않은 거다, 로라."

"제가 헨리를 어떻게 생각하는지 알려드려요? 전 그가 너무 자기중심적이고—인정머리 없다고 생각해요."

볼독 씨는 눈썹을 치떴다.

"그럴지도 모르지."

"네, 그런데요?"

"그래, 하지만 셜리가 좋아하잖니? 셜리는 헨리를 많이 좋아해. 사실 푹 빠졌지. 네 취향에는 맞지 않는 남자일 거다. 그래, 솔직히 내 취향도 아니야. 하지만 셜리의 취향에 맞는 남자라는 데는 의심하고 말고 할 것도 없지."

"셜리가 그의 본모습을 안다면!" 로라가 탄식했다.

"그래, 언젠가는 알게 되겠지." 볼독 씨가 장담했다.

"그럼 너무 늦어요! 전 지금 당장 셜리가 그의 본모습을 알면 좋겠어요!"

"안다 해도 마찬가지야. 너도 알겠지만 셜리는 무슨 수를 쓰든 헨리를 가지려 할 거다."

"잠시 어디로 보내보면 어떨까요? 크루즈에 태운다거나 스위스 같은 데 보내면요…… 하지만 전쟁이 난 뒤로는 뭐 하나 쉬운 일이 없어요."

"내게 묻는다면," 볼독 씨가 말했다. "난 결혼을 결심한 남녀를 막는 건 쓸데없는 짓이라고 하겠다. 심각한 사유가 있다면 나도 말리겠지. 아내에다 자식이 다섯이나 딸렸다거나, 지병이 있다거나, 횡령죄 같은 걸로 지명수배중이거나 한다면 말이야. 하지만 셜리를 크루즈에 태우거나 스위스나 태평양의 어느 섬으로 보내 두 사람을 갈라놓는다 치자. 그러면 어떻게 될지 말해줄까?"

"어떻게 되는데요?"

볼독 씨는 강조하려고 검지를 흔들면서 말했다.

"셜리는 아마 헨리와 똑같은 청년을 데리고 돌아올 거다. 인간은 자신이 원하는 게 뭔지 알아. 셜리는 헨리를 원하지. 그러니까 만약 헨리를 갖지 못하면 주위에서 최대한 헨리와 비슷한 남자를 찾아낼 거다. 나와 가장 친한 친구 녀석이 결혼을 했는데 말이다. 여자가 내 친구의 인생을 시궁창에 처박았어. 바가지 긁고 달달 볶고 이래라저래라 간섭하면서 한순간도 편히 내버려두질 않았지. 우린 그 친구가 왜 아내와 갈라서지 않는지 의아했어. 그러다가 그 친구에게 대단한 행운이 찾아왔단다! 여자가 폐렴에 걸려 죽었거든! 육 개월쯤 지나자 그 친구는 새로 태어난 사람 같았어. 근사한 여자들이 그에게 다가왔지. 십팔 개월 후에 무슨 일이 일어났는지 아니? 그 친구는 죽은 아내보다 훨씬 끔찍한 여자와 결혼했단다. 인간의 마음이란 정말 미스터리해."

볼독 씨는 숨을 깊이 내쉬고 말을 이었다.

"그러니 비련의 왕비 같은 표정으로 서성대지 좀 마. 로라, 전에도 말했듯이 넌 남을 위한다 하지만, 누구도 남의 인생을 좌지우지할 수 없어. 셜리는 스스로 힘든 일을 감당해야 하고, 난 네가 돕는 것보다 그애가 훨씬 더 스스로를 잘 보살필 수 있다고 생각한다. 내가 걱정하는 사람은 오히려 너야. 지금까지도 그랬지만……"

Chapter

4

1

헨리는 다른 때처럼 이번에도 매력적으로 굴복했다. "알겠
습니다. 일 년의 약혼 기간을 가져야 한다면…… 그러죠. 당신
도 마음의 준비를 할 시간도 없이 셜리와 헤어지는 건 힘들 테
니까요."

"그런 뜻이 아니에요—"

"그런 뜻이 아니라니요?" 그는 눈썹을 치뜨고 살짝 빈정대
는 미소를 지었다. "셜리는 당신에게 가장 소중한 사람 아닌가
요?"

그의 말이 로라에게 석연치 않은 느낌을 남겼다.

헨리가 떠나자, 하루하루가 힘들었다.

셜리는 드러내고 반발하지는 않았지만 로라에게 냉담했다.

시무룩하고 불안해했고, 대놓고 화를 내지는 않았지만 묘하게 못마땅한 듯한 분위기를 풍겼다. 셜리는 헨리의 편지를 애타게 기다렸지만, 편지를 받아도 성에 차지 않는 듯했다.

헨리는 편지를 잘 쓰는 사람이 아니었다. 그는 짧게 휘갈겨 쓴 편지를 보냈다.

셜리, 잘 지내? 무척 보고 싶어. 어제는 크로스컨트리 경마를 했어. 별로 잘하지는 못했지만. 우리 감시꾼은 어떻게 지내시지?

당신의 헨리

일주일 동안 편지 한 통 없을 때도 있었다.

한번은 셜리가 런던으로 가서 짧고 아쉬운 만남을 가졌다.

셜리는 로라가 초대한다는 말을 전했지만 헨리는 거절했다.

"거기서 주말을 보내고 싶지는 않아! 내가 원하는 건 결혼이고, 당신을 영원히 내 사람으로 만드는 거야. 당신 언니의 감시를 받으면서 '산책이나 하는' 게 아니라고. 잊지 마, 당신 언니는 우리가 헤어지길 바란다는 걸."

"아, 헨리, 그렇지 않아. 아니야—언니는 당신 얘기를 꺼내지도 않는다고."

"당신이 날 잊기를 바라니까."

"내가 그럴 것 같아?"

"질투심 많은 늙은 고양이."

"아, 헨리, 언니는 좋은 사람이야."

"나한테는 아니야."

셜리는 슬프고 불안한 기분으로 집에 돌아왔다.

로라는 자기도 모르게 지치는 기분이 들기 시작했다.

"왜 주말에 헨리를 초대하지 않았어?"

셜리가 퉁명스럽게 대답했다.

"헨리가 오고 싶지 않대."

"오고 싶지 않다고? 정말 이상하구나."

"내가 볼 땐 별로 이상하지 않은데? 헨리는 언니가 자길 좋아하지 않는다는 걸 알아."

"난 헨리를 좋아해." 로라는 설득력 있게 말하려고 애썼다.

"아니, 언니는 안 그래!"

"난 헨리를 아주 매력적인 사람이라고 생각해."

"하지만 그와 결혼하는 건 달갑지 않은 거잖아."

"셜리, 그렇지 않아. 난 네가 확신을 갖길 바라는 거야."

"난 확신해."

로라는 간절하게 외쳤다.

"널 아주 많이 사랑하기 때문에 이러는 거야. 난 네가 잘못된 선택을 하지 않길 바라니까."

"그럼 날 아주 많이 사랑하지는 말아줘. 한없이 사랑만 받는 건 원하지 않아!" 그러고는 덧붙였다. "언니는 질투하고 있어."

"질투라고?"

"헨리를 질투하잖아. 내가 언니 아닌 다른 사람을 사랑하는 게 싫은 거야."

"셜리!"

로라는 얼굴이 창백해져서 고개를 돌렸다.

"언니는 내가 누구와도 결혼하지 않길 바라는 거야."

로라가 굳은 표정으로 걸어가자 셜리는 미안한 마음에 쫓아 갔다.

"언니, 진심이 아니었어. 진심이 아니었다고. 내가 미안해. 하지만 언니가 헨리를 언제나 못마땅해하는 것 같아서 그랬어."

"그건 내가 헨리를 자기중심적이라고 생각하기 때문이야." 로라는 볼독 씨에게 했던 말을 그대로 했다. "헨리는 친절하지 않아. 어떤 면에서는 잔인해질 수도 있는 사람이라는 생각이 들어. 그렇게 느껴지는 걸 어떡해."

"잔인해질 수도 있는 사람이라니," 셜리는 고통을 내색하지 않고 생각에 잠겨 되뇌었다. "그래, 언니, 어떤 면에서는 맞는 말이야. 헨리는 잔인해질 수도 있는 사람이야." 그리고 덧붙였다. "하지만 난 헨리의 그런 면까지도 사랑해."

"하지만 생각해봐─병들거나 힘든 일이 있을 때─그가 널 보살펴줄까?"

"난 보살펴줄 사람을 원하는 게 아냐. 나는 나 스스로 챙길 수 있어. 그리고 헨리에 대해서는 걱정 마. 헨리는 날 사랑해."

'사랑?' 로라는 생각했다. '사랑이 뭔데? 젊은 남자의 분별 없고 탐욕스러운 정열? 셜리를 향한 헨리의 사랑에 그것 말고 뭐가 또 있지? 아니면 정말 내가 질투하는 걸까?'

로라는 자신의 팔을 붙잡은 셜리의 손을 가만히 떼어내고 심란한 마음으로 자리를 떠났다.

'난 정말 셜리가 결혼하지 않기를 바라는 걸까? 헨리와 결혼하는 게 싫은 게 아니고? 상대가 누구라도? 지금은 그렇게 생각하지 않지만, 그건 셜리가 결혼하고 싶어하는 다른 사람이 없기 때문일지도 몰라. 다른 사람이 나타나면 그때는? 지금과 똑같은 심정으로 말하게 될까? 그 사람은 안 돼―그 사람은 안 돼, 이렇게? 내가 셜리를 지나치게 사랑하는 걸까? 볼디가 경고했어, 내가 셜리를 지나치게 사랑한다고⋯⋯ 그래서 난 그애가 결혼하는 게 싫은 거야―셜리를 떠나보내고 싶지 않아서. 동생을 붙잡아두고 싶어서. 보내주지 않으려는 거야. 정말 내가 헨리에게 못마땅한 게 뭐지? 없어. 난 그를 잘 몰라, 지금까지도 그래. 처음이나 지금이나 그는 여전히 내게 낯선 사람일 뿐이야. 내가 아는 건 그가 날 싫어한다는 것뿐이지. 헨리가 날 싫어하는 것도 생각해보면 당연해.'

다음날 로라는 목사관에서 나오는 로빈 그랜트와 마주쳤다. 그는 물고 있던 파이프 담배를 빼며 로라에게 인사했고, 둘은 마을까지 함께 걸었다. 로빈은 막 런던에서 내려온 참이었는데 무심코 이런 이야기를 했다.

"어젯밤에 헨리를 봤습니다. 매력적인 금발 미인과 저녁식사를 하고 있더군요. 그 여자에게 잘 보이려고 애쓰면서요. 셜리한테는 비밀입니다."

그는 말 울음소리를 내며 웃었다.

셜리에게 마음을 품었던 로빈이 앙심을 품고 말한다는 것을 로라는 정확히 꿰뚫어봤다. 그래도 꺼림칙했다.

'헨리가 성실한 타입은 아니지.' 로라는 생각했다. 게다가 일전에 둘은 다투고 헤어진 듯했다. 만약 헨리가 다른 여자와 가까워져서 정말 셜리와 헤어지기라도 한다면⋯⋯?

'그게 바로 네가 바라는 거 아냐?' 그녀를 조롱하는 목소리가 속에서 들려왔다. '넌 셜리가 결혼하는 게 못마땅한 거야. 약혼 기간을 길게 가져야 한다고 우기는 진짜 이유가 그거 아냐? 솔직해져!'

하지만 헨리와 셜리가 헤어진다 해도 그저 기쁘진 않을 것이다. 헨리를 사랑하는 셜리가 괴로워할 게 분명하니까. 헨리와 결혼하는 것이 셜리에게 행복이라는 확신만 가질 수 있다면, 확신할 수만 있다면—

조롱하는 목소리가 말했다. '결국 너 자신을 위한 거지. 넌 셜리를 곁에 두고 싶은 거야……'

하지만 그런 식으로 붙잡아두고 싶지 않았다. 상심하는 셜리, 떠난 남자를 갈망하는 불행한 셜리는 아니었다. 셜리에게 뭐가 좋고 뭐가 나쁜지 내가 알기나 할까?

로라는 집에 도착한 뒤 헨리에게 편지를 썼다.

친애하는 헨리

여러모로 생각해봤어요. 당신과 셜리가 진심으로 결혼을 원한다면, 내가 두 사람을 방해하면 안 되겠다는 생각이 들었어요……

한 달 후, 셜리는 레이스가 달린 하얀 새틴 드레스를 입고 헨리와 결혼했다. 벨버리의 교회에서 (코감기가 든) 주임 목사가 주례를 섰고, 터질 것같이 꽉 끼는 예복을 입은 볼독 씨가 신부를 데리고 입장했다. 눈부시게 아름다운 신부는 로라와 껴안고 작별 인사를 나눴고, 로라는 헨리에게 다짐을 받듯 말했다.

"셜리에게 잘해야 해요, 헨리. 앞으로 잘할 거죠?"

헨리는 그답게 쾌활하게 대답했다. "당신은 제가 어떨 것 같은데요?"

1

"정말 괜찮아?"

결혼한 지 석 달 된 셜리가 안달하며 물었다.

아파트(방 두 개, 부엌, 욕실이 있는) 안을 둘러본 로라는 진심어린 감탄을 했다.

"예쁘게 꾸몄구나."

"처음 왔을 때는 끔찍했어. 너무 더러웠거든! 거의 다 우리가 직접 꾸민 거야―천장은 아니지만. 정말 재밌었어. 욕실을 빨간색으로 칠한 건 어때? 온수가 나오긴 하는데 뜨겁지는 않아. 헨리는 빨갛게 칠하면 뜨거운 기분이 들 거래―불지옥처럼!"

로라는 웃음을 터뜨렸다.

"재미있게 지내네."

"이 집을 구한 것도 행운이었어. 헨리가 아는 사람들이 살았는데 우리가 넘겨받았거든. 그들이 이런저런 대금을 하나도 내지 않고 가버려서 난처했어. 우유 가게, 식료품점 주인이 찾아와서 화를 내고 야단이었어. 우리와 상관없긴 하지만. 그래도 장사하는 사람들에게 너무했어. 더군다나 그런 작은 가게를 상대로 말이야. 헨리는 대수롭지 않다고 하지만."

"외상으로 사면 생활이 더 힘들어질 거야." 로라가 말했다.

"난 매주 꼬박꼬박 지불하면서 살아." 셜리가 당당하게 말했다.

"형편은 괜찮은 거니? 최근에 작물 재배가 꽤 잘되고 있어. 필요하면 백 파운드쯤 보내줄게."

"천사 같은 언니! 하지만 괜찮아. 만약을 대비해서 그 돈은 갖고 있어줘. 내가 중병에 걸릴지도 모르니까."

"널 보면 그런 걱정은 필요 없을 것 같은데?"

셜리는 밝게 웃었다.

"응, 난 아주 행복해."

"잘됐어!"

"아, 헨리가 왔나봐."

문을 열고 헨리가 들어왔다. 그는 언제나처럼 쾌활하게 인사했다.

"안녕하세요, 로라?"

"잘 지냈어요? 집이 근사하네요."

"헨리, 새 직장은 어땠어?"

"새 직장이라니?" 로라가 물었다.

"응. 이전 직장을 그만뒀거든. 지긋지긋하게 답답했대. 우표 붙여서 우체국에 가는 일밖에 없었다니까."

"밑바닥부터 시작하는 건 괜찮지만 아주 밑바닥은 아니다 싶어요." 헨리가 말했다.

"이번 직장은 어때?" 셜리가 조바심치며 물었다.

"조짐이 좋아." 헨리가 대답했다. "아직 뭐라고 말하기는 이르지만."

헨리는 로라에게 매력적인 미소를 지었고, 와줘서 무척 기쁘다고 말했다.

로라의 방문은 아주 기분좋게 이어졌고, 그녀는 오기 전에 느낀 불안과 망설임이 노파심이었다고 생각하며 벨버리로 돌아갔다.

2

"헨리, 우리가 어쩜 이렇게 많은 빚을 질 수 있어?"

셜리는 수심에 가득차서 물었다. 부부는 결혼하고 이제 일 년이 지났다.

"알아." 헨리가 동의했다. "나도 늘 그렇게 생각해! 이러면 안 된다고 말이야. 하지만 안타깝게도……" 그는 서글프게 말을 이었다. "늘 이 꼴이지."

"대체 어떻게 갚으려고?"

"아, 좀 미루면 돼." 헨리는 애매하게 대답했다.

"그나마 내가 꽃집에 일자리를 구해서 다행이야."

"응. 어쩌다보니 그렇게 됐네. 꼭 일해야 한다는 건 아니야. 당신이 내키면 하라는 거지."

"그래, 난 일하고 싶어. 온종일 아무 일도 없이 지내면 따분해서 미칠 거야. 나가서 쇼핑이나 하게 된다고."

헨리가 청구서 다발을 들고 말했다. "정말 다 지긋지긋해. 난 성모영보대축일*이 정말 싫어. 크리스마스에서 얼마 지나지도 않았는데 소득세니 뭐니 하는 이런 거 죄다." 그는 손에 든 청구서들 중 맨 위의 것을 내려다보았다. "책장을 제작한 업자가 아주 무례한 투로 돈을 갚으라고 썼군. 이건 쓰레기통에 처박아야겠어." 그는 그렇게 한 뒤 다음 청구서를 읽었다. "'귀하의 각별한 관심을 부탁드립니다―' 이 정도면 제법 예

---

* 천사 가브리엘이 성모마리아에게 예수 잉태를 알린 날로 3월 25일.

의바르군."

"그럼 그건 갚을 거야?"

"그건 아니지만 나중에 지불하게 챙겨둬야지." 헨리가 대답했다.

셜리는 웃음을 터뜨렸다.

"헨리, 이러니 당신을 미워할 수가 없지. 그런데 진짜 앞으로 어떻게 할 거야?"

"오늘밤은 걱정하지 마. 좋은 데 가서 저녁이나 먹자."

셜리는 얼굴을 찌푸렸다.

"그런다고 도움이 되나?"

"재정 상황에 도움이 되지는 않겠지." 헨리가 인정했다. "오히려 반대겠지! 하지만 기분은 좋아질 거야."

3

친애하는 로라

우리에게 백 파운드를 빌려줄 수 있습니까? 지금 좀 곤란합니다. 알다시피(로라는 모르고 있었다) 전 두 달째 실직 상태니까요. 하지만 곧 아주 괜찮은 일자리를 구할 것 같습니다. 그동안은 빚 독촉을 피하려고 슬그머니 업무용 승강

기를 타고 다녔습니다. 이런 부탁을 해서 정말 면목없지만,
셜리는 내켜하지 않을 것 같아서 제가 구차한 역할을 하기
로 했습니다.

당신의 벗,

헨리

4

"난 당신이 언니한테 돈을 빌린 걸 몰랐어."

"내가 얘기 안 했나?" 헨리가 태연하게 고개를 돌렸다.

"그래, 안 했어." 셜리가 단호하게 말했다.

"알았어, 여보, 화내지 마. 로라가 얘기했어?"

"아니, 언니도 말하지 않았어. 통장에 찍혀 있었어."

"착한 로라. 군소리 없이 송금했군."

"왜 언니에게 돈을 빌렸어? 그건 좀 아니잖아. 아무튼 나와
상의도 없이 그러면 안 되지."

헨리가 히죽 웃었다.

"당신이 알았다면 말렸을걸."

"맞아. 난 말렸을 거야."

"사실 무척 다급한 상황이었어, 셜리. 난 뮤리얼 고모님에게

오십 파운드를 빌렸어. 그리고 빅 버사*—소니아 대모에게는
적어도 백 파운드는 빌릴 수 있을 줄 알았어. 그런데 유감스럽
게도 단박에 거절당했어. 요즘 부가세 때문에 골치가 아픈 모
양이야. 한바탕 잔소리만 들었지. 그러고도 한두 군데 더 알아
봤는데 소득이 없었어. 그래서 결국 로라에게 손을 벌리게 된
거지."

셜리는 생각에 잠겨 그를 바라보았다.

'결혼한 지 이 년이 됐어. 이제는 헨리가 어떤 사람인지 알
겠어. 한 직장에 진득하게 붙어 있지 못하고, 돈을 물 쓰듯 쓰
는 사람……'

헨리의 아내로서 결혼생활은 여전히 즐거웠지만, 이제 셜
리는 그의 결점을 알았다. 그동안 헨리는 네 번이나 직장을 옮
겼다. 매번 큰 어려움 없이 직장을 구하는 것 같았지만—그는
부유한 친구가 많았다—뭐든 꾸준히 하는 법이 없었다. 그가
싫증이 나서 그만두거나 회사에서 그를 해고했다. 씀씀이가
헤프고, 외상 거래도 대수롭지 않게 했다. 헨리에게 뒷수습이
란 돈을 빌려서 막는 것이었다. 그는 빚지는 일이 아무렇지 않
은 듯했다. 셜리는 빚지는 게 싫었다.

셜리가 한숨을 내쉬고는 말했다.

---

* 1차세계대전에서 독일군이 사용한 장거리포. 뚱뚱한 여자를 가리키는 속어로
쓴다.

"내가 당신을 변하게 할 수 있을까, 헨리?"

"나를?" 그가 놀란 듯이 물었다. "왜?"

5

"안녕하세요, 볼디?"

"뭐야, 꼬마 셜리 아니냐?" 볼독 씨는 허름한 안락의자에 파묻히듯 앉아 있다가 셜리를 보고 깜짝 놀랐다. "자고 있던 거 아니다." 그가 열을 내며 덧붙였다.

"물론 그러셨죠." 셜리가 눈치껏 대답했다.

"오랜만에 왔구나. 난 네가 우릴 잊어버린 줄 알았다." 볼독 씨가 말했다.

"절대 잊지 않아요!"

"남편도 왔니?"

"이번에는 혼자 왔어요."

"그렇구나." 그는 셜리를 유심히 살폈다. "좀 야위고 창백해 보이는구나."

"다이어트중이거든요."

"여자들이란 그저!" 그가 코웃음치고는 물었다. "무슨 문제라도 있니?"

셜리가 발끈하며 말했다.

"그런 거 아니에요!"

"알았다, 알았어. 그냥 궁금해서 물어봤다. 요즘은 통 아무도 얘기해주질 않거든. 게다가 귀가 점점 시원찮아져서 전처럼 남의 얘기를 엿들을 수도 없단다. 그래서 인생이 아주 따분해."

"가여운 볼디."

"의사는 더이상 정원 일을 하면 안 된다고 한단다. 화단에서 허리를 구부리면 좋지 않다고―피가 머리로 몰린다나 뭐라나. 멍청이들―그저 꺅꺅거리지! 의사들은 다 그렇단다!"

"안됐네요, 볼디."

"그럼 알았겠지?" 볼독 씨가 서글프게 말했다. "네가 나한테 무슨 말을 하든 흘러나가지 않을 거란 소리다. 로라에게도 말할 필요가 없어."

잠시 대화가 끊겼다.

"한편으로는……" 셜리가 말했다. "상의할 일이 있어서 왔어요."

"예상했다." 볼독 씨가 말했다.

"뭔가 충고해주실 것 같아서요."

"난 그런 건 하지 않아. 너무 위험하거든."

셜리는 개의치 않았다.

"언니에게는 말하고 싶지 않아요. 언니는 헨리를 싫어하니까요. 하지만 교수님은 헨리를 좋아하시죠?"

"제법 좋아하지." 볼독 씨가 말했다. "대화 상대로 헨리는 누구보다 유쾌한 사람이고, 늙은이가 늘어놓는 푸념도 공감하면서 잘 들어주니까. 걱정이 없는 것도 마음에 들고."

셜리가 미소 지었다.

"맞아요. 걱정이 없는 사람이죠."

"요즘 세상에 그런 사람도 드물지. 내가 아는 사람들은 죄다 근심 걱정으로 신경성 위장병에 시달리거든. 그래, 헨리는 유쾌한 친구야. 로라는 아니겠지만 난 헨리의 인생관에 대해 이러쿵저러쿵할 생각 없다."

볼독 씨가 부드럽게 말했다.

"헨리가 무슨 사고라도 친 거냐?"

"제 재산을 전부 처분하겠다면 볼디는 절 바보 같다고 하시겠죠?"

"그게 네가 지금 하고 있는 일이냐?"

"네."

"글쎄, 넌 결혼하면서 네 재산에 대한 권리를 찾았고, 네 것이니 네 마음대로 할 수 있지."

"알아요."

"헨리가 그러자든?"

"아니요…… 그건 아니에요. 전적으로 제가 그랬어요. 헨리가 파산하는 걸 보고 있을 수만은 없으니까요. 그이는 파산한다 한들 개의치도 않겠지만, 전 속상할 거예요. 제가 어리석다고 생각하세요?"

볼독 씨는 생각에 잠겼다.

"어떤 면으로는 그렇고, 어떤 면으로는 절대 그렇지 않아."

"자세히 설명해주세요."

"흠, 넌 돈이 그리 많지 않아. 앞으로 목돈 들 일이 생길지도 모르고. 그때 네 매력적인 남편이 의지가 될 거라고 기대한다면, 그건 다시 생각해봐야 할 문제다. 그런 의미에서 넌 바보지."

"그럼 다른 면에서는요?"

"다른 면에서 보자면, 넌 네 마음의 평화를 위해 네 돈을 쓴 거야. 그러니 현명하다고 할 수도 있다." 그는 셜리를 날카롭게 쳐다보며 물었다. "아직도 헨리가 좋니?"

"네."

"좋은 남편이냐?"

셜리는 천천히 방안을 서성거렸다. 한두 번 무심코 탁자나 의자 등판을 손가락으로 문지르고 손가락에 묻은 먼지를 물끄러미 보았다. 볼독 씨는 그녀를 지켜보았다.

마침내 대답을 정했다. 셜리는 벽난로 옆에서 볼독 씨에게 등을 돌린 상태로 말했다.

"딱 그렇다고는 할 수 없어요."

"어떤 면에서?"

셜리는 담담한 목소리로 말했다.

"다른 여자를 만나는 것 같아요."

"심각하니?"

"글쎄요."

"그래서 집을 나온 거냐?"

"네."

"화가 나니?"

"분해요."

"돌아갈 거냐?"

셜리는 잠시 침묵했다가 입을 열었다.

"네, 그래야겠죠."

"그래," 존이 말했다. "이건 네 인생이니까." 셜리는 볼독 씨에게 다가가 정수리에 입을 맞췄다. 볼독 씨는 끙 소리를 냈다.

"고마워요, 볼디." 셜리가 말했다.

"나한테 고마워할 것 없다. 해준 것도 없는데."

"알아요." 셜리가 말했다. "그게 볼디의 멋진 점이에요!"

사람이 지치는 게 문제라고 셜리는 생각했다.

셜리는 전철 좌석에 앉아 플러시 천을 씌운 등받이에 등을
기댔다.

삼 년 전 그녀는 지친다는 게 뭔지도 몰랐다. 런던에서 사는
것도 이렇게 된 이유의 하나 같았다. 처음에는 파트타임이었
지만 지금은 웨스트엔드에 있는 꽃집에서 풀타임으로 일하고
있었다. 일이 끝나면 장을 보고 러시아워에 전철을 타고 집에
돌아가 저녁을 준비했다.

헨리는 셜리의 요리를 진심으로 칭찬했다!

셜리는 등을 기대고 눈을 감았다. 누군가 발을 밟자 그녀는
얼굴을 찌푸렸다.

셜리는 생각했다. '하지만 난 지쳤어……'

삼 년 반의 결혼생활이 토막토막 떠올랐다……

신혼 초의 더없는 행복……

청구서……

쌓여가는 청구서……

소니아 클레그헌……

소니아 클레그헌 소동. 뉘우치는 헨리, 매력적이고 다정한
헨리……

빚더미……

집행관……

뮤리얼 고모님의 지원……

칸에서 보낸 불필요하지만 사치스럽고 즐거웠던 휴가……

귀족. 엠린 블레이크 부인……

엠린 블레이크 부인의 올가미에서 헨리를 빼내고……

고마워하고 뉘우치는 헨리, 매력적인 헨리……

또다른 재정 위기……

빅 버사의 지원……

론즈데일이라는 여자……

경제적인 어려움……

여전히 론즈데일……

로라……

로라에게 숨기고……

들통나고……

다투고……

맹장염. 수술과 회복……

퇴원……

론즈데일과의 마지막 장면……

셜리의 머릿속에 그때 일이 지워지지 않고 맴돌고 있었다.

그녀는 집에서 쉬고 있었다. 부부가 얻은 세번째 셋집이었고, 할부로 들인 가구가 들어차 있었다. 집행관의 압류를 겪다 보니 할부로 구입하는 편이 낫다는 걸 알게 됐다.

벨이 울렸지만 셜리는 일어나기가 귀찮았다. 누가 왔든 곧 돌아갈 거라고 생각했다. 하지만 돌아가지 않고 계속해서 벨을 울렸다.

셜리는 짜증을 내며 벌떡 일어났다. 현관문을 열자 수전 론즈데일이 서 있었다.

"아, 수전."

"네. 들어가도 될까요?"

"실은 지금 몸이 좀 안 좋아요. 이제 막 퇴원해서 집에 왔어요."

"알아요. 헨리에게 들었죠. 정말 유감이에요. 꽃을 사 왔어요."

셜리는 수전이 내민 꽃다발을 아무 감흥 없이 받아들었다.

"들어와요."

셜리는 다시 소파로 가서 두 다리를 올리고 앉았다. 수전 론즈데일은 의자에 앉았다.

"입원해 있는 당신을 괴롭히고 싶지는 않았어요." 수전이 말했다. "하지만 이젠 상황을 정리할 필요가 있다고 생각해요."

"무슨 상황요?"

"그러니까—헨리요."

"헨리의 뭘요?"

"셜리, 설마 타조처럼 모래밭에 머리를 처박고 모든 상황을 외면하려는 건 아니죠?"

"그렇지 않아요."

"당신도 알지 않나요, 내가 헨리와 만나왔다는 걸 알잖아요?"

"장님도 귀머거리도 아닌데 어떻게 그걸 모르겠어요." 셜리는 차갑게 대꾸했다.

"네—그렇죠, 물론이에요. 그런데 그 사람은 어떤 면으로는 당신을 많이 좋아해요. 그래서 이유가 어쨌든 당신에게 상처를 주고 싶지 않은 것 같아요. 하지만 어쩔 수 없는 상황이에요."

"어쩔 수 없는 상황이라니요?"

"두 사람의 이혼 말이에요."

"헨리가 이혼을 원한다고요?"

"네."

"왜 헨리가 직접 말하지 않죠?"

"셜리, 헨리가 어떤 사람인지 알잖아요. 그 사람은 딱 잘라서 말하는 걸 아주 싫어해요. 당신을 괴롭히는 것도 싫은 거고요."

"당신은 헨리와 결혼하고 싶어요?"

"네. 말이 통해서 정말 다행이에요."

"이제 제대로 이해했어요." 셜리가 천천히 대꾸했다.

"그 사람에게 그래도 괜찮다고 말해줄 건가요?"

"헨리와 직접 이야기할게요, 그렇게 하죠."

"당신은 정말 좋은 사람이에요. 결국 그편이⋯⋯"

"이제 그만 돌아가줘요." 셜리가 말했다. "난 방금 퇴원해서 피곤해요. 나가요―당장―안 들려요?"

"저, 정말이지," 수전이 언성을 높였다. "난―그래요, 사람이 최소한의 예의는 지켜야 하는 거 아닌가요!"

그녀는 거실에서 나가 현관문을 쾅 닫았다.

셜리는 가만히 누워 있었다. 눈물방울이 뺨을 타고 흘러내렸다. 그녀는 거칠게 눈물을 닦았다.

셜리는 생각했다. '삼 년 반이야. 삼 년 반⋯⋯ 결국 이런 꼴을 당하는구나.' 바로 그 순간 헛웃음이 터졌다. 형편없는 연극에 나오는 감상적인 대사 같았다.

현관문 여는 소리가 들릴 때까지, 셜리는 오 분이 흘렀는지 두 시간이 흘렀는지 알 수 없었다.

헨리는 쾌활하고 즐거운 표정으로 들어왔다. 노란색 기다란 장미를 한아름 들고 있었다.

"당신 주려고 샀어. 예쁘지?"

"예쁘네." 셜리가 대답했다. "방금 수선화도 한 다발 받았어. 예쁘지도 않고 시들어빠진 싸구려지만."

"이런, 누가 그런 걸 보냈지?"

"보낸 게 아니라 직접 들고 왔어. 수전 론즈데일이."

"뻔뻔하기 짝이 없군." 헨리가 화를 내며 말했다.

셜리는 기가 차서 그를 바라보았다.

"그 여자가 뭐하러 왔지?" 헨리가 물었다.

"당신 몰랐어?"

"짐작은 가지. 안 그래도 점점 성가시다고 생각했는데."

"당신이 이혼을 원한다고 말하려고 온 거였어."

"내가? 당신하고 이혼을?"

"그래. 아니야?"

"당연히 아니지!" 헨리는 분통을 터뜨렸다.

"수전과 결혼하려는 거 아니야?"

"그 여자와 결혼이라니, 끔찍한 소리 마."

"수전은 당신과 결혼하고 싶어해."

"그래, 그 여자야 그렇겠지." 헨리는 실망한 표정을 지었다.

"시도 때도 없이 전화하고 편지를 써대. 어떻게 해야 할지 모르겠어."

"당신이 결혼하자고 말한 거 아니야?"

"말은 할 수도 있는 거 아닌가." 헨리는 애매하게 말했다. "아니면 그런 말에 맞장구치는 정도는…… 다들 그래, 차이는 있겠지만." 그는 어색한 미소를 지었다. "당신, 설마 이혼할 생각은 아니지? 그렇지, 셜리?"

"그럴지도 모르지." 셜리가 말했다.

"여보―"

"난 이제―지쳤어, 헨리."

"내가 나빴어. 당신에게 몹쓸 짓만 했어." 헨리는 무릎을 꿇었다. 예의 그 매력적인 미소가 얼굴에 떠올랐다. "하지만 난 진심으로 당신을 사랑해. 어처구니없는 이런 일들은 하나도 중요하지 않아. 아무 의미도 없어. 내가 결혼하고 싶었던 여자는 당신뿐이야. 당신이 앞으로도 좀 참아주면 안 될까?"

"수전에 대한 당신의 진심은 뭔데?"

"그 이야기는 그만할 수 없어? 정말 지겨운 여자야."

"알고 싶어."

"그래―" 헨리가 생각에 잠겨 말했다. "두 주 정도 수전에게 푹 빠졌지. 잠도 안 올 만큼. 얼마 동안은 멋진 여자라고 생각했어. 그러다가 조금 지루하다고 생각했고, 얼마 안 가 아주 확실하게 지겨워졌어. 최근에는 완전히 골칫거리가 됐고."

"너무하네."

"당신이 수전 걱정을 왜 해? 그 여자는 도덕관념도 없는 순 암캐야."

"난 가끔 당신이 너무 잔인하다고 생각해."

"난 그런 사람 아니야." 헨리가 화를 내며 말했다. "좋아한다는 이유로 그렇게 착 달라붙는 여자 심리를 이해할 수 없을 뿐이지. 상황을 심각하게 받아들이지 않으면 즐거울 텐데."

"당신 정말 이기적이야!"

"내가? 그래, 그럴지도 모르지. 설마 진짜 마음에 둔 건 아니지? 그렇지, 셜리?"

"난 당신을 떠나지 않아. 하지만 이제 진저리가 나. 당신은 경제적으로도 신뢰할 수 없고, 앞으로도 계속 분별없이 여자 문제를 일으킬 사람이야."

"아니, 아니야. 안 그럴게. 안 그러겠다고 맹세해."

"아, 헨리, 제발 솔직해져."

"앞으로 난 안 그러려고 노력할 거고, 지금까지의 일들도 아무 의미 없다는 걸 알아줘, 셜리. 나한테는 당신밖에 없어."

"나도 당신한테 똑같이 해줄까 하는 마음까지 든다고!" 셜리가 말했다.

헨리는 그녀가 그런다 해도 비난할 수 없을 거라고 말했다.

그러고는 어디 색다른 데 가서 저녁을 먹자고 했다.

그날 밤 내내 헨리는 그녀를 즐겁게 해주었다.

1

모나 애덤스는 칵테일파티를 열었다. 원래 칵테일파티를 좋아하지만 자신이 직접 여는 걸 특히 좋아했다. 그녀는 손님들이 떠드는 와중에 들리도록 큰 소리로 말하느라 목이 쉬었다. 파티는 대성공인 듯했다.

그녀는 늦게 도착한 손님을 맞이하며 탄성을 질렀다.

"리처드! 이렇게 와주시다니! 사하라에서 돌아왔군요······ 아니, 고비사막이었나요?"

"둘 다 아닙니다. 페잔*에서 왔죠."

"모르는 곳이군요. 어쨌든 정말 반가워요! 아주 보기좋게

---

* 리비아 서남부의 사막 지방.

그을었네요. 자, 누굴 소개해드릴까요? 팸, 리처드 와일딩 경을 소개할게요. 아시죠? 여행가이고―낙타와 맹수와 사막에 관한―스릴 넘치는 책을 몇 권 쓰셨죠. 이제 막 티베트에서 돌아오셨대요."

모나 애덤스는 도착한 다른 손님에게 다가가며 다시 큰 소리로 말했다.

"리디아! 파리에서 돌아오신 건가요? 정말 반가워요!"

팸은 신나게 떠들었고, 리처드 와일딩은 그녀의 말에 귀를 기울였다.

"바로 어젯밤에 텔레비전에서 선생님을 봤어요! 여기서 뵙다니 정말 영광이군요. 꼭 듣고 싶은 얘기가 있었―"

하지만 리처드 와일딩은 팸에게 대답할 틈이 없었다.

다른 지인이 옆에 다가와 있었다.

마침내 그는 네 잔째 술을 들고 소파로 갔다. 옆에는 누구보다 아름다운 여자가 앉아 있었다.

누군가 말했다.

"셜리, 리처드 와일딩 경과 인사 나누세요."

리처드는 곧바로 그녀 옆에 앉고는 말했다.

"이런 파티는 정말 피곤하죠! 그걸 잊고 있었네요. 조용한 곳으로 가서 한잔하시지 않겠습니까?"

"좋아요." 셜리가 대답했다. "마치 동물원처럼 시끄러워지고 있어요."

그들은 탈출을 감행하는 듯한 즐거움을 느끼며 서늘한 저녁 공기 속으로 나갔다.

와일딩이 택시를 불러 세웠다.

"한잔하기엔 좀 늦었군요." 그는 손목시계를 힐끗 보며 말했다. "게다가 둘 다 이미 마셨고요. 저녁식사를 하는 게 어떨까요?"

그는 저민 스트리트에서 조금 떨어진 아담한 고급 레스토랑 주소를 댔다.

음식을 주문한 뒤 리처드는 테이블 너머의 셜리에게 미소 지었다.

"오지에서 돌아온 이후로 가장 마음에 드는 순간이군요. 런던의 칵테일파티가 얼마나 끔찍한지 잊고 있었어요. 사람들은 왜 그런 데 갈까요? 전 왜 갔을까요? 당신은 왜 거기 갔죠?"

"집단본능 때문이겠죠." 셜리가 가볍게 대답했다.

그녀는 호기심으로 눈을 반짝거리며 테이블 너머에 앉은 구릿빛으로 그을린 매력적인 남자를 바라보았다.

유명한 파티에서 빠져나왔다는 것만으로도 그녀는 왠지 의기양양했다.

"전 당신을 알고 있어요." 셜리가 말했다. "그리고 당신이 쓴 책도 몇 권 읽었고요!"

"전 당신에 대해 아무것도 모르죠. 세례명이 셜리라는 것밖에. 성은 뭐죠?"

"글린에드워즈예요."

"그리고 결혼했고요." 그의 눈길이 셜리의 반지 낀 손가락에 머물렀다.

"네. 전 런던에 살고 꽃집에서 일해요."

"런던에 살고, 꽃집에서 일하고, 칵테일파티에 다니는군요. 그런 게 좋습니까?"

"별로요."

"어떤 일을 하고 싶다, 뭐가 되고 싶다, 그런 생각 해본 적 있어요?"

"글쎄요," 셜리는 눈을 반쯤 감고 꿈꾸듯이 말했다. "섬에 살고 싶어요— 멀리 떨어진 외딴섬에요. 초록 덧문이 달린 하얀 집에서 온종일 아무것도 하지 않으면서 지내고 싶어요. 과일이 열리고, 커다란 장막 같은 꽃들이 피어 한데 얽혀서 늘어진…… 색과 향기…… 밤마다 달빛이 감싸고…… 해질녘 바다는 짙은 보라색으로 물드는……"

셜리는 한숨을 쉬면서 눈을 떴다.

"왜 언제나 섬을 떠올리게 될까요? 현실의 섬은 전혀 멋지지 않을지도 모르는데요."

리처드 와일딩이 부드럽게 말했다. "당신 이야기는 너무 묘한데요."

"왜요?"

"제가 당신에게 그런 섬을 알려줄 수 있으니까요."

"섬을 갖고 있다는 뜻인가요?"

"그건 아니지만 섬의 꽤 넓은 부지를 가지고 있죠. 당신이 말한 섬과 아주 비슷해요. 밤바다는 포도주처럼 검붉고, 초록 덧문이 달린 흰색 집이 있어요. 또 당신 말처럼 향기로운 색색의 꽃들이 마구 뒤엉켜 자라고, 섬사람들은 느긋하게 살아가죠."

"멋져요! 꿈속에나 나올 것 같은 섬인데요."

"오롯한 현실의 섬이죠."

"당신은 어떻게 그런 곳을 떠나 살 수 있죠?"

"전 머물러 있질 못해요. 하지만 언젠가는 그 섬에 돌아갈 거고, 다시는 떠나지 않을 겁니다."

"그러셔야죠."

웨이터가 요리를 가져오자 마법이 풀렸다. 두 사람은 가벼운 어조로 일상에 대해 이야기했다.

리처드 와일딩은 셜리를 집까지 데려다주었다. 그녀는 그를 안으로 초대하지 않았다.

그가 물었다. "조만간 다시 만날 수 있을까요?"

그는 셜리의 손을 꽤 오래 잡고 있었고, 그녀는 얼굴을 붉히며 손을 뺐다.

그날 밤 셜리의 꿈에 그 섬이 나왔다.

2

"셜리?"

"네?"

"내가 당신 사랑하는 거 알죠?"

셜리는 천천히 고개를 끄덕였다.

지난 석 주를 묘사하라면 힘들 것이다. 이상하고 비현실적인 시간이었다. 그녀는 끝 모를 환상 같은 것에 젖어 그 시간을 걸어나왔다.

셜리는 몹시 지쳐 있었다. 여전히 지쳐 있었고, 그래서 실제로 어떤 특별한 곳에도 존재하지 않을 것 같은 나른하고 몽롱한 상태에 빠져 있었다.

그 몽롱한 상태에서 믿었던 가치들이 흔들리고 변했다.

헨리와 그에 관한 모든 것이 어슴푸레해지고 멀어진 것 같았다. 대신 리처드 와일딩이 실제보다 훨씬 대단하고 낭만적인 인물로서 대담하게 전면에 서 있었다.

셜리는 심사숙고하는 진중한 눈으로 그를 바라보았다.

리처드가 말했다.

"당신도 날 조금은 좋아하죠?"

"모르겠어요."

그녀는 무엇을 느끼고 있었을까? 이 남자는 하루가 다르게 그녀의 마음을 차지하고 있었다. 옆에 있으면 흥분이 됐다. 셜리는 이런 상태가 위험하며, 갑작스러운 열정의 물살에 휩쓸릴지 모른다고 생각했다. 그러나 이 만남을 포기하고 싶지 않다는 것은 분명히 알았다……

리처드가 말했다.

"당신은 정말 충실한 아내예요. 셜리. 남편 이야기는 한마디도 하지 않죠."

"내가 왜 말해야 하는데요?"

"난 이런저런 얘기를 들었어요."

셜리가 말했다.

"사람들은 아무 말이나 지껄여대죠."

"그는 바람을 피워요. 그리고 당신에게 잘하는 것 같지도 않던데요."

"그래요, 헨리는 잘하지 않아요."

"그는 당신이 마땅히 누려야 할 것들을 누리게 해주지 않아요—사랑과 보호, 친절 같은 거요."

"헨리는 날 사랑해요—자기 나름의 방식으로요."

"그럴지도 모르죠. 하지만 당신은 그 이상의 것을 원해요."

"전에는 그러지 않았어요."

"하지만 지금은 그래요. 당신은—당신의 섬을 원해요, 셜리."

"아, 섬! 그건 그저 꿈일 뿐이에요."

"이루어질 수도 있는 꿈이에요."

"그럴지도 모르죠. 하지만 그렇게 되지 않을 거예요."

"이루어질 수 있어요."

차가운 바람이 강을 지나 그들이 앉은 테라스로 불어들었다.

셜리는 일어나서 코트를 단단히 여몄다.

"이제 이런 얘긴 그만해요." 그녀가 말했다. "우린 어리석은 행동을 하고 있어요, 리처드. 어리석고 위험해요."

"그럴지도 모르죠. 하지만 당신은 남편을 사랑하지 않아요, 셜리. 당신은 나를 사랑해요."

"나는 헨리의 아내예요."

"당신은 나를 사랑해요."

그녀가 되풀이했다.

"나는 헨리의 아내예요."

그녀는 그 말을 교리문답처럼 되뇌었다.

3

셜리가 들어왔을 때, 헨리는 소파에 길게 늘어져 있었다. 그는 흰색 플란넬 바지를 입고 있었다.

"근육을 다쳤나봐." 그는 통증 때문인지 조금 찡그렸다.

"뭘 하다가?"

"로햄프턴에서 테니스를 쳤어."

"스티븐하고? 나는 두 사람이 골프 치러 간 줄 알았는데."

"마음이 바뀌었어. 스티븐이 메리를 데려왔고, 제시카 샌디스까지 와서 넷이 됐거든."

"제시카? 지난번 밤에 아처 씨 집에서 만난 검은 머리 여자?"

"응, 맞아, 그 여자."

"그 여자가 당신의 현재 애인이야?"

"셜리! 내가 말했잖아, 당신한테 약속했는데⋯⋯"

"그렇긴 하지. 하지만 약속이 뭐 대수겠어? 그 여자가 당신의 현재 애인이라고―당신 눈에 그렇게 쓰여 있어."

헨리가 부루퉁하게 말했다.

"그래, 당신이 매사 그렇게 상상을 한다면⋯⋯"

"매사 상상을 한다면," 셜리가 중얼거렸다. "난 차라리 섬을 상상하겠어."

"왜 하필 섬이지?"

헨리가 소파에서 몸을 일으켜 앉더니 덧붙였다. "정말 온몸이 다 뻐근하군."

"내일은 쉬는 게 낫겠어. 기분전환도 할 겸 조용한 일요일을 보내자."

"그래, 그게 낫겠군."

하지만 다음날 아침 헨리는 뻐근한 기운이 없어졌다고 큰소리쳤다.

"실은 오늘 다시 게임하기로 했거든."

"당신과 스티븐, 메리와 제시카인가?"

"응."

"아니면 당신과 제시카만이야?"

"아니, 넷이." 그가 태평하게 말했다.

"당신은 순 거짓말쟁이야."

하지만 셜리는 화를 내지 않았다. 눈가에 어렴풋이 미소까지 번졌다. 셜리는 사 년 전 테니스 모임에서 만났던 청년을 떠올리고 있었다. 그때 그녀를 끌어당긴 것이 헨리의 무심함이었다는 것도 기억했다. 그는 여전히 그렇게 무심했다.

다음날 그녀의 집에 찾아와 수줍어하고 어색해하던 청년. 그녀를 기다리며 로라와 끈질기게 이야기하던 청년이 지금 필사적으로 제시카를 쫓아다니는 그 사람이었다.

셜리는 생각했다. '헨리는 하나도 변하지 않았어.'

'이 사람은 내게 상처 주려고 이러는 게 아냐.' 그녀는 계속 생각했다. '언제나 자기 하고 싶은 대로 다 하는 게 그의 방식이지.'

그녀는 헨리가 약간 다리를 절뚝이는 걸 보고 무심결에 말했다.

"테니스는 무리일 것 같은데? 근육을 다친 게 분명해. 다음 주말로 미룰 순 없어?"

하지만 헨리는 가고 싶어했고, 기어이 나갔다.

헨리는 여섯시쯤 돌아와 침대에 쓰러졌다. 그가 너무 아파 보여서 셜리는 놀랐다. 헨리가 말렸지만 그녀는 의사에게 전화했다.

8

1

다음날 오후, 로라는 점심을 먹다가 전화를 받았다.

"언니? 나야, 셜리."

"셜리? 무슨 일이니? 목소리가 이상한데."

"헨리 일이야, 언니. 그 사람이 입원했어. 척수마비래."

'찰스처럼,' 로라는 속으로 중얼거렸다. 로라의 머릿속은 오 래전으로 돌아갔다. '찰스처럼……'

당시 너무 어려서 이해하지 못했던 그 비극이 갑자기 새로 운 의미로 다가왔다.

셜리의 목소리에 담긴 비통함은 엄마의 그것과 똑같았다.

찰스는 죽었다. 헨리도 죽을까?

로라는 궁금했다. 헨리는 죽는 걸까?

2

"소아마비와 척수마비는 같은 병이에요?" 그녀가 궁금한 듯이 볼독 씨에게 물었다.

"그 병의 새로운 이름이지. 그건 왜?"

"헨리가 그 병에 걸렸대요."

"저런! 그래서 넌 헨리가 나을 수 있을지 궁금한 거냐?"

"네―그렇죠."

"낫지 않길 바라는 거고?"

"정말, 교수님은 절 괴물 취급하시네요."

"자, 자, 꼬마 로라야, 네 마음속에 그런 생각이 있잖니?"

"사람의 마음속에는 무서운 생각들이 지나가기 마련이죠." 로라가 말했다. "하지만 전 누가 죽길 바라진 않아요―정말 그래요."

"그렇구나." 볼독 씨가 생각에 잠겨서 말했다. "나도 네가 그럴 거라고 믿지는 않는다―이제는―"

"이제는이라뇨, 무슨 뜻이죠? 아, 설마 예전의 붉은 옷을 입은 여자 일을 말씀하시는 거예요?" 그녀는 오래전 기억을 떠올리며 웃지 않을 수 없었다. "실은 한동안 뵈러 오지 못한다고 말씀드리려고 왔어요. 오후에 기차를 타고 런던에 가요―셜리 옆에 있으려고요."

"셜리가 원했니?"

"그애는 제가 와주길 바랄 거예요." 로라는 발끈해서 쏘아붙였다. "헨리는 입원했어요. 셜리 혼자 있다고요. 그애 옆에 있어줄 사람이 필요해요."

"그래―그렇겠지. 맞는 말이다. 좋은 생각이구나. 내 걱정은 할 것 없다."

환자와 다름없는 볼독 씨는 과장된 자기연민을 한껏 즐겼다.

"정말 죄송해요. 하지만―"

"죄송하지만 셜리가 우선이다 그거냐? 괜찮다, 괜찮아…… 내가 뭐라고? 귀머거리에 반은 장님인 따분한 여든 살 늙은이인 것을―"

"볼디―"

볼독 씨가 갑자기 빙긋 웃으며 윙크하고 말했다.

"로라, 넌 남의 푸념에 쉽게 넘어가는 아이지. 자기연민에 젖은 사람에게 동정 같은 건 필요 없어. 자기연민은 전적으로 자신의 문제일 뿐이거든."

3

"집을 팔지 않길 정말 잘했어요." 로라가 말했다.

석 달이 흘렀다. 헨리는 죽을 고비를 넘겼다.

"처음 증상이 나타났을 때 무리하게 테니스를 치지 않았다면 그렇게까지 심각해지진 않았을 거래요. 그런데 지금은—"

"나쁘구나—그러냐?"

"평생 불구로 지내게 될 것 같아요."

"딱하구나."

"물론 병원에서는 헨리에게 그렇게 말하지 않아요. 저도 나을 가능성이 아주 없는 건 아니라고 생각하지만…… 아마 그들은 셜리를 위로하려고 그렇게 말하는 걸 거예요. 아무튼 말씀드린 것처럼 제가 집을 처분하지 않은 건 정말 잘한 일이에요. 참 이상해요—집을 팔면 안 된다는 느낌이 계속 있었거든요. 혼자 살기에는 너무 크고, 셜리는 아이가 없어 시골집이 필요할 일이 없을 텐데도 그랬어요. 그런 느낌이 드는 제가 이상했어요. 물론 밀체스터에 있는 고아원을 꼭 운영해보고 싶긴 했지만 지금까지 집이 매매되지 않았고, 그러니 매도 의사를 철회하면 돼요. 퇴원한 헨리를 데려올 수 있는 집이 있는 거예요. 기껏해야 몇 달 머물겠지만요."

"셜리가 그러자고 하니?"

로라는 얼굴을 찌푸렸다.

"아니요, 왠지 셜리는 무척 망설여요. 하지만 왜 그러는지 알 것 같아요."

그녀는 고개를 들고 날카로운 눈으로 불독 씨를 바라보았다.

"셜리가 제게는 말하지 않았던 것을 교수님에게는 말했을 것 같은데. 셜리에게 남은 재산이 전혀 없는 것 아닌가요?"

"나한테 아무 말도 안 했다." 불독 씨가 대답했다. "하지만 그래, 나도 그애 재산이 남았을 거란 생각은 들지 않는구나. 헨리 역시 가진 돈을 몽땅 써버렸을 것 같고."

"이런저런 얘기를 들었어요." 로라가 말했다. "두 사람의 친구들과 다른 사람들에게요. 아주 불행한 결혼생활이었어요. 헨리는 셜리의 재산을 탕진하고, 셜리를 방치하고, 계속해서 이 여자 저 여자와 바람을 피웠어요. 큰 병을 앓고 있지만 그래도 전 헨리를 용서할 수 없어요. 어떻게 셜리에게 그럴 수 있죠? 행복할 자격이 있는 사람이 있다면, 그게 바로 셜리예요. 셜리는 열정적이고—믿음직한 아이였어요." 로라는 일어나서 초조한 듯 방안을 서성거렸다. 그녀는 마음을 가라앉히려고 애쓰며 말을 이었다.

"전 왜 그 둘을 결혼하게 내버려두었을까요? 아시겠지만, 결혼을 막든가 미루든가 해서 셜리에게 그가 어떤 남자인지 알아볼 시간을 갖게 할 수 있었어요. 하지만 셜리가 너무 안달했어요, 그를 원했다고요. 전 셜리가 원하는 걸 들어주고 싶었어요."

"진정해라, 로라."

"그보다 더 나쁜 게 있었어요. 전 제가 소유욕이 강한 사람이 아니라는 걸 증명하고 싶었어요. 그걸 증명하려고 셜리를 평생 불행의 구렁텅이에 뛰어들게 내버려둔 거예요."

"내가 전에도 이 말을 했을 거다, 로라. 넌 행복이나 불행에 대해 지나치게 걱정이 많아."

"전 셜리가 고통받는 것을 차마 두고 볼 수가 없어요! 교수님은 아무렇지 않을지 모르지만요."

"셜리, 셜리! 내가 걱정하는 사람은 바로 너야, 로라—언제나 그랬지. 판사처럼 근엄한 표정으로 작은 자전거를 타고 정원을 돌아다니는 널 본 순간부터 지금까지 늘 그랬다. 넌 고통을 짊어지는 능력을 가졌고, 남들처럼 자기연민이라는 위로로 그 고통을 줄이지도 못하지. 넌 자신에 대해 전혀 생각하지 않아."

"제가 뭐가 중요하죠? 척수마비에 걸린 사람은 제 남편이 아니에요!"

"네 말을 듣고 있으면 병에 걸린 사람이 네 남편이라도 되는 것 같으니까 문제지! 내가 너한테 바라는 게 뭔지 아니, 로라? 일상적인 행복이야. 남편, 시끌벅적한 개구쟁이 아이들. 내가 처음 널 알게 됐을 때부터 넌 언제나 슬픈 아이였어—진정한 성장을 위해 넌 다른 사람이 될 필요가 있어. 세상의 고민을 다 네 어깨에 짊어지려 하지 마라—그건 예수그리스도가 우리를 위해 하신 일이니까. 타인의 인생을 대신 살 수는 없어. 셜리의 인생이라도 마찬가지다. 그 아이를 도와주는 건 당연해. 하지만 너무 지나치게 마음 쓰지는 마라."

로라가 창백해진 채 말했다. "교수님은 이해 못하세요."

"너도 다른 여자와 똑같구나. 매사에 야단법석!"

로라는 입을 다물고 한동안 그를 바라보다가 몸을 홱 돌려 방에서 나갔다.

"빌어먹을 멍청이 노인네 같으니라고!" 볼독 씨가 큰 소리로 중얼거렸다. "오, 이런, 내가 지금 그런 꼴이 됐구나."

문이 열리자 그는 깜짝 놀랐다. 로라가 순식간에 들어와 그의 의자로 다가왔다.

"교수님은 늙은 악마예요." 로라가 말하고 볼독 씨에게 입을 맞췄다.

로라가 다시 나가자, 당황한 볼독 씨는 꼼짝 않고 앉아 눈만 껌뻑거렸다.

그는 최근 혼잣말을 중얼대는 습관이 생겼고, 이제 그는 천장을 올려보며 기도했다.

"주여, 저 아이를 지켜주십시오." 그가 말했다. "전 할 수 없습니다. 그리고 그건 주제넘은 짓이겠죠."

4

헨리가 병에 걸렸다는 소식을 들은 리처드 와일딩은 셜리에게 예의를 갖춘 위로의 편지를 보냈다. 한 달 후 그는 다시 그녀에게 만나고 싶다는 편지를 보냈다. 셜리가 답장했다.

안 만나는 게 좋을 것 같아요. 지금은 헨리가 제 삶의 유일한 현실이니까요. 이해해주리라 생각합니다. 안녕히.

리처드가 답장을 보냈다.

예상했던 답변이었습니다. 영원히 신의 가호가 있기를.

그래서 이제 끝났다고 셜리는 생각했다……

헨리는 살아갈 테지만, 이제 셜리는 실질적인 생존의 문제에 직면해 있었다. 그녀와 헨리는 문자 그대로 땡전 한 푼 없었다. 그가 불구의 몸으로 퇴원하면 당장에 살 집부터 마련해야 했다.

뻔한 해답은 로라였다.

너그럽고 정이 많은 로라는 당연히 셜리와 헨리가 벨버리로 올 거라고 생각했다. 그런데 셜리는 언니 집에 가는 게 도무지

내키지 않았다.

예전의 쾌활함은 흔적도 없이 사라지고 신랄하고 까다로운 병자가 된 헨리는 셜리에게 미쳤다고 쏘아붙였다.

"왜 싫다는 건지 도저히 모르겠어. 거기로 가는 게 당연한 것 아닌가? 로라가 집을 팔지 않아서 얼마나 다행이야. 방도 넉넉하잖아. 거실과 침실을 통째로 차지할 수도 있고, 필요하면 간호사나 날 건사할 남자 도우미를 둘 수도 있을 거야. 당신이 뭐 때문에 주저하는지 이해가 안 가."

"뮤리얼 고모님 댁은 안 될까?"

"고모님이 얼마 전 뇌졸중으로 쓰러지셨던 거 몰라? 조만간 또 쓰러지실지도 몰라. 고모님은 입주 간호사를 들였고, 정신도 오락가락해서. 게다가 세금 때문에 수입도 반으로 줄었다고. 거긴 생각도 말아야 해. 언니 집에 가는 게 뭐가 문제지? 로라는 계속 우리를 거두겠다고 했잖아, 안 그래?"

"물론 그랬지. 계속."

"그럼 됐잖아. 당신이 꺼리는 이유가 뭐지? 로라는 당신이라면 죽고 못 사는 사람이잖아."

"언니는 나를 사랑하지―하지만―"

"그거였군! 로라가 당신은 많이 사랑해도 날 싫어해서? 날 보고 고소해 죽겠다고 할 거 같아서? 그 여자는 불구가 된 날 보며 행복해하는군."

"그런 말 하지 마, 헨리. 언니가 그런 사람이 아니라는 건 당신도 알잖아."

"당신 언니가 어떤 사람이든 그게 나와 무슨 상관이지? 나한테 지금 상관있는 일이 뭐가 있겠어? 내 기분이 어떤지 몰라? 제 몸뚱이 하나 못 가누고 침대에서 돌아누울 수도 없는 무력한 기분이 어떤 건지 모르겠어? 하기야 당신이 뭐가 걱정이겠어!"

"걱정하고 있어."

"이런 불구에게 발목 잡히다니! 엄청 웃기는군!"

"난 괜찮아."

"당신도 다른 여자들과 똑같아. 남자를 애 다루듯 주무를 수 있게 돼서 기쁘겠지? 난 이제 당신에게 매달려야 하고, 당신은 그걸 즐길 거야."

"무슨 말이든 하고 싶은 대로 해." 셜리가 말했다. "난 당신이 얼마나 비참한 기분일지 알아."

"알긴 뭘 알아! 당신은 몰라. 난 죽어야 했어! 빌어먹을 의사들이 왜 날 살려놓은 거지? 숨통을 끊어놨어야지! 계속해봐, 달콤한 위로의 말을 더 해보라고."

"좋아, 그러지." 셜리가 말했다. "이 말을 들으면 당신은 진짜 화를 낼 거야. 비참한 건 당신이 아니라 나라고."

헨리는 그녀를 노려보다가 마지못한 듯이 웃음을 터뜨렸다.

"한번 해보자는 건가?" 그가 말했다.

5

한 달 후 셜리는 로라에게 편지를 썼다.

　사랑하는 언니

　집에 오라고 해줘서 정말 고마워. 헨리가 무슨 말을 하든 마음에 두지 마. 그는 무척 힘들어하고 있어. 전에는 참지 않고 자기 하고 싶은 대로 다 하던 사람이었으니까. 그리고 무섭게 화를 내. 헨리 같은 남자가 감당하기엔 너무 끔찍한 일이야.

로라는 얼른 애정어린 답장을 보냈다.

두 주 후 셜리와 불구자가 된 헨리가 왔다.

로라의 다정한 포옹을 받으며 셜리는 갸웃했다. 내가 왜 여기 오고 싶어하지 않았을까?

이곳은 그녀의 집이었다. 셜리는 로라의 보살핌과 보호의 울타리 안으로 돌아왔다. 다시 어린애가 된 기분이었다.

"언니, 집에 돌아오니까 정말 좋아…… 난 너무 지쳤어……

지독하게 지쳤어……"

로라는 동생의 모습을 보고 충격을 받았다.

"셜리, 넌 너무 많은 일을 겪었어…… 이제 걱정할 것 없어."

셜리는 초조한 듯 말했다. "헨리 일은 마음 쓰지 마."

"그래, 무슨 말을 하든 무슨 행동을 하든 마음 쓰지 않을게. 내가 어떻게 그러겠어? 사람이 완전히 무기력해진다는 게 얼마나 끔찍한 일인데. 헨리 같은 사람에게는 더할 거야. 실컷 분통을 터뜨리게 내버려둘게."

"아, 언니는 정말 이해하는구나……"

"이해하고말고."

셜리는 안도의 한숨을 내쉬었다. 그녀는 이날 아침에야 자신이 어떤 짐을 진 채 살아왔는지 깨달았다.

1

리처드 와일딩이 다시 외국으로 나가기 전에 벨버리를 방문했다.

셜리는 아침식사 자리에서 그의 편지를 읽고 로라에게 건넸다. 로라도 편지를 읽었다.

"리처드 와일딩? 그 여행가 말이니?"

"응."

"그 사람이 네 친구라고?"

"응―언니도 만나보면 좋아할 거야."

"점심식사라도 하자고 초대할까? 친한 사이야?"

"한때는 내가 그를 사랑하는 줄 알았어." 셜리가 말했다.

"뭐?" 로라가 화들짝 놀라서 소리쳤다.

로라는 궁금했다……

리처드는 예상보다 일찍 찾아왔다. 셜리는 헨리와 이층에 있었고, 로라가 그를 맞아 정원으로 안내했다.

로라는 바로 알았다. '셜리는 이 남자와 결혼해야 했어.'

그녀는 리처드의 차분함과 따뜻함, 공감하는 능력, 당당함이 마음에 들었다.

아! 셜리가 헨리를 만나지 않았다면! 매력적이지만 안정감도 없고 잔인한 구석이 있는 헨리.

리처드는 정중하게 환자의 안부를 물었다. 형식적인 인사치레가 오간 뒤 리처드 와일딩이 말했다.

"전에 두어 번 그를 만났죠. 호감이 가지는 않았습니다."

그러고서 무뚝뚝하게 물었다.

"왜 동생의 결혼을 막지 않았습니까?"

"제가 어떻게 그럴 수 있었겠어요."

"방법은 있었을 텐데요."

"제가 그럴 수 있었다고요? 글쎄요."

갑작스러운 친밀감이 감돌았지만 두 사람은 알아차리지 못했다.

그가 진지하게 말했다.

"짐작하셨을지도 모르지만, 솔직하게 말하겠습니다. 전 셜리를 깊이 사랑하고 있어요."

"짐작했어요."

"그런다고 달라질 건 없겠죠. 이제 셜리는 남편을 떠나지 않을 테니까요."

로라가 냉담하게 말했다.

"셜리가 그럴 거라고 기대했었나요?"

"아뇨, 기대하지 않았습니다. 그러면 셜리가 아니죠." 그러고서 그는 물었다. "셜리가 지금도 남편을 사랑할까요?"

"모르겠어요. 하지만 몹시 가여워하는 건 분명해요."

"그는 잘 견디고 있습니까?"

"그러지 못해요." 로라는 차갑게 말했다. "그는 인내심도 용기도 없는 사람이에요. 그는 그냥—셜리에게 분풀이만 해요."

"비열한 자식!"

"우린 그를 감싸줘야 해요."

"저도 안됐다고 생각하지만 그는 셜리에게 너무 지독한 짓을 했어요. 그걸 모르는 사람이 없을 정도란 말입니다. 당신도 아시죠?"

"셜리는 아무 말도 하지 않지만, 소문은 저도 들었어요."

"셜리는 충실한 아내예요." 그가 말했다. "언제나 그랬어요."

"그래요."

잠시의 침묵을 끊고 로라가 불현듯 격렬하게 외쳤다.

"당신 말이 맞아요! 제가 어떻게든 그 결혼을 막았어야 했어요. 셜리는 너무 어렸어요. 시간을 충분히 갖지 못했어요. 그래요, 제가 일을 엉망으로 만들어버렸어요."

리처드는 무뚝뚝하게 말했다.

"당신이 동생을 보살펴주실 거죠?"

"셜리는 세상에서 제가 걱정하는 단 한 사람이에요."

"아, 셜리가 오는군요."

두 사람은 잔디밭을 가로질러 다가오는 셜리를 지켜보았다.

리처드가 말했다.

"너무 야위고 창백하군요! 불쌍한 사람, 용기 있는 셜리……"

2

점심식사 후 셜리는 리처드와 함께 시냇가를 거닐었다.

"헨리는 잠들었어요. 잠깐은 괜찮을 거예요."

"내가 온 걸 그가 아나요?"

"남편에겐 말하지 않았어요."

"힘든가요?"

"그렇죠. 어떤 말도 행동도 그에게 도움이 되지 않는 것 같아요. 그래서 많이 힘들어요."

"내가 찾아와서 불편한가요?"

"작별 인사 하러 온 거라면, 아니에요."

"그래요. 이제 당신은 남편을 떠나지 않겠죠?"

"네. 떠나지 않아요."

리처드는 걸음을 멈추고 그녀의 두 손을 잡았다.

"한 가지만요. 혹시 내가 필요하면―언제든―한마디만 해요. '와요'라고요. 지구 끝에서라도 달려올게요."

"당신은 좋은 사람이에요."

"잘 있어요, 셜리."

그는 셜리를 끌어안았다. 허기지고 지쳤던 그녀의 몸은 부르르 떨면서 원기를 되찾았다. 셜리는 그에게 격렬하게 필사적으로 키스했다.

"사랑해요, 리처드, 사랑해요, 사랑해요……"

그러고는 속삭였다.

"잘 가요. 아니, 따라오지 마요……"

그녀는 그의 품을 빠져나와 집으로 뛰어갔다. 리처드 와일딩은 나지막이 욕설을 내뱉었다. 그는 헨리 글린에드워즈와 척수마비라는 병을 저주했다.

3

볼독 씨는 누워서 지냈다. 두 명의 간호사가 돌봤다. 그는 간호사들을 모두 싫어했다.

로라가 찾아오는 시간이 볼독 씨의 하루에서 유일한 위로의 시간이었다.

간호사가 눈치껏 자리를 비키면 볼독 씨는 로라에게 간호사 흉을 늘어놓았다.

그는 새된 소리로 언성을 높였다.

"징그럽게 간사한 여자야. '오늘 아침 우리 환자분 어떠신가요?' 하길래 우리라니 여긴 나밖에 없는데, 내가 그랬다. 다른 하나는 넙데데한 얼굴에 히죽거리는 원숭이 같고."

"너무하세요, 볼디."

"쳇, 낯짝들이 얼마나 두꺼운데! 날 신경도 안 쓴단 말이다. 손가락 하나 쳐들고 '짓궂으세요, 짓궂어요!' 그러기나 하고. 정말 끓는 기름에 넣고 튀겨버리고 싶어!"

"흥분하시면 몸에 해로워요."

"헨리는 어떠냐? 여전히 애먹이니?"

"그렇죠. 헨리는 정말 이기적이에요! 가엽게 여기려고 애쓰지만 그럴 수가 없어요."

"여자들이란 냉정하기 짝이 없지! 죽은 새만 봐도 감상에 젖으면서, 불쌍한 친구가 지옥을 지나는데 피도 눈물도 없는 것 같으니라고!"

"지옥을 지나고 있는 사람은 셜리예요. 헨리는 그저—셜리를 괴롭히기만 해요."

"당연하지. 그가 분풀이할 수 있는 유일한 상대가 셜리잖니. 괴로울 때 퍼부어대지도 못하는 아내라면 뭐에 쓰겠니?"

"셜리가 쓰러질까봐 걱정이에요."

볼독 씨는 말도 안 된다는 듯 콧방귀를 뀌었다. "그럴 리가. 셜리는 강해. 근성 있는 아이야."

"셜리는 끔찍한 짐을 짊어지고 있어요."

"그렇겠지. 하지만 본인이 선택한 결혼이야."

"그가 병에 걸릴 줄은 몰랐죠."

"그걸 알았더라도 단념하지 않았을걸! 그건 그렇고 웬 낭만적인 위인이 찾아와서 셜리와 애틋한 작별을 나눴다던데?"

"볼디, 대체 그런 건 다 어떻게 아시는 거죠?"

"귀를 열어두거든. 마을에 떠도는 소문조차 들려주지 않는 간호사라면 뭐에 쓰겠니?"

"리처드 와일딩이라는 여행가였어요."

"그래? 그 친구라면 제법 평판이 좋지. 전쟁이 나기 전에 피커딜리라는 겉만 그럴싸한 창녀 같은 여자랑 엉뚱한 결혼을 하긴 했다만. 전쟁이 끝나고 그 여자와 헤어졌지. 한바탕 난리

였을걸? 그런 여자와 결혼하다니—멍청이가 따로 없어. 이상
주의자들이란!"

"괜찮은 사람이에요—아주 괜찮아요."

"그 남자에겐 너그럽구나?"

"셜리는 그 사람과 결혼해야 했어요."

"이런, 난 네 마음에 든 줄 알았다. 아쉽구나."

"전 결혼할 마음 없어요."

"타라라 붐디에이."* 볼독 씨가 냉소하듯 중얼거렸다.

4

젊은 의사가 말했다. "떠나셔야 합니다. 지금 글린에드워즈
부인에게는 다른 환경에서 휴식을 취하는 게 필요합니다."

"떠날 수 없는 형편이에요."

셜리가 정색하며 말했다.

"부인은 너무 쇠약해지셨어요. 이건 경고입니다." 그레이브
스가 힘주어 말했다. "여차하면 쓰러지실 거라고요."

셜리는 소리 내어 웃었다.

---

* Ta-ra-ra boom-de-ay. 미국의 헨리 세이어스가 만든 노래로 영국의 로티
콜린스가 불러 인기를 끌었다.

"전 괜찮아요."

그레이브스는 의심스럽다는 듯 고개를 저으며 말했다.

"글린에드워즈 씨는 꽤 까다로운 환자죠."

"남편이―조금만 누그러지면 좋을 텐데요." 셜리가 대답했다.

"네, 이 상황을 힘들어하시죠."

"제가 잘못하는 걸까요? 제가 남편을 오히려 자극하는 건 아닐까요?"

"부인은 남편분에게 안전판 같은 존재예요. 힘든 건 압니다만, 부인은 잘하고 계세요. 제 말을 믿으세요."

"고마워요."

"수면제를 계속 드리세요. 독한 약이지만 과민한 날에는 부인도 밤에 쉬셔야 하니까요. 단, 약은 남편분 손이 닿는 곳에 두시면 안 됩니다."

셜리의 얼굴이 더 창백해졌다.

"선생님은 그 사람이―"

"아니, 아닙니다. 그건 아니에요." 의사는 황급히 그녀의 말을 끊었다. "자살할 타입은 분명 아니죠. 남편분이 이따금 그렇게 말씀하시는 건 압니다만 히스테리일 뿐이에요. 제 말은 이 약을 먹고 잠들었다가 깨서 멍한 상태로 다시 복용했을 때 아주 위험할 수 있다는 겁니다. 먹었다는 걸 잊고 또 먹는다면요. 조심하셔야 합니다."

"알겠습니다."

그녀는 의사를 배웅하고 헨리에게 갔다.

헨리는 기분이 최악이었다.

"의사가 뭐라고 하지? 아무 문제 없다고 하겠지! 환자가 조금 짜증이 났을 뿐이라고. 그건 걱정할 필요 없다고!"

"헨리." 셜리는 의자에 맥없이 주저앉았다. "가끔이라도 친절할 순 없겠어?"

"친절? 당신한테?"

"그래, 난 너무 지쳤어, 완전히 지쳐버렸다고. 당신이 ― 가끔이라도 ― 친절하게 대해준다면."

"당신은 불평할 게 없겠지. 비틀리고 쓸모없는 뼛덩어리가 아니니까! 당신은 건강하니까!"

"당신 눈에는 내가 괜찮아 보여?" 셜리가 말했다.

"의사가 어디로 떠나라고 하던가?"

"다른 곳에서 휴식을 취하는 게 좋겠다고 하더라."

"그래서 떠나려고? 본머스* 같은 데 가서 일주일쯤 즐기기라도 할 작정인가!"

"아니, 안 가."

---

*영국 잉글랜드 남부의 휴양 도시.

"왜 안 가지?"

"당신을 두고 가고 싶지 않으니까."

"당신이 가든 말든 난 상관없는데? 있어봤자 무슨 도움이 된다고?"

"아무 도움도 안 되지." 셜리가 멍하니 말했다.

헨리는 안절부절못하며 고개를 돌렸다.

"수면제 어디 있지? 어젯밤엔 약을 안 줬어."

"아니, 줬어."

"안 줬어. 내가 깨서 달라고 했지. 간호사는 내가 먹지도 않았는데 먹었다고 거짓말했고."

"먹었어. 당신이 잊어버린 거야."

"오늘밤 목사관 파티에 갈 건가?"

"당신이 싫다면 안 갈게." 셜리가 말했다.

"아니, 가는 게 낫겠어! 당신이 안 가면 이기적인 놈이니 나쁜 놈이니 하며 다들 내 욕을 해댈 테니까. 간호사에게도 가라고 했어."

"내가 집에 있을게."

"그럴 거 없어. 로라가 챙겨주겠지. 우스워—난 당신 언니를 좋아한 적이 없지만, 아파보니까 로라에게 사람을 잘 다독이는 뭔가가 있다는 걸 알겠더군. 그런 힘이 있어."

"그래. 언니는 항상 그런 사람이었어. 뭔가를 주는 사람. 나보다 낫지. 난 당신을 화나게만 하니까."

"당신은 가끔 날 아주 화나게 하지."

"헨리—"

"왜?"

"아무것도 아니야."

휘스트 드라이브*가 열리는 목사관으로 떠나기 전 헨리의 방을 들여다보았을 때 셜리는 그가 잠든 줄 알았다. 그녀는 남편 위로 몸을 숙였다. 눈물이 차올랐다. 가려고 몸을 일으켰을 때 헨리가 옷소매를 잡았다.

"셜리."

"아, 헨리."

"날 미워하지 마, 셜리."

"미워하다니? 내가 왜 당신을 미워하겠어?"

그가 중얼거렸다. "당신 안색이 너무 안 좋아, 많이 말랐어…… 내가 당신을 너무 힘들게 했어. 하지만 나도 어쩔 수가 없어, 어쩔 수가…… 난 병이나 고통에 약한 인간이야. 전쟁터에서도 죽음보다 불타거나 훼손되거나 팔다리가 떨어져나간 사람을 보는 게 더 힘들었어."

"그랬구나. 이해해……"

---

* 카드게임의 일종인 휘스트를 몇 사람이 상대를 바꿔가며 하는 것.

"내가 나밖에 모르는 이기적인 놈이란 걸 알아. 하지만 나아질 거야—정신적으로 나아질 거란 뜻이야—육체는 그대로겠지만. 우린 잘해나갈 수 있을 거야—모든 걸—당신이 조금만 더 견뎌준다면. 날 버리지 마."

"절대 버리지 않아."

"사랑해, 셜리…… 진심이야…… 언제나 그랬어. 당신 말고는 아무도—아무도 없었어. 당신은 이 몇 달 동안 정말 대단했어—날 견뎌줬지. 난 나쁜 놈이야. 날 용서한다고 말해줘."

"용서할 게 없는데? 나도 당신을 사랑해."

"불구자도 인생을 즐길 수 있을 거야."

"함께 인생을 즐기자."

"어떻게 즐길 수 있을지 모르겠어."

셜리가 떨리는 목소리로 말했다.

"음, 먹는 즐거움이 있어."

"마시는 즐거움도 있고." 헨리가 말했다.

예전의 미소가 그의 얼굴에 떠올랐다.

"고등수학 문제에 빠질 수도 있고."

"난 크로스워드 퍼즐!"

헨리가 말했다.

"이러다 내일이 되면 또 당신을 괴롭히겠지? 그럴 거야."

"그러든가 말든가. 이제 난 신경쓰지 않겠어."

"내 약은 어디 있지?"

"줄게."

그는 받은 약을 얌전히 삼켰다.

"불쌍한 고모님." 헨리가 불쑥 말했다.

"어쩌다 고모님 생각을 하게 됐어?"

"당신을 처음 그 집에 데려갔던 기억이 나. 당신은 노란색 줄무늬 옷을 입고 있었지. 고모님을 더 자주 찾아뵈야 했는데 너무 따분해서 못 그랬어. 따분한 사람 만나는 게 싫었으니까. 그런데 내가 그런 사람이 됐어."

"아니, 당신은 그렇지 않아."

아래층에서 로라가 외쳤다. "셜리!"

셜리는 헨리에게 키스하고 아래층으로 뛰어내려갔다. 행복감이 차올랐다. 행복, 그리고 일종의 승리감이.

셜리가 아래층에 내려가자 로라가 간호사는 먼저 출발했다고 알렸다.

"이런, 늦었나? 뛰어가야겠네."

셜리는 도로를 뛰어가다가 고개를 돌리고 소리쳤다.

"약은 이미 먹었어!"

그러나 로라는 집안으로 들어가 문을 닫는 중이었다.

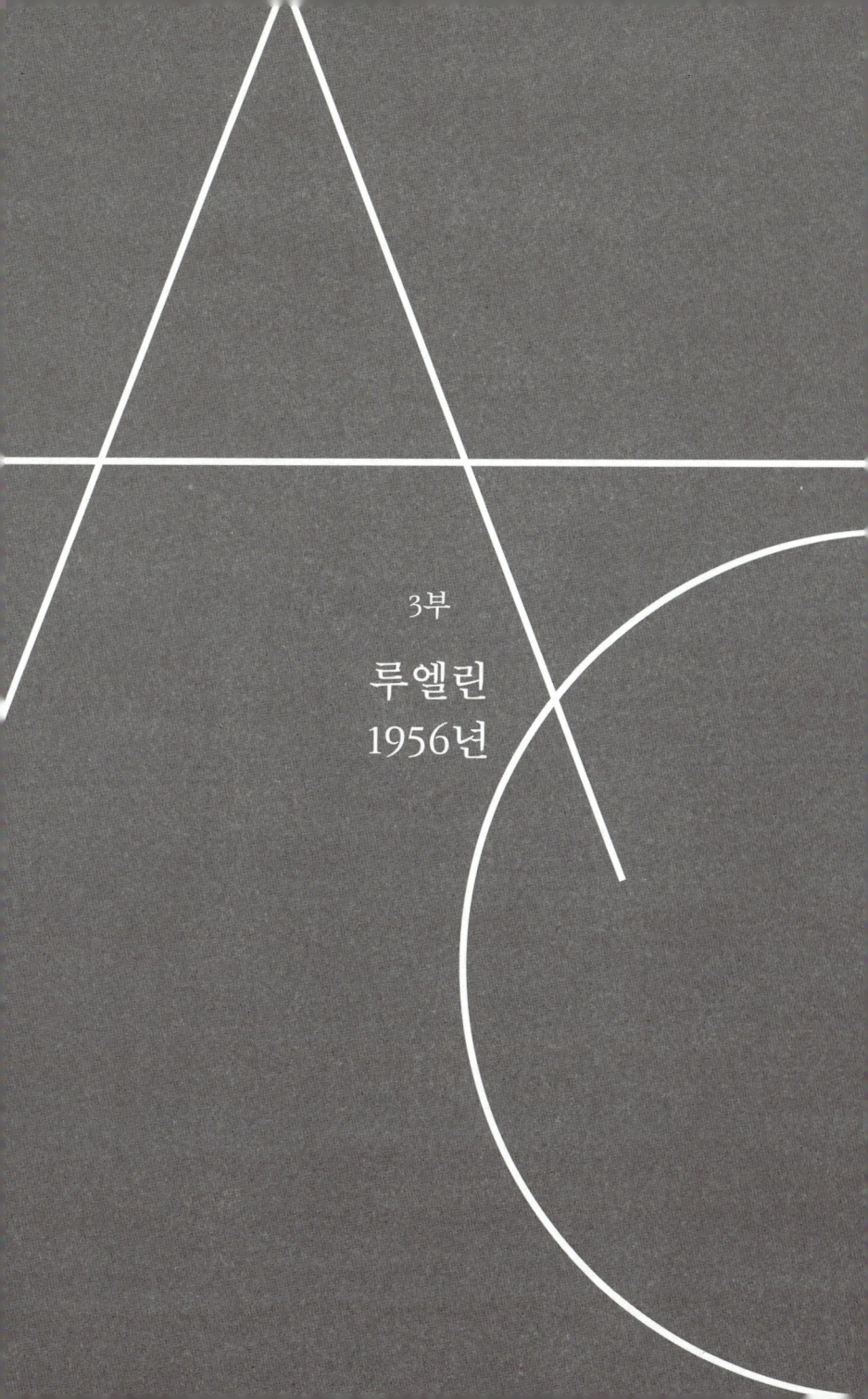

3부

루엘린
1956년

1

루엘린 녹스는 호텔 창문을 활짝 열고 향기로운 밤공기를 안으로 들였다. 아래에서 마을의 불빛과 그 뒤편 항구의 불빛이 반짝거리고 있었다.

루엘린은 몇 주 만에 긴장을 풀고 평온을 맛보았다. 어쩌면 이 섬에서 잠시 모든 것을 멈추고 장래에 대해 생각할 수 있을 것이다. 장래를 떠올리면 윤곽은 뚜렷하지만 세부는 아직 희미했다. 그는 고통과 공허, 권태를 지나왔다. 머지않아, 아주 금방 새로운 삶을 시작할 수 있을 거라 생각했다. 더 단순하고, 요구가 많지 않은 보통 사람의 삶―불리한 점이라고는 나이 마흔에 시작한다는 것뿐인 삶.

그는 창가에서 몸을 돌렸다. 소박하지만 정갈한 객실이었다. 그는 세수하고 얼마 안 되는 짐을 정리한 뒤 방에서 나왔다. 두 층 내려가서 호텔 로비로 갔다. 데스크 직원이 뭔가를 적고 있었다. 잠시 그가 루엘린을 올려다보았다. 공손하지만 특별한 관심이나 호기심은 없는 눈길이었다. 직원은 고개를 숙이고 다시 적어내려갔다.

루엘린은 회전문을 밀고 거리로 나섰다. 싱그러운 습기를 품은 공기는 부드럽고 따뜻했다.

열대 지방 특유의 이국적인 나른함은 없었다. 긴장을 풀기에 적당할 만큼 따뜻했다. 문명세계의 부산한 속도감을 잊을 수 있었다. 이 섬에서는 과거를 사는 것 같았다. 느긋하게 일하고, 느긋하게 생각하고, 서두르지도 않고 스트레스도 없이 언제나 분명한 목표를 향해 걸어가던 때. 이 섬에도 가난과 고통과 육체적 질병이 없지 않을 것이다. 하지만 곤두선 신경, 다급한 서두름, 내일에 대한 불안이 없었다. 그것들은 이보다 문명화된 세계를 지속적으로 괴롭히는 요소들이었다. 굳은 표정의 직장인, 자식에 대한 욕심으로 눈빛이 사나워진 부모, 패자가 되지 않으려고 부단히 고투하는 잿빛 얼굴의 실업가, 보다 안락한 내일과 현재의 삶을 유지하기 위해 허덕이는 지치고 불안한 수많은 얼굴. 지금 그를 지나치는 사람 중에는 그런 얼굴이 없었다. 대부분이 그를 쳐다보았지만 외국인을 바라보는 친절한 눈길로 힐끗했을 뿐 다들 자기 일상으로 돌아갔다.

모두 서두르지 않고 천천히 걸었다. 어쩌면 이들은 바람을 쐬는 중인지도 모른다. 길을 잘못 들어 돌아가야 해도 서두르는 법이 없었다. 오늘 못다 한 일은 내일 하면 되고, 기다리는 사람이 오지 않으면 화를 내는 대신 좀더 기다리면 됐다.

'진지하고 정중한 사람들이야.' 루엘린은 생각했다. '그들이 자주 웃지 않는 건 슬퍼서가 아니라 정말 웃기는 일에만 웃기 때문이지.' 이 섬에서 미소는 사교의 무기가 아니었다.

아기를 안은 여자가 다가와 감정도 생기도 없는 푸념을 늘어놓으며 구걸했다. 루엘린은 무슨 말인지 알아듣지 못했지만 여자가 내민 손과 가라앉은 목소리가 아주 오래된 어떤 패턴을 따르고 있다는 걸 알았다. 그가 여자의 손바닥에 동전을 놓자, 여자는 다시 그 감정 없는 말투로 인사하고는 등을 돌렸다. 아기는 엄마의 어깨에 얼굴을 묻고 잠들어 있었다. 아기는 건강해 보였고, 여자의 얼굴도 피곤해 보이긴 하나 초췌하거나 수척하지는 않았다. 없어서 구걸하는 게 아니라 이 일이 생업인지도 모른다고 루엘린은 생각했다. 여자는 기계적으로 깍듯하게 구걸했고, 아기와 자신이 먹고살 만큼 돈을 마련했다.

그는 모퉁이를 돌아 가파른 내리막을 걸어 항구로 향했다. 아가씨 둘이 어깨를 나란히 하고 그를 지나쳐갔다. 아가씨들은 이야기하며 웃음을 터뜨렸다. 돌아보지는 않았지만 뒤에서 따라오는 젊은 남자 넷을 무척 의식하는 것 같았다.

루엘린은 피식 웃었다. 이것이 이 섬의 구애 패턴이라는 생각이 들었다. 가무잡잡한 아가씨들은 젊은 여자의 당당한 아름다움을 지니고 있었다. 십 년, 아니 그전에 그녀들의 외모는 남편의 팔을 잡고 힘겹게 언덕을 오르는 저 나이든 부인처럼 변할 것이다. 몸매는 망가져 뚱뚱하지만 여전히 품위 있고 쾌활한 저 부인처럼.

루엘린은 좁고 가파른 길을 내려갔다. 항구 앞 광장이 보였다. 넓은 테라스가 있는 카페가 늘어서 있었다. 손님들이 테라스 자리에 앉아 색색의 술이 담긴 잔을 기울이고 있었다. 카페 앞에는 지나는 사람이 많았다. 그들 역시 루엘린에게 외국인을 바라보는 시선을 던졌지만 특별한 관심을 보이지는 않았다. 이 섬의 사람들은 외국인에 익숙했다. 배가 들어올 때마다 다양한 나라에서 온 사람들이 내렸고, 그들은 몇 시간, 혹은 며칠을 머물렀다. 오래 머무는 사람은 드물었다. 호텔이 별로 좋지 않고 배관 시설 등도 부족하기 때문이다. 이 섬의 사람들은 외국인을 무심한 눈길로 쳐다봤다. 외국인은 이방인이며 섬의 생활과는 관계가 없다고 생각하는 것이다.

루엘린의 보폭이 무심결에 짧아지고 있었다. 그는 평소처럼 조금 빠른 걸음으로 걷고 있었다. 숨이 차지 않을 정도의 속도로 얼른 목적지에 가려는 자의 걸음걸이였다.

하지만 지금 그에게는 딱히 갈 곳이 없었다. 현실이 그랬고,

정신적으로도 마찬가지였다. 그는 수많은 행인 가운데 하나에
불과했다.

그 생각과 함께 과거 몇 달 동안 불모의 황무지에서 차츰 실
감했던 친근하고 따스한 연대감이 밀려들었다. 말로 표현하기
어려운 감정이었다. 동료 인간에 대한 우애와 친밀감. 목적도
목표도 없고, 박애 같은 개념과도 거리가 멀었다. 무엇을 주는
것도 받는 것도 아닌 사랑과 우정의 의식이었다. 은혜를 베풀
려고도 받으려고도 하지 않는 것이었다. 완전한 이해를 품은
이 사랑의 순간은 사람을 무한히 만족시켰지만, 바로 그런 이
유 때문에 지속될 수 없었다.

'당신의 자비를 저희와 모든 인간에게.' 루엘린은 생각했다.
'이 구절을 얼마나 자주 듣고 스스로도 말해왔는가.'

인간은 오래 간직하지 못해도 그런 감정을 가질 수 있었다.

루엘린은 지금까지 몰랐던 보상, 장래에 대한 약속이 이곳
에 있음을 문득 깨달았다. 십오 년, 아니 그 이상의 세월 동안
그는 바로 그것—동료 인간과의 형제애와 격리되어 지냈다.
그는 외따로 떨어진 사람, 신에게 헌신한 남자였다. 하지만 이
제 영광과 괴로웠던 피로는 끝났고, 그는 다시 한번 인간들 틈
에 낄 수 있게 되었다. 더이상 헌신할 필요 없이 그저 평범하
게 살아갈 수 있게 되었다.

루엘린은 몸을 돌려 어느 카페에 들어갔고, 벽 쪽 테이블 자

리에 앉았다. 테이블들 너머로 거리를 지나가는 사람들이 보였고, 그들 뒤로 항구의 불빛과 정박한 배들이 보였다.

주문한 음료를 가져온 웨이터가 친절하고 흥얼거리는 듯한 목소리로 물었다.

"미국인이세요?"

루엘린은 그렇다고 대답했다.

웨이터의 진지한 얼굴에 부드러운 미소가 떠올랐다.

"가게에 미국 잡지들이 있는데 가져다드리죠."

루엘린은 거절하는 몸짓을 하려다가 참았다.

웨이터는 잠시 후 삽화가 그려진 미국 잡지 두 권을 들고 의기양양한 표정으로 돌아왔다.

"고맙습니다."

"천만의 말씀입니다, 세뇨르."

잡지는 이 년 전 것이었다. 그는 오히려 기뻤다. 이 섬이 시류에서 멀리 떨어져 있다는 것이 증명되었으니까. 적어도 여기서는 자신을 알아보는 사람이 없을 거라고 생각했다.

루엘린은 잠시 눈을 감고 지난 몇 달 동안의 사건을 모두 떠올렸다.

"혹시―아니신가요? 제가 아는 분 같은데요……"

"아, 말씀해주세요―녹스 선생님 맞죠?"

"루엘린 녹스 씨 아닌가요? 아, 그 소식을 듣고 정말 마음이 아팠습니다—"

"틀림없는 줄 알았다니까요! 녹스 씨, 앞으로의 계획은 어떻습니까? 많이 편찮으셨다던데요. 책을 쓰고 계신다고 들었습니다. 쓰시면 좋겠어요. 우리 인류에게 메시지를 주시려는 거겠죠?"

기타 등등 기타 등등. 배에서, 공항에서, 고급 호텔에서, 벽촌의 호텔에서, 레스토랑에서, 기차에서. 사람들은 그를 알아보고 질문하고 연민을 드러내고 추종했다—그랬다, 추종이 가장 껄끄러운 반응이었다. 여자들…… 스패니얼 같은 눈을 한 여자들. 여자 특유의 숭배하는 감정을 드러내는 여자들.

물론 언론도 있었다. 그는 여전히 뉴스거리였다(다행히도 그것은 오래가지 않겠지만). 쏟아지는 거칠고 무례한 질문들. 어떤 계획이 있습니까? 이제 하실 말씀은? 그 말씀을 기사화해도 되겠습니까? 저희에게 어떤 메시지를 주실 수 있습니까?

메시지, 메시지, 메시지! 특정 지면의 독자들, 온 나라, 남자들과 여자들, 세상을 향한 메시지—

하지만 그는 그들에게 줄 메시지를 가졌던 적이 없었다. 그는 전달자일 뿐이었고, 그것은 전혀 다른 것이었다. 하지만 누구도 이해하지 못하는 것 같았다.

휴식이야말로 루엘린에게 필요한 것이었다. 자신이 누구며, 무엇을 해야 하는지 생각할 시간. 자신을 되짚어볼 시간. 마흔

살에 다시 시작해서 한 개인으로 살아갈 시간. 루엘린은 자신에게 무슨 일이 일어났었는지 파악해야 했다. 메시지의 전달자로 보낸 십오 년 동안 인간 루엘린 녹스에게 무슨 일이 벌어졌는지.

빛깔이 있는 술이 담긴 작은 잔을 홀짝이면서 그는 사람들과 불빛, 항구를 바라보았다. 이 섬이야말로 그 모든 것을 파악하기에 적합한 곳이었다. 루엘린이 원하는 건 사막의 고독이 아니었다. 인간들 속에 있고 싶었다. 그는 원래 은둔자도 수도사도 아니었다. 수도생활에는 소명을 느끼지 못했다. 그가 바라는 건 루엘린 녹스가 누구며 또 무엇인지 알아내는 것밖에 없었다. 일단 그것을 알면 전진해서 다시 한번 인생의 길을 걸을 것이었다.

아마도 이건 칸트가 던진 세 가지 질문으로 귀착될 것이다.

나는 무엇을 알 수 있는가.

나는 무엇을 바랄 수 있는가.

나는 무엇을 행해야 하는가.

세 가지 질문 중에 그가 대답할 수 있는 건 두번째 질문뿐이었다.

웨이터가 다시 와 테이블 옆에 서더니 명랑하게 물었다.

"볼만하십니까?"

루엘린은 미소 지었다.

"그렇군요."

"최신호는 아니지만요."

"그건 상관없습니다."

"그럼요. 일 년 전에 좋았던 거면 지금도 좋을 테니까요."

웨이터는 차분하지만 자신 있게 말했다. 그러고서 덧붙였다.

"배를 타고 오셨나요? 저기 있는 산타 마르게리타호에서 내리셨습니까?"

웨이터가 부두 쪽을 휙 보았다.

"네."

"내일 열두시에 다시 떠난다던데요?"

"아마도요. 난 모릅니다, 여기 더 있을 생각입니다."

"아, 관광하러 오셨습니까? 아름다운 섬이죠, 손님들이 그렇게 말씀하세요. 다음 배가 올 때까지 머무르실 건가요? 목요일에 오죠?"

"그보다 좀더 있을 겁니다. 한동안 여기서 지낼 수도 있고요."

"아, 일 때문에 오셨군요!"

"아니요, 일은 없습니다."

"외지에서 오신 분들은 일 때문이 아니면 오래 머물지 않던데요. 호텔도 별로 좋지 않고 할일이 없다고들 하시죠."

"할일은 얼마든지 있을 것 같은데요?"

"여기 사는 우리에게야 그렇죠. 여기서의 생활이 있고 일이 있으니까요. 하지만 외국 분들에게는 아닐 텐데요. 물론 여기 사는 외국 분이 있기는 하죠. 영국인 와일딩 경이 그렇습니다. 조부님이 이 섬의 상당한 부지를 물려주셨죠. 지금은 여기 정착해서 책을 쓰고 계신데 대단히 유명한 분이고 우리 모두 무척 존경합니다."

"리처드 와일딩 경 말인가요?"

웨이터가 고개를 끄덕였다.

"네, 맞습니다. 이 섬 사람들과는 꽤 오래전부터 알았죠. 전쟁 중에는 못 오셨지만 그후에 돌아오셨어요. 그림도 그리시죠. 섬에는 화가도 많습니다. 프랑스인 화가는 산타 돌메아의 작은 집에 살고, 섬 반대편에는 영국인 부부가 살아요. 몹시 가난한데 남편이 아주 괴상한 그림만 그리더라고요. 그의 아내는 돌을 조각하고요ㅡ"

그는 갑자기 말을 멈추고 구석에 있는 테이블로 빠르게 걸어갔다. 예약석임을 알리기 위한 듯 의자 하나가 뒤집혀 놓여 있었다. 웨이터가 의자를 살짝 빼면서 다가온 여자에게 인사했다.

여자는 감사의 미소를 지으며 앉았다. 주문한 것 같지 않은데 웨이터는 얼른 물러났다. 여자는 테이블에 팔꿈치를 괴고 항구를 바라보았다.

루엘린은 놀란 기분으로 그 여자를 지켜보았다.

거리를 오가는 수많은 여자처럼 그녀도 에메랄드 같은 녹색 바탕에 꽃을 자수한 스페인풍 스카프를 둘렀지만, 루엘린은 그녀가 미국인이나 영국인일 거라 확신했다. 손님들 사이에서도 그녀의 옅은 금발이 두드러졌다. 그녀의 테이블은 흐드러지게 드리워진 산호색 부겐빌레아에 반쯤 덮여 있었다. 누가 앉든 그 자리에 앉으면 꽃에 파묻혀 동굴에서 세상을 내다보는 기분이 들었을 것이다. 불 밝힌 선박, 항구에 드리워진 그림자가 더 특별해 보였을 것이다.

미혼일 것 같은 그녀는 누군가를 기다리는 듯이 가만히 앉아 있었다. 웨이터가 술을 내왔다. 그녀는 미소로 화답했다. 그러고는 양손으로 잔을 감싸쥐고 계속 항구를 바라보며 간간이 술을 마셨다.

루엘린은 그녀의 손가락에 끼워진 반지를 눈여겨보았다. 한 손에는 에메랄드 반지, 다른 손에는 다이아몬드가 촘촘히 박힌 반지를 꼈고, 단순한 하이넥 검정 드레스에 이국풍의 숄을 두르고 있었다.

그녀는 주위 사람들에게 시선을 주지도 관심을 두지도 않았다. 다른 사람들도 그녀를 쳐다보았을 뿐 아무도 특별한 관심을 드러내지 않았다. 이 카페에서 익숙한 존재임이 분명했다.

루엘린은 그녀가 궁금했다. 상류층으로 보이는 젊은 여자가 일행도 없이 혼자 있는 것이 예사롭지 않았다. 하지만 그녀는 무척 편안하고 익숙한 일정을 진행하는 게 분명해 보였다. 곧 일행이 올 것 같았다.

시간이 흘렀지만 그녀는 여전히 혼자였다. 간간이 고개를 들어 가볍게 신호를 주면 웨이터가 새로 술을 가져왔다.

한 시간쯤 지나 루엘린은 계산서를 달라고 신호하고 나갈 준비를 했다. 그는 그녀의 테이블 옆을 지나면서 눈길을 주었다.

그녀는 루엘린에게도 주변에도 관심이 없는 듯했다. 술잔을 들여다보다가 바다로 눈을 돌렸고, 무표정했다. 마음이 아주 멀리 떠나 있는 것 같았다.

카페에서 나와 호텔로 가는 좁은 길을 걷기 시작했을 때 루엘린은 문득 돌아가고 싶은 충동을 느꼈다. 그 여자에게 말을 걸고 경고해야 할 것 같았다. 그런데 왜 '경고'라는 말이 떠올랐을까? 왜 그 여자가 위험에 처해 있다고 생각했을까?

루엘린은 고개를 저었다. 지금 당장은 할 수 있는 일이 없었지만 그래도 그는 자신의 직감이 맞는다고 확신했다.

2

이 주일 후에도 루엘린 녹스는 여전히 섬에 있었다. 그의 하루는 일정한 패턴으로 지나갔다. 산책, 휴식, 독서, 다시 산책,

그리고 취침. 저녁식사를 마치면 항구로 내려가 카페에 들렀다. 머지않아 일과에서 독서는 빠졌다. 더이상 읽을 책이 없었다.

루엘린은 혼자 살았고, 마땅히 그래야 함을 스스로 알았다. 하지만 외롭지 않았다. 인간들 속에 있었고, 말을 주고받지 않아도 그들과 하나였다. 그는 일부러 접촉하지도 않았고 피하지도 않았다. 여러 사람과 대화를 나눴지만, 동료 인간에 대한 예의 이상의 의미는 없었다. 그들은 루엘린의 행복을 기원했고 그도 그들의 행복을 기원했지만 어느 쪽도 서로의 삶에 끼어들 생각은 하지 않았다.

하지만 거리를 둔 이 만족스러운 우정에 예외가 있었다. 카페의 부겐빌레아가 흐드러진 테이블에 앉았던 여자가 계속해서 마음에 걸렸다. 그는 항구 앞에 있는 카페 여러 곳에 갔지만, 처음 들어간 그 카페를 자주 찾았다. 그곳에서 영국인인 듯한 그 여자를 몇 차례 보았다. 그녀는 항상 저녁 느지막이 와서 늘 같은 자리에 앉았고, 손님들이 거의 다 나갈 때까지 있었다. 루엘린에게는 수수께끼 같은 인물이었지만 다른 사람들에게는 그렇지 않은 게 분명했다.

어느 날 루엘린이 웨이터에게 물었다.

"저 테이블의 여자분은 영국인인가요?"

"네, 영국인이십니다."

"이 섬에 사는 분인가요?"

"그렇습니다."

"매일 밤 여기 오나요?"

웨이터는 진지하게 대답했다.

"오실 수 있을 때만 오시죠."

묘한 대답이었다. 루엘린은 나중에 그 대답에 대해 생각해 봤다.

그는 그녀의 이름을 묻지 않았다. 웨이터가 그에게 알려줄 생각이 있었다면 '이름은 무엇이고 어디에 산다'고 먼저 말해 줬을 테니까. 그래서 루엘린은 낯선 사람이 그녀의 이름을 알면 안 되는 이유가 있을 거라 짐작했다.

루엘린은 이렇게만 물었다.

"저 여자분이 마시는 게 뭡니까?"

젊은 웨이터는 간단하게 대답했다. "브랜디죠." 그러고는 돌아갔다.

루엘린은 계산하고 인사한 뒤 나왔다. 그는 테이블 사이를 지나 저녁의 인파 속으로 들어가기 전 잠시 아스팔트길에 멈춰 섰다.

그는 갑자기 몸을 돌려 미국인다운 단호한 걸음걸이로 부겐빌리아가 흐드러진 테이블로 가서 말했다.

"잠시 앉아도 될까요?"

2

1

그녀는 항구의 불빛에서 천천히 그의 얼굴로 시선을 옮겼다. 커다란 눈이 잠시 초점 없이 흔들렸다. 루엘린은 그녀가 애쓰고 있다는 것을 알 수 있었다. 마음이 아주 멀리 떠나 있던 것 같았다.

또한 그는 그녀가 무척 젊다는 사실에 불쑥 연민을 느꼈다. 나이가 어릴 뿐만 아니라(스물셋이나 스물넷으로 보였다) 다른 의미로도 어렸다. 마치 서리를 맞고 성장을 멈춘 장미 꽃봉오리 같았다―언뜻 정상적인 성장을 하는 것처럼 보이지만 사실은 더이상 성숙해지지 못하는. 시들지는 않았는데 피지 못하고 어느 순간 땅에 뚝 떨어져버리는 장미꽃 같았다. 그는 그녀가 길 잃은 아이 같기도 하다고 생각했다. 그리고 그녀의 사랑스러움을 알아보았다. 정말 사랑스러웠다. 남자들은 누구나 그녀의 사랑스러움에 이끌려 그녀를 돕고 보호하고 지켜주고 싶어할 것이다. 행운의 주사위. 사람들은 그렇게 말할지도 모른다. 하지만 그녀는 이 카페에 앉아 너무도 먼 어딘가를, 그녀가 잃어버리고 만 거침없고 확실하고 행복했던 길 위의 어딘가를 응시하고 있었다.

그녀는 짙푸른 커다란 눈으로 그를 바라보았다.

그러고는 망설이며 입을 열었다. "아—?"

루엘린은 기다렸다.

그러자 그녀가 미소 지었다.

"앉으세요."

그는 의자를 끌어당겨 앉았다.

"미국인이신가요?" 그녀가 물었다.

"네."

"배를 타고 오셨어요?"

그녀의 눈길이 그 순간 다시 항구로 향했다. 배 한 척이 있었다. 거의 언제나 배가 있었다.

"그렇긴 하지만 제가 타고 온 배는 아닙니다. 전 두 주 전에 왔습니다."

"여기 오래 머무는 사람은 많지 않아요." 그녀가 말했다.

대답을 구하는 게 아니라 단정하는 말투였다.

루엘린은 웨이터에게 손짓했다.

그는 큐라소[*] 한 잔을 주문했다.

"뭐 좀 들겠습니까?"

"고맙습니다." 그녀가 말하고 덧붙였다. "웨이터가 알 거예요."

웨이터 청년은 고개를 끄덕이고 물러갔다.

두 사람은 한동안 말없이 앉아 있었다.

마침내 그녀가 입을 열었다. "외로우셨나요? 섬에는 미국인도 영국인도 별로 없죠."

루엘린은 그녀가 왜 자신에게 말을 걸었는지 묻고 있다는 것을 알아차렸다.

"아닙니다." 그는 곧바로 대답했다. "외롭지 않습니다. 오히려 혼자인 걸 즐기고 있죠."

"아, 그렇군요. 저도 그래요."

그녀가 열의 있게 대꾸하자 루엘린은 놀랐다.

"그래서 여기 오는 겁니까?"

그녀는 고개를 끄덕였다.

"혼자 있고 싶어서…… 그런데 제가 방해했군요."

"아니에요." 그녀가 대답했다. "상관없어요. 당신은 전혀 모

---

[*] 오렌지 껍질로 만드는 독한 술.

르는 사람이니까요."

"그렇죠."

"전 당신의 이름도 몰라요."

"알고 싶습니까?"

"아니요. 말씀하시지 않는 게 좋겠어요. 저도 제 이름을 알려드리지 않을 거니까요."

그녀는 의심스러운 듯한 말투로 덧붙였다.

"어쩌면 사람들에게 들으셨을지도 모르겠네요. 카페 사람들은 모두 절 아니까요."

"아니요, 아무도 말해주지 않았습니다. 당신이 그러길 꺼린다는 걸 다들 아는 것 같더군요."

"그들은 이해해줘요. 매너 있는 사람들이거든요. 그건 배우는 게 아니라 타고나는 거예요. 자연스러운 매너가 그렇게 좋은—긍정적인 것인지 저도 이 섬에 와서 알았어요."

웨이터가 잔을 두 개 들고 돌아왔다. 루엘린이 술값을 냈다.

그는 그녀가 두 손으로 잡은 잔을 보며 물었다. "브랜디인가요?"

"네. 제게 힘이 되는 술이죠."

"혼자라는 기분이 들게 해주나요? 그런 겁니까?"

"네. 자유로운 기분을 느끼게 해줘요."

"당신은 자유롭지 않은가요?"

"세상에 자유로운 사람이 있기나 한가요?"

루엘린은 생각에 잠겼다. 응당 씁쓸하게 들릴 말이지만 그렇지 않았다. 그녀는 오히려 단순하기 짝이 없는 질문처럼 했다.

"모든 인간의 운명은 정해져 있다―당신도 그렇다고 믿습니까?"

"아니요, 그렇지 않아요. 그건 아니라고 생각해요. 하지만 인생의 항로가 배의 항로처럼 정해져 있다고 생각해요. 정해진 항로로 가야 안전한 거라고요. 하지만 전 아주 갑자기 항로를 벗어난 배 같아요. 항로를 벗어나면 당연히 길을 잃게 되잖아요? 자기가 어디 있는지 모르고, 바람과 바다의 처분에 운명을 내맡겨야 해요. 자유를 잃고, 자신이 모르는 뭔가의 손아귀에 붙잡혀 휘말리는 거예요." 그리고 덧붙였다. "제가 엉뚱한 소리를 하고 있군요. 브랜디 때문일 거예요."

루엘린이 동의했다.

"그럴 겁니다. 브랜디가 당신을 멀리 어디로 데려갑니까?"

"음, 멀리…… 그저 멀리……"

"사실은 무엇에서 도망치고 싶은 거죠?"

"그런 건 없어요. 아니 사실은―그래요, 그 점이 곤란해요. 전 운이 좋은 사람이라고 할 수 있어요. 모든 걸 가졌죠." 그녀는 우울하게 되뇌었다. "모든 걸 말이에요…… 슬픔이나 상실감을 느낀 적이 없었던 건 아니에요. 그렇진 않아요. 전 과거 때문에 괴로운 게 아니에요. 과거를 되새기면서 다시 그렇게 살고 싶지도 않아요. 돌아가고 싶지도 않지만, 앞으로 나아가고 싶지도 않아요. 그저 어딘가 멀리 가고 싶을 뿐이에요. 여기서 브랜디를 마시면 금세 거기, 항구 저 너머로 갈 수 있어요. 멀리멀리—있지도 않은 어딘가로요. 어린아이가 하늘을 날아다니는 꿈을 꾸는 것과 비슷해요—무게가 느껴지지 않고—아주 가볍게 훨훨 날아다니는—그런 거요."

그녀의 눈이 다시 커지고 초점은 흐려졌다. 루엘린은 그 모습을 앉아서 지켜보았다.

잠시 후 그녀가 가볍게 움찔하며 정신을 차렸다.

"죄송해요."

"애써 현실로 돌아올 필요 없었습니다. 이제 전 가겠습니다." 그는 일어났다. "가끔 이야기하러 와도 괜찮겠습니까? 싫으면 거절해도 됩니다. 이해하니까요."

"아니, 좋아요. 안녕히 가세요. 전 좀더 있을게요. 아시겠지만 언제나 올 수 있는 건 아니거든요."

2

그들이 다시 만난 건 일주일쯤 지나서였다. 루엘린이 앉자

마자 그녀가 말했다. "아직 떠나지 않으셔서 기뻐요. 떠나신 줄 알았거든요."

"아직은 떠날 생각 없습니다. 때가 안 됐으니까요."

"여길 떠나면 어디로 가실 건가요?"

"모르겠습니다."

"지령이라도 기다리시는 건가요?"

"그렇다고 할 수도 있겠네요, 맞습니다."

그녀가 천천히 말했다.

"전에는 제 얘기만 하고 당신 이야기를 전혀 듣지 못했어요. 이 섬에는―어떤 일로 오신 거예요? 무슨 이유라도 있나요?"

"당신이 브랜디를 마시는 이유와 같을 겁니다. 도망치기 위해서요. 제 경우에는 사람들에게서."

"일반 사람들요? 아니면 특정한 사람들을 말하는 건가요?"

"저를 아는―또는 예전의 저를 알았던 사람들에게서요."

"무슨 일이―있었나요?"

"네, 무슨 일이 있었죠."

그녀는 몸을 앞으로 내밀었다.

"저처럼 말인가요? 항로를 벗어나는 일이 벌어졌어요?"

그는 과하다 싶을 만큼 세게 고개를 저었다.

"아니요, 그런 게 아니에요. 제게 일어난 일은 생활에 생긴 내적인 변화였어요. 의미와 의도를 지닌 일이었죠."

"하지만 좀전에 사람들에 대해 말씀하신 건—"

"그들은 이해 못해요. 그들은 저를 안타까워하고 억지로 데리고 돌아가고 싶어해요. 다 끝나버린 어떤 일로."

그녀는 어리둥절한 채 얼굴을 찌푸렸다.

"무슨 뜻인지—"

"제게는 소임이 있었습니다." 루엘린이 미소 지으며 말했다. "이젠 그걸 잃었고요."

"중요한 것이었나요?"

"글쎄요." 그가 곰곰이 생각하며 말을 이었다. "그런 줄 알고 있었어요. 하지만 지금은 뭐가 중요한지 알 수 없게 돼버렸어요. 인생은 인간에게 자신의 가치관을 맹신하면 안 된다는 것을 가르쳐주죠. 가치관이란 언제나 상대적인 거니까."

"그래서 일을 그만두신 건가요?"

"아닙니다." 루엘린이 다시 미소 지었다. "해고됐어요."

"아," 그녀는 깜짝 놀랐다. "속상하셨겠군요."

"물론입니다. 누구나 그렇겠죠. 하지만 이제 다 끝났어요."

그녀는 빈 잔을 보며 얼굴을 찌푸렸다. 그녀가 고개를 돌리자, 대기하고 있던 웨이터가 와서 빈 잔을 치우고 새 잔을 내려놓았다.

그녀가 두어 모금 홀짝이더니 말했다.

"한 가지 물어봐도 될까요?"

"물론입니다."

"행복이 정말 중요하다고 생각하세요?"

그는 궁리했다.

"무척 까다로운 질문이군요. 행복은 아주 중요하지만 문제도 안 될 만큼 사소한 것이기도 하다고 대답하면 절 이상하다고 생각하시겠죠?"

"좀 자세하게 설명해주시겠어요?"

"그래요, 그건 섹스와도 비슷합니다. 섹스는 아주 중요한 것인 동시에 아주 사소한 것이기도 하죠. 결혼하셨습니까?"

루엘린은 그녀의 손가락에 끼워진 가는 금반지를 눈여겨보았다.

"두 번 했어요."

"남편을 사랑했습니까?"

그는 남편들이라고 묻지 않았고, 그녀는 에두르지 않고 대답했다.

"세상 누구보다 사랑했죠."

"남편과 함께했던 삶을 되돌아보면 가장 먼저 어떤 일이 떠오르죠? 처음 같이 잤을 때입니까? 아니면 다른 일인가요?"

그녀는 갑자기 웃음을 터뜨렸다. 매혹적이고 쾌활한 웃음이었다.

"그 사람 모자요." 그녀가 말했다.

"모자요?"

"네. 신혼여행 때였어요. 남편 모자가 바람에 날아가서 그 지방 원주민들이 쓰는 웃기게 생긴 밀짚모자를 샀어요. 전 차라리 그걸 제가 쓰는 게 낫겠다고 말했고, 우린 모자를 바꿨죠. 남편이 우스꽝스러운 여자 모자를 쓴 거예요. 우린 마주보며 웃었어요. 남편은 여행하는 사람들은 서로 모자를 바꿔 쓰기도 한다고 말하더군요. 그러고는 '당신을 정말 사랑해……'라고 말했어요." 그녀가 잠긴 목소리로 덧붙였다. "결코 잊지 못할 거예요."

"그렇죠?" 루엘린이 말했다. "마법 같은 순간—서로가 서로의 것 같았던 순간—한없이 달콤한 순간이 생각날 거예요. 섹스가 아니라요. 하지만 성생활에 문제가 생기면 결혼은 깨지게 돼 있어요. 음식도 마찬가지죠. 음식이 없으면 살아갈 수 없어요. 하지만 음식이 입에 들어가기만 하면 우리는 그것에 대해 별로 생각하지 않아요. 행복은 인생의 음식 중 하나예요. 사람의 성장을 돕는 훌륭한 교사이기는 하지만, 그게 인생의 목적은 아니죠. 그것만으로는 궁극적인 만족감을 느낄 수 없어요."

그는 상냥하게 덧붙였다. "행복해지고 싶은가요?"

"모르겠어요. 하지만 전 행복해야 하는 사람이에요. 행복할 수 있는 조건을 모두 가졌으니까요."

"그런데 더 많이 갖길 원해요?"

"더 적게 갖길 원해요." 그녀가 곧바로 대답했다. "더 적게 갖길요. 전 너무 많이 가졌어요—과분해요."

그녀는 갑자기 덧붙였다.

"너무 무거워요."

그들은 한동안 말없이 앉아 있었다.

마침내 그녀가 입을 열었다. "알았다면…… 비관하고 미련하게 굴 게 아니라 제가 진정으로 원하는 게 뭔지 조금이라도 알았다면……"

"하지만 당신은 자신이 원하는 게 뭔지 알고 있습니다. 당신은 도망치고 싶은 거예요. 그런데 왜 그러지 않죠?"

"도망친다고요?"

"그래요. 당신을 막는 게 뭡니까? 돈인가요?"

"아뇨, 돈은 있어요. 아주 많지는 않지만 충분해요."

"그럼 뭐죠?"

"여러 가지가 있어요. 당신은 이해 못할 거예요." 그녀의 입매가 뒤틀리며 갑자기 애처롭고 익살스러운 미소가 떠올랐다. "체호프의 희곡에서 세 자매가 모스크바에 갈 수 없는 것을 늘 한탄하는 것과 비슷해요. 그러면서도 그들은 가지 않고 갈 생각도 하지 않죠. 아무때나 역에 가서 얼마든지 모스크바행 기차를 탈 수 있는데도요! 표만 사면 오늘밤 출항하는 저 배에

탈 수 있는 저처럼 말이에요."

"왜 그러지 않습니까?"

루엘린은 그녀를 응시했다.

"당신은 그 대답을 알고 있어요." 그녀가 말했다.

루엘린은 고개를 저었다.

"아니요, 모릅니다. 전 그저 당신이 답을 찾도록 돕고 싶은
거예요."

"어쩌면 제가 체호프의 세 자매와 비슷하기 때문일 거예요.
정말 가고 싶은 게 아니겠죠."

"어쩌면."

"어쩌면 그 마음을 즐기는 건지도 몰라요."

"그럴 수도 있죠. 누구나 힘든 삶을 버티게 해주는 환상을
품고 사니까요."

"도피가 제 환상일까요?"

"글쎄요. 그건 당신이 알겠죠."

"전 아무것도 모르겠어요―아무것도요. 기회가 있었는데
잘못된 길을 선택했어요. 하지만 잘못된 길이란 걸 알았더라
도 선택한 이상 걸어가야 하는 것 아닐까요?"

"모르겠습니다."

"계속 그 말만 하시네요."

"미안하지만, 전 정말 모르겠습니다. 당신은 제게 아무 사정

도 모르는 일에 대해 결론을 내리라고 요구하고 있어요."

"일반적인 원칙으로서 물어본 거였어요."

"일반적인 원칙 같은 건 없습니다."

"당신은," 그녀는 루엘린을 빤히 쳐다보았다. "절대적으로 옳은 일이나 그른 일은 없다고 생각하시는 건가요?"

"아니요, 그런 뜻으로 말한 건 아닙니다. 당연히 절대적으로 옳은 일, 그른 일은 있습니다. 하지만 그건 개개인의 지식이나 이해를 초월하는 것이기 때문에 인간은 그것을 아주 어렴풋이 이해할 뿐입니다."

"하지만 인간은 뭐가 옳고 그른지 잘 알지 않나요?"

"시대의 규범으로서 옳다는 것을 배우고 받아들인 겁니다. 혹은 자신의 직관으로 느낄 수도 있죠. 하지만 그건 아주 다른 이야기입니다. 인간을 기둥에 묶고 화형시킨 건 사디스트나 포악한 사람이 아니라 자기가 하는 일이 옳다고 믿는 성실하고 고매한 사람들이었습니다. 고대그리스의 법률 사건을 읽어보면, 자백을 받기 위해 자기 노예를 고문하는 것을 거부했던 사람 이야기가 나옵니다. 그 시대에는 노예 고문이 관습이었죠. 따라서 그 사람은 정의를 거스른 인물로 여겨졌습니다. 또 미국에서는 어떤 신실한 목사가 사랑하는 세 살배기 아들이 기도를 싫어한다는 이유로 때려죽인 사건이 있었어요."

"너무 끔찍해요!"

"그렇죠. 시대가 인간의 생각을 바꾸기 때문이에요."

"그렇다면 우리 인간은 뭘 할 수 있죠?"

그녀는 곤혹스러운 듯, 아름다운 얼굴을 그에게 돌리고 물었다.

"자신의 패턴에 따라야죠, 겸허하게―희망을 품고."

"자신의 패턴에 따른다…… 그렇군요. 하지만 제 인생의 패턴은―어딘가 이상해요." 그녀는 웃음을 터뜨렸다. "코가 하나 빠진 줄도 모르고 계속 스웨터를 뜨는 기분이에요."

"그런 예는 잘 모르겠군요. 뜨개질해본 적이 없으니까요." 루엘린이 말했다.

"당신은 왜 자신의 의견은 말씀하시지 않죠?"

"그래 봤자 의견일 뿐이니까요."

"네?"

"그리고 제 의견이 당신에게 영향을 미칠지도 모르니까요…… 전 당신이 누구보다 영향받기 쉬운 사람이라고 생각합니다."

그녀의 얼굴이 다시 어두워졌다.

"네. 어쩌면 그게 바로 제 문제예요."

그는 잠시 기다렸다가 담담한 목소리로 말했다.

"대체 뭐가 어떻게 잘못된 겁니까?"

"아무것도요." 그녀는 절망이 담긴 눈으로 루엘린을 바라보았다. "아무것도 잘못되지 않았어요. 전 여자라면 누구나 바라는 모든 것을 가졌어요."

"또 일반론을 이야기하는군요. 당신은 누구나가 아닙니다. 당신은 당신이에요. 당신이 원하는 모든 것을 가졌습니까?"

"네, 그래요, 가졌어요! 사랑, 친절, 재산, 호사, 좋은 환경, 우정―전부를요. 제가 선택했을 만한 것이 다 있어요. 그래요, 문제는 바로 저예요. 제가 잘못된 거라고요."

그녀는 도전하듯 루엘린을 바라보았다. 그가 담담하게 대답하자, 그녀는 묘하게도 감정이 누그러졌다.

"아, 그렇군요. 당신 잘못이네요. 그건 확실합니다."

3

그녀는 브랜디 잔을 조금 밀어내며 물었다.

"제 얘기를 해도 될까요?"

"원하신다면."

"얘기하다보면 뭐가 어디서부터 잘못됐는지 알 수 있을지도 모르니까요."

"그래요, 그럴지도 모르죠."

"모든 게 순조롭고 평탄했어요―제 인생 말이에요. 단란한 가정에서 행복한 어린 시절을 보냈어요. 기숙학교에서 평범한 학창시절을 보냈고, 괴롭히는 친구도 없었어요. 그런 친구가 있었다면 차라리 나았을지도 몰라요. 전 응석받이 철부지였어요—아니, 사실은 그렇지 않았어요. 졸업하고 집에 돌아왔죠. 테니스를 치고, 댄스파티에 가고, 남자를 만나고, 직업을 가져야 하는지 고민했어요. 모든 게 평범했죠."

"지극히 건전하고 평범했군요."

"그러다가 사랑에 빠져서 결혼했어요." 그녀의 목소리가 조금 달라졌다.

"행복하게 살았겠고요……"

"그렇지 않아요." 그녀는 생각에 잠겨서 말했다. "전 남편을 사랑했지만 자주 불행했어요. 행복이 정말 중요한지 물은 것도 그런 이유 때문이에요."

그녀는 잠시 멈췄다가 말을 이었다.

"설명하기가 힘들어요. 많이 행복하진 않았지만 이상하게도 괜찮았어요—제가 선택한 사람이었으니까요—눈을 감고 뛰어든 게 아니었어요. 물론 그 사람을 이상화했었어요—다들 그러잖아요? 그런데 어느 날, 아침 일찍—동트기 전, 다섯시쯤 눈을 떴어요. 그런 시간에는 냉정하고 솔직해지지 않나요? 그 순간 제 미래가 보이는 것 같았어요. 깨달았다는 뜻이에요. 행복하지 않을 거라는 걸 알았어요. 그는 매력적이고 쾌활한 이면에 자기중심적이고 잔인한 면을 가진 사람이었어요. 하지만 전 매력적이고 밝고 유쾌한 그를 사랑했고, 누구도 그를 대신할 수 없다고 생각했어요. 그 사람 없이 점잖 빼며 안락하게 사느니 그와 결혼해서 불행해지는 편이 낫다고 생각한 거예요. 운이 따라준다면, 또 제가 너무 어리석게 굴지만 않는다면 괜찮을 거라고요. 제가 그를 더 많이 사랑한다는 사실도 인정했어요. 그에게 무리한 것은 절대 바라지 않겠다고 결심했어요."

그녀는 잠시 멈췄다가 계속했다.

"물론 이렇게 조리 있게 생각했던 건 아니에요. 지금이야 자세하게 말할 수 있지만, 그때는 그저 느낌에 불과했죠. 하지만 그건 사실이었어요. 전 다시 그를 매력적인 사람, 특별한 사람이라고 부풀려서 믿어버렸던 거예요. 사실은 전혀 그렇지 않았지만요. 하지만 제게는 어떤 순간이 있었어요. 앞날을 예감하고 돌아설지, 계속 나아갈지 선택할 수 있는 순간이요. 그날 그 싸늘한 새벽에, 받아들이기 힘든 끔찍한 사실을 깨닫는 순간—그래요, 그때 전 돌아서야 했어요. 하지만 결국 돌아서지 않고 가보기로 했던 거예요."

루엘린이 아주 부드럽게 물었다.

"후회하나요—?"

"아니요. 아니에요!" 그녀는 격렬했다. "한 번도 후회하지 않았어요. 매 순간이 정말 가치 있었어요! 후회되는 건 딱 하나예요. 그 사람이 죽어버렸다는 거요."

그녀의 생기 없던 눈빛이 달라졌다. 테이블 너머 몸을 숙인 채 그와 마주앉은 여자는 이제 더이상 현실을 떠나 동화의 나라로 떠내려가던 여자가 아니었다. 열정적인 생기가 넘쳤다.

"그는 너무 일찍 죽어버렸어요." 그녀가 말했다. "맥베스의 대사에 있잖아요? '그녀는 더 후에 죽어야 했다.' 그게 바로 제가 느끼는 감정이에요. 그는 더 살았어야 했어요."

루엘린은 고개를 저었다.

"죽은 사람에 대해 우리는 그런 감정을 느끼죠."

"우리가요? 전 모르겠어요. 그 사람이 아팠다는 것, 평생 불구로 살아야 했다는 건 알아요. 그가 그런 현실을 받아들이지 못해 운명을 탓하고 모두에게 분풀이를 했다는 것, 특히 누구보다 제게 그랬다는 것도 알아요. 하지만 그는 죽고 싶어하지 않았어요. 현실이 그랬지만 그는 살길 바랐다고요. 제가 미치도록 화가 나는 건 그것 때문이에요. 인생을 살아가는 재주가 있는 사람이었어요. 그는 다른 사람 인생의 반, 반의 반만 있어도 기꺼이 살았을 사람이라고요. 아아!" 그녀는 격렬하게 두 팔을 뻗으며 외쳤다. "전 그런 그를 데려간 신을 증오해요!"

그녀는 말을 멈추고 의심어린 눈으로 루엘린을 바라보았다. "그런 말은 하면 안 되는 거겠죠? 신을 증오한다느니 하는 말이요."

루엘린은 차분하게 말했다. "인간을 증오하느니 차라리 신을 증오하는 게 훨씬 나아요. 그래 봐야 인간은 신에게 상처를 입힐 수 없으니까요."

"하지만 신은 우리 인간에게 상처를 주죠."

"그렇지 않아요. 인간은 서로에게 상처를 주고 자신에게도 상처를 주죠."

"신의 탓으로 돌려버리라는 건가요?"

"그게 바로 신이 하시는 일이에요. 신은 우리의 짐을 짊어지시죠―우리의 반감이라는 짐, 미움이라는 짐. 그리고 사랑이라는 짐."

3

1

루엘린은 오후에 길게 산책하는 습관이 생겼다. 타운에서 넓게 굽이지는 지그재그 길을 올라갔다. 오르막을 죽 따라 가다 보면 발아래로 오후의 정적 속에 타운과 만이 묘하게 비현실적인 느낌으로 펼쳐졌다. 부둣가나 도로나 길가에 언뜻언뜻 움직이는 화려한 색색의 점들 같던 사람들은 보이지 않았다. 시에스타 시간이었다. 언덕에서 양치기 소년 두엇과 마주쳤을 뿐이다. 아이들은 노래를 흥얼거리며 햇살 속을 돌아다니거나 돌멩이를 가지고 자기들만 아는 놀이를 했다. 아이들은 루엘린에게 별 관심 없이 예의바르게 인사했다. 셔츠 단추를 풀고 땀을 뻘뻘 흘리며 빠르게 걷는 외국인들이 꽤 익숙한 듯했다. 그들이 대부분 작가나 화가라는 것도 아이들은 알았다. 이런 외국인이 아주 많지는 않지만 적어도 아이들에게 새로운 존재는 아니었다. 캔버스나 이젤, 스케치북도 들지 않은 루엘린을 보고 아이들은 작가라고 넘겨짚었고, 공손하게 인사했다. "안녕하세요?"

루엘린도 인사하고 계속 걸음을 옮겼다.

아무 목적 없이 거닐었다. 경치를 구경했지만 특별한 의미는 없었다. 의미는 그의 내면에 있었다. 아직 분명하지 않았지만 점점 윤곽과 형태를 갖춰가고 있었다.

오솔길 하나가 그를 바나나숲 속으로 이끌었다. 초록의 공간에 들어선 순간, 목적의식이나 방향감각을 버려야 한다는 생각이 들었다. 바나나숲이 얼마나 계속될지, 언제 어디서 끝날지 짐작도 가지 않았다. 짧은 오솔길이라 생각했지만 몇 마일이 될 수도 있었다. 들어선 이상 계속 가보는 수밖에 없었다. 가다보면 어디선가는 밖으로 이어질 터였다. 그 지점은 분명 존재할 것이고, 정해져 있을 것이었다. 그러나 그가 결정할 수 있는 것이 아니었다. 그가 결정할 수 있는 건 자신의 행동뿐이었다. 의지와 목적에 따라 오솔길을 밟아가는 일. 발길을 되돌리거나 계속 나아가거나. 모든 건 자신의 의지에 달려 있었다. 희망을 품고 가보는 것은……

잠시 후 당황스러울 정도로 불쑥 그는 바나나숲의 푸른 정적에서 빠져나와 휑뎅그렁한 언덕의 비탈에 섰다. 좀 아래에 지그재그로 구부러진 좁은 길이 있었고 한 남자가 이젤을 세우고 앉아 그림을 그리고 있었다.

등을 돌린 남자의 얇고 노란 셔츠 밑으로 드러난 떡 벌어진 어깨선과 젖혀 쓴 챙이 넓은 낡은 모직 모자가 루엘린의 눈에 들어왔다.

루엘린은 오솔길을 내려가 그 옆에서 걸음을 늦추고, 관심을 드러내며 캔버스를 바라보았다. 화가가 사람들이 오가는 길가에 자리를 잡았다면 남들이 쳐다보는 걸 개의치 않는다는 뜻이다.

박력이 있는 그림이었다. 세밀한 묘사보다는 강렬한 효과를 노린 듯 강한 터치와 색조가 눈에 띄었다. 심오한 의미는 없어 보이지만 좋은 그림이었다.

화가가 고개를 기울이며 미소 지었다.

"역작은 아닙니다." 그가 쾌활하게 말했다. "취미로 그리고 있죠."

그는 사십대로 보이고, 검은 머리에 흰머리가 간간이 섞여 있었다. 루엘린은 그의 잘생긴 용모보다 사람을 잡아끄는 듯한 힘과 매력에 더 호감을 느꼈다. 그에게는 따스함이 있었다. 따뜻하게 빛나는 활기가 그를 한번 보면 쉽게 잊지 못할 사람으로 만들어주는 것 같았다.

그가 생각에 잠긴 채 말했다. "화려하고 풍부한 색의 물감을 팔레트에 짜서 캔버스에 맘껏 칠하면 묘하게도 기분이 좋아져요. 제가 뭘 그리려는지 확실히 알 때도 있고 모를 때도 있지만 언제나 즐겁습니다." 그는 위를 힐끗 쳐다보았다. "화가는 아니시죠?"

"아닙니다. 우연히 이곳에 머무는 사람입니다."

"그렇군요." 그는 뜻밖에도 짙푸른 바다 위에 장밋빛을 칠했다. "이상하네요." 그가 말했다. "그럴싸해 보여요. 이럴 줄 알았습니다. 설명할 수는 없지만 말입니다!"

그는 팔레트에 붓을 내려놓고 한숨을 쉬었다. 그러고서 모자를 밀어올리고 옆에 있는 사람을 살펴보려고 살짝 고개를 돌렸다. 갑자기 흥미가 인 듯 그는 눈을 가늘게 떴다.

"혹시 루엘린 녹스 씨 아닙니까?"

2

루엘린은 순간 움찔했지만 내색하지는 않았다. 그리고 무덤덤하게 말했다.

"맞습니다."

잠시 후 루엘린은 남자의 재빠른 통찰력을 인식했다.

"제가 생각이 짧았습니다." 남자가 말했다. "건강이 좋지 않으시다는 걸 압니다. 그래서 사람들을 피해 이 섬에 오신 것 아닌가요? 하긴 걱정하실 필요 없습니다. 미국인들은 이 섬에 거의 오지 않고, 여기 사람들은 자기 가족과 친척의 탄생과 죽음, 결혼밖에 관심이 없으니까요. 저도 마찬가지고요. 전 이 섬에 살고 있습니다."

남자는 재빨리 상대방을 힐끔거리고는 물었다.

"놀라셨습니까?"

"네, 놀랐습니다."

"왜죠?"

"이런 섬에서—저라면 만족하며 살기 어려울 것 같기 때문입니다."

"맞는 말씀입니다. 원래는 살려고 온 게 아니었죠. 조부님에게 이 섬의 꽤 상당한 부지를 상속받았습니다. 처음에는 정말 황폐한 땅이었는데 점차 나아지고 있죠. 흥미로운 일이에요." 그가 덧붙였다. "전 리처드 와일딩이라고 합니다."

들어본 이름이었다. 여행가이자 작가—천문학, 인류학, 곤충학 같은 다양한 분야에 폭넓은 지식과 관심을 가진 사람. 리처드 와일딩 경이 박학다식하지만 전문가연하지 않는다는 말을 들은 적이 있었다. 다재다능에 겸손함까지 갖춘 인물이었다.

"당신에 대해서 들은 적이 있습니다." 루엘린이 말했다. "사실 당신이 쓴 책 몇 권은 아주 흥미롭게 읽었죠."

"저도 당신의 연설을 들으러 집회에 간 적이 있습니다. 일 년 반 전, 올림피아에서 열린 집회였죠."

루엘린은 놀라서 그를 바라보았다.

"놀라셨나요?" 와일딩이 묘한 미소를 지으며 말했다.

"솔직히 놀랐습니다. 왜 거기 가셨습니까?"

"솔직하게 말하자면, 비웃어주려고 갔을 겁니다."

"그건 놀랍지 않은데요."

"화내지 않으시는군요."

"왜 화를 내겠습니까?"

"글쎄요, 당신도 인간이고, 자신의 사명을 믿을 테니까요— 물론 짐작이지만."

루엘린은 가볍게 미소 지었다.

"아, 그럼요. 그렇게 짐작하실 수 있겠죠."

와일딩은 한동안 침묵했다. 그러다가 마음을 열게 만드는 진지한 말투로 말했다.

"어쨌든 당신을 만나다니 정말 흥미롭습니다. 그 집회에 갔던 이후로 당신을 꼭 한번 만나고 싶었거든요."

"그건 어려운 일도 아니었을 텐데요?"

"어떤 의미에서는 그렇죠. 당신은 사람을 만나는 일이 자신의 의무라고 생각했을 테니까요! 하지만 전 전혀 다른 상황에서 만나고 싶었습니다. 당신이 제게 지옥에나 떨어지라며 욕설을 퍼부을 수도 있는 상황에서 말입니다."

루엘린은 다시 미소 지었다.

"그렇다면 이제 그런 조건이 갖춰진 것 같군요. 지금 제게는 아무런 의무도 없으니까요."

와일딩은 날카로운 눈으로 그를 바라보았다.

"건강이 좋지 않기 때문인가요? 아니면 관점이 바뀐 건가요?"

"그보다는 기능의 문제라고 해야겠죠."

"아—무슨 말씀인지 선명하지가 않군요."

루엘린은 대답하지 않았다.

와일딩은 화구를 챙기기 시작했다.

"제가 왜 올림피아의 집회에 갔는지 솔직하게 설명하고 싶습니다. 당신은 상대가 일부러 도발하려고 하는 게 아니라면 사실을 듣고 화부터 낼 분은 아닌 것 같으니까요. 전 올림피아로 대변되는 그런 집회가 참 못마땅했습니다—지금도 그렇고요—스피커를 통한 대중 전도라는 개념이 전 이루 말할 수 없을 만큼 혐오스럽습니다. 제 모든 본능을 자극합니다."

와일딩은 루엘린의 얼굴에 순간적으로 떠오른 즐거운 기색을 놓치지 않았다.

"너무 영국인답게 기이해 보입니까?"

"아뇨, 그것도 하나의 견해니까요."

"그래서 아까 말했듯이 당신을 비웃어주기 위해 집회에 갔습니다. 전 제 예민한 감정이 상처 입을 거라 예상했죠."

"그런데 신을 찬미하게 됐습니까?"

심각하다기보다 놀리는 듯한 어조였다.

"아닙니다. 본래의 견해는 바뀌지 않았습니다. 전 종교의 상업화가 못마땅합니다."

"상업적인 시대의 상업적인 사람들에 의한 전도라도요? 인간은 언제나 가장 좋은 과실을 신에게 바치지 않나요?"

"그렇죠, 맞습니다. 그런데 제가 강렬한 인상을 받은 건 미처 예상하지 못했던 뭔가를 발견했기 때문입니다…… 그건 당신의 전매특허 같은 신실함이었습니다."

루엘린은 깜짝 놀라 리처드를 바라보았다.

"그건 당연한 전제 같은데요."

"당신을 만나보니 과연 그렇군요. 하지만 그 집회는 돈벌이의 수단이었을지도 모릅니다. 편안하게 돈을 많이 버는 수단이요. 정치적인 돈벌이도 있는데 종교적인 돈벌이가 없겠습니까? 당신에게 말재주가 있다면, 물론 있으시지만, 그걸 바탕으로 대규모의 연설을 해서 청중에게 깊은 인상을 심고 모금을 할 수 있었겠죠. 아니면 당신 대신 누군가가 나서서요. 전 후자라고 생각하는데요?"

그건 질문이 아니었다.

루엘린이 진지하게 말했다. "그래요, 전 크게 성공했죠."

"돈을 쏟아부어서요?"

"돈을 쏟아부어서요."

"그 점이 제 흥미를 끕니다. 당신 같은 분이 어떻게 그런 일을 참을 수 있었죠? 당신과 얘기를 나누다보니 더 궁금해지는군요."

그는 챙긴 화구들을 어깨에 멨다.

"언제 한번 제 집에 들러주시지 않겠습니까? 당신과 대화하면 무척 흥미로울 것 같습니다. 저 끝 집입니다. 초록 덧문이 달린 하얀 집이요. 거절하셔도 좋습니다. 핑곗거리를 찾는 수고는 하지 않으셔도 됩니다."

루엘린은 잠시 생각한 뒤에 대답했다.

"기꺼이 가고 싶습니다."

"기쁘군요. 오늘밤 어떠신가요?"

"좋습니다."

"아홉시에 뵙죠. 편하게 와주십시오."

그는 성큼성큼 비탈을 내려갔다. 루엘린은 한동안 그를 지켜보다가 걸음을 옮겼다.

3

"그러니까 세뇨르 와일딩 경 댁에 가시는 겁니까?"

덜컹거리는 마차를 몰던 마부가 대놓고 관심을 드러냈다. 무너질 것 같은 마차에는 화려한 꽃 그림이 그려져 있고, 말의 목에는 푸른 구슬 목걸이가 걸렸다. 말과 마차, 마부가 한결같이 쾌활하고 태평해 보였다.

"세뇨르 와일딩 경은 정말 좋은 사람이죠." 마부가 말했다. "그는 이방인이 아닙니다. 우리와 같은 이 섬 사람이죠. 그에게 집과 땅을 물려준 돈 에스토발 씨는 아주아주 나이가 많았습죠. 그는 알고도 속아주는 사람이었고, 온종일 책만 읽었어요. 허구한 날 무슨 책을 그리도 많이 사는지, 천장까지 책이 꽉 찬 방이 몇 개나 됐어요. 전 한 사람이 그렇게 많은 책을 읽을 수 있다는 게 믿기지 않지만요. 그 사람이 죽으면 우린 그 저택이 남의 손에 넘어갈 거라고 생각했습죠. 그런데 와일딩 경이 왔습니다. 그는 어릴 때도 섬에 곧잘 왔었어요. 돈 에스토발 씨의 누이동생이 영국인과 결혼했는데, 그의 자식들과 손주들이 방학 때 이곳을 찾곤 했거든요. 돈 에스토발 씨가 죽자 와일딩 경이 왔고 저택을 곧바로 개수했습니다. 어마어마한 돈이 들었죠. 그런데 전쟁이 일어나서 몇 년 동안 저택을 떠나야 했고, 와일딩 경은 죽지 않으면 돌아오겠다고 말한 대로 다시 왔습니다. 새 아내를 데리고 돌아와서 정착한 지도 벌써 이 년이나 됐네요."

"그럼 그전에도 결혼을 했었던 겁니까?"

"그랬죠." 마부는 비밀을 털어놓듯 목소리를 낮췄다. "못된 여자였어요. 미인이었지만 외간 남자들과 어울리면서 남편을 속였으니까요—그래요, 여기서도 그랬어요. 와일딩 경은 애당초 그 여자와 결혼하지 말았어야 해요. 그런데 여자 문제에 관한 한 그는 별로 똑똑하지가 않아요—너무 잘 믿는다고나 할까."

마부는 변명하듯 덧붙였다.

"믿을 만한 사람인지 보는 눈이 있어야 하는데 와일딩 경은 그렇지 못해요. 그는 여자에 관한 한 아무것도 모릅니다. 앞으로 알게 될 것 같지도 않고 말이죠."

4

집주인은 루엘린을 천장이 낮은 길쭉한 방으로 안내했다. 천장까지 책이 가득 들어차 있었다. 창문은 모두 활짝 열려 있고, 아래서 파도 소리가 희미하게 들려왔다. 창가의 낮은 탁자에 음료가 놓여 있었다.

와일딩은 아주 반갑게 손님을 맞이했고, 아내가 함께하지 못하는 것을 사과했다.

"아내는 심한 편두통으로 누워 있습니다." 그가 말했다. "이곳에서 평화롭고 조용한 생활을 하면 좋아질 줄 알았는데 별로 효과가 없군요. 의사도 뾰족한 답은 주지 못하고요."

루엘린은 정중하게 유감을 전했다.

"아내는 많은 고통을 겪었습니다." 와일딩이 말했다. "다른 여자들보다 훨씬 큰일을 겪었죠. 나이도 너무 어렸고요—물론 지금도 젊습니다."

루엘린은 그의 얼굴을 살피며 부드럽게 말했다.

"아내를 많이 사랑하시는군요."

와일딩은 한숨을 내쉬었다.

"지나치게 사랑하는지도 모르겠습니다, 저 자신의 행복을 해칠 만큼."

"아내의 행복은요?"

"세상의 어떤 사랑도 아내가 겪은 괴로움에 대한 보상은 되지 못할 겁니다."

그는 격렬하게 말했다.

두 사람 사이에는 이미 묘한 친밀감이 싹터 있었다. 사실 처음 대면한 순간부터 그랬다. 둘 사이에 아무런 공통점—국적, 성장 배경, 생활 방식, 종교—도 없다는 사실이 침묵이나 인습 같은 장벽에 얽매이지 않고 서로를 그대로 받아들이게 하는 것 같았다. 그들은 외딴섬에 고립되거나 기약 없이 떠가는 뗏목에 탄 사람들 같았다. 속을 터놓고 아이들처럼 가식 없이 얘기할 수 있었다.

이내 그들은 저녁을 먹었다. 담백하고 맛있는 식사였다. 와인이 있었지만 루엘린은 사양했다.

"위스키가 좋으시다면……"

루엘린은 고개를 저었다.

"고맙지만, 물을 마시겠습니다."

"실례지만, 그게 당신의 원칙입니까?"

"아닙니다. 사실 더이상 지켜야 할 원칙 같은 건 없습니다. 이제는 와인을 못 마실 이유가 없죠. 아직 익숙지 않아서 그렇습니다."

루엘린이 "이제는"이라고 했을 때 와일딩은 갑자기 고개를 들었다. 강한 흥미를 느낀 눈치였고, 뭔가 말하려다 참는 기색이 역력했다. 그러고는 아무 관계도 없는 이야기를 시작했다. 그는 화제가 풍부하고 말솜씨도 좋았다. 그는 아주 다양한 곳을 여행하고 미지의 지역 곳곳을 다녔을 뿐만 아니라 듣는 사람이 마치 그곳에 가서 똑같이 보고 경험한 것처럼 느껴지게 이야기했다.

고비사막이나 페잔이나 사마르칸트에 가보고 싶은 사람이라면 리처드 와일딩과 이야기만 나눠도 이미 그곳에 다녀온 것 같은 느낌을 받았을 것이다.

연설 투도 아니고 장황하지도 않았다. 그의 이야기는 자연스럽고 꾸밈없었다.

루엘린은 와일딩의 이야기에 흥미를 느끼면서, 자신이 그의 개성에 점점 끌리고 있음을 의식했다. 와일딩의 매력과 사람을 사로잡는 힘을 인정할 수밖에 없었고, 그가 그런 면모를 전혀 과시하지도 않는다고 생각했다. 그는 잘 보이려고 하지 않았다. 모든 것이 자연스러웠다. 여러모로 뛰어난 사람이었다. 빈틈없고 겸손하고 지적이고, 여행만큼이나 인간과 그들의 사고방식에 열띤 관심을 갖고 있었다. 그가 특정한 주제를 전문으로 택했다면, 아니 그는 택한 적도 없었고 앞으로도 그럴 것이며, 그런 점이 바로 그가 가진 인간됨의 비밀이었다. 그는 인간적이고 따뜻하고 본질적으로 친근한 사람이었다.

하지만 루엘린은 스스로에게 던진 아이 같은 질문에 아직 답하지 못하고 있었다. '왜 그를 이렇게까지 좋아하게 됐을까?'라는 간단한 질문에.

그 답은 와일딩의 능력에 있지 않았다. 그라는 인간 자체에 있었다.

문득 루엘린은 그 답을 알 것 같았다. 어쩌면 그가 뛰어난 재능을 가졌지만 실수를 잘하기 때문이 아닐까 하는 생각이 들었다. 그는 자신의 실수를 드러낼 수 있고, 드러낼 사람이었다. 따뜻하고 감성적인 사람은 타인에 대해 잘못된 판단을 내리기 쉽고, 그로 인해 심한 타격을 받는다.

그는 인간이나 사물에 대해 냉철하고 명료하고 논리적인 판단을 내리지 못하고 따뜻하고 충동적인 신뢰를 갖기 때문에 배신당할 수밖에 없는 사람이었다. 언제나 사실보다는 감정을 믿기 때문이다. 그랬다. 그는 틀릴 수 있었고, 틀릴 수 있다는

그 점이 매력적인 것이었다. 루엘린은 생각했다. '상처 주고 싶지 않은 사람이야.'

그들은 서재로 돌아가서 커다란 안락의자에 각자 편안하게 앉았다. 춥지는 않았지만 분위기를 위해 벽난로에 장작불을 태우고 있었다. 잔잔한 파도 소리가 들려오고, 밤에 피는 꽃의 향기가 방안까지 풍겨왔다.

와일딩이 격의 없이 말했다.

"전 언제나 인간에게 관심이 많습니다. 이런 말이 어떨지 모르지만, 전 인간을 움직이게 하는 것이 뭔지 궁금해요. 너무 냉정하고 분석적인가요?"

"아뇨, 당신이 말하니까 그렇게 들리지 않는데요. 당신은 인간을 좋아하기 때문에 관심이 있는 걸 테니까요."

"그렇습니다." 와일딩은 멈췄다가 말을 이었다. "다른 사람을 돕는 일만큼 세상에서 가치 있는 일도 없을 겁니다."

"그럴 수 있다면요." 루엘린이 말했다.

와일딩은 날카로운 눈빛으로 루엘린을 바라보았다.

"지금 그 말씀은 묘하게 회의적으로 들리는데요."

"아닙니다, 그러는 것이 대단히 어렵다는 사실을 인정했을 뿐입니다."

"그렇게 어려울까요? 인간은 도움을 바라잖습니까."

"그렇죠, 우리는 모두 자신이 할 수 없는—혹은 꿈조차 꿀 수 없는—일을 남이 마술처럼 해주길 바라는 경향이 있습니다."

"동정과 신뢰." 와일딩이 진지하게 말했다. "가장 좋은 건 상대에게서 최선의 것을 끌어내는 거라고 믿습니다. 인간은 타인의 신뢰에 답하는 존재니까요. 전 그런 경험을 여러 번 했습니다."

"얼마나 오랫동안 그랬습니까?"

와일딩은 아픈 곳을 찔린 것처럼 이맛살을 찌푸렸다.

"종이 위에서 아이의 손을 잡아줄 수 있겠지만 언젠가는 손을 놓고 아이 혼자 쓰도록 해야 합니다. 당신이 그 시기를 늦출 가능성도 있습니다."

"인간성에 대한 제 믿음을 무너뜨리려는 겁니까?"

루엘린은 미소 지으며 대답했다.

"인간성에 대해 연민을 가져달라고 하는 겁니다."

"내면에서 최선의 것을 끄집어낼 수 있게 인간을 격려하는 건—"

"그들에게 아주 높은 경지의 삶을 살라고 하는 것과 마찬가지입니다. 타인의 기대에 어긋나지 말라고 채근하면 인간은 과도한 긴장을 느끼며 살게 됩니다. 과도한 긴장은 결국 인간을 무너뜨리기 마련이죠."

"인간의 내면에서 최악의 것을 보라는 말입니까?" 와일딩이 회의적인 어조로 물었다.

"그럴 수도 있다는 것을 인정해야겠죠."

"당신은 종교인이잖습니까!"

루엘린은 미소 지었다.

"예수님은 베드로에게 첫닭이 울기 전에 너는 나를 세 번 부인할 거라고 말씀하셨습니다. 베드로 자신보다 그를 더 잘 알았던 예수님은 그의 연약함을 알았음에도 사랑하셨습니다."

"아니요," 와일딩은 발끈했다. "그 말에는 동의할 수 없습니다. 첫번째 아내는—정말 좋은 여자였습니다. 그럴 잠재력을 가진 여자였죠. 하지만 상황이 좋지 않았어요. 그 사람에게 필요한 건 오직 사랑과 신뢰, 확신뿐이었습니다. 전쟁만 없었다면—" 그는 말을 멈췄다가 이었다. "그래요, 그건 전쟁이 초래한 비극이었습니다. 제가 떠나 있는 동안 혼자 지내다보니 나쁜 영향을 받았던 겁니다."

그는 다시 멈췄다가 불쑥 내뱉었다. "그 사람을 탓하지 않습니다. 전 그 사람을 환경의 희생자라고 생각합니다. 물론 그때는 저도 무너졌죠. 다시는 예전의 저로 돌아가지 못할 것 같았습니다. 하지만 시간이 치유해주더군요……"

와일딩은 몸을 들먹이며 말했다.

"왜 당신에게 이런 이야기를 늘어놓는지 모르겠군요. 제가 듣고 싶은 건 당신의 인생 이야기인데요. 그래요, 전 당신 같은 분을 처음 봅니다. 전 당신에게 '왜' 그리고 '어떻게'라고 묻고 싶습니다. 집회에 갔을 때 전 깊은 인상을 받았습니다. 당신이 청중을 감동시켰기 때문이 아니었습니다. 그런 호응은 저도 잘 알고 있습니다. 히틀러가 그랬잖습니까? 조지 총리도 그랬고요. 정치인, 종교 지도자, 배우…… 많은 사람이 그런 영향력을 미치곤 하죠. 그건 재능입니다. 제가 관심을 가진 건 당신이 청중에게 미쳤던 영향력이 아니에요. 전 당신이라는 인간이 궁금해졌습니다. 당신은 어떻게 그런 특별한 일에서 가치를 찾게 됐습니까?"

루엘린은 천천히 고개를 저었다.

"당신은 저도 모르는 걸 제게 묻고 있군요."

"물론 확고한 종교적 신념이 있었겠죠?" 와일딩은 조금 주저하며 말했고, 루엘린은 그것을 재미있다고 생각했다.

"신앙심 말인가요? 그게 더 단순한 표현 아닙니까? 하지만 그게 당신의 질문에 대한 답이 되지는 못할 겁니다. 신앙심은 절 조용한 방에서 무릎 꿇게 하는 것이죠. 그것 또한 당신의 질문에 대한 설명이 되지 못할 겁니다. 왜 대중 앞에 섰느냐를 묻는 거죠?"

와일딩은 애매한 어조로 대답했다.

"그편이 보다 많은 선을 행할 수 있고 보다 많은 사람에게 다가갈 수 있기 때문이었겠죠."

루엘린은 살피듯 그를 바라보았다.

"말씀을 들어보니 당신은 신을 믿지 않나보군요?"

"모르겠습니다. 잘 모르겠어요. 아니, 어떤 면으로는 믿습니다. 믿고 싶습니다…… 긍정적인 미덕은 분명 믿죠—친절, 구호救護, 공명정대, 용서."

루엘린이 한동안 그를 바라보다가 말했다.

"선한 삶. 선한 인간. 그래요, 그건 신을 인정하는 것보다 훨씬 쉬운 일이죠. 신을 인정하는 건 쉽지 않은 일입니다, 무척 어렵고 두려운 일이죠. 그리고 더 두려운 건 당신을 인정하시는 신 앞에 서는 일이고요."

"두렵다고요?"

"그것은 욥을 두렵게 했습니다." 루엘린이 갑자기 미소 지었다. "불쌍한 욥은 그게 무슨 의미인지 전혀 몰랐으니까요. 빈틈없는 규칙과 규범으로 짜인 세상, 전능하신 신이 엄격하게 가치를 따져 상과 벌을 내리시는 세상에서 욥은 선택받았습니다. (왜 그였는지는 모릅니다. 욥이 그의 세대보다 한발 앞선 사람이었기 때문인지, 타고난 통찰력이 있었기 때문인지.) 아무튼 다른 사람들은 상을 받고 벌을 받으면서 계속 살아갈 수 있었지만, 욥은 전혀 새로운 차원의 세계에 발을 들여놓아야 했습니다. 칭찬받을 만한 생애를 살았던 그는 양떼와 소떼로 보상받지 못할 운명에 처했습니다. 대신에 그는 견디기 힘든 괴로움을 겪어야 했죠. 신앙을 잃고 친구들은 그를 등졌습니다. 그리고 혼란을 견뎌야 했습니다. 그러다가 할리우드에서 말하는 것처럼 스타덤에 오를 준비가 되자, 욥은 신의 목소리를 들을 수 있었습니다. 모두 뭘 위해서였을까요? 욥은 하느님이 실제로 어떤 존재였는지 인식하기 시작했습니다. '너희는 멈추고 내가 하느님인 줄 알아라.'* 그건 두려운 경험이죠. 그 순간 욥은 인간이 도달할 수 있는 최고의 높이에 다다랐던 거였어요. 물론 계시는 오래 계속되지 않았습니다. 그럴 수가 없었죠. 나중에 욥은 다른 사람에게 그 이야기를 하려다가 합당한 단어를 찾지 못하고 머뭇거렸습니다. 그 영적인 경험을 지상의 단어로 묘사할 수 없었습니다. 욥기를 정리한 사람도 욥의 경험이 뭘 의미하는지는 전혀 몰랐을 겁니다. 그래서 시대의 사고방식에 따라 도덕적으로 행복한 결말을 만들어냈던 겁니다. 성경의 필자로서는 현명한 것이겠죠."

루엘린은 잠시 말을 멈췄다가 이었다. "그러니까 제가 보다 많은 선을 행하고 보다 많은 대중 앞에 서기 위해 전도자의 길을 택했다는 얘기는 완전히 핵심에서 빗나간 겁니다. 사람들에게 다가가는 데 그들이 몇 명인가는 전혀 중요하지 않고, '선을 행한다'는 것도 실은 아무 의미가 없습니다. 선을 행한다는 게 뭐죠? 영혼을 구제한답시고 거꾸로 매달아 화형하

---

* 「시편」 46장 10절.

는 일인가요? 악의 화신이라며 악녀를 산 채로 불속에 처넣는 일인가요? 물론 아주 선한 이유가 있었을 겁니다. 불우한 사람들의 생활수준을 높여준다고 여겼겠죠? 요즘 우리가 중요하게 생각하는 불의나 잔학함에 맞서는 일이라고 생각하지 않았을까요?"

"당신도 그런 일에는 당연히 찬성하시겠죠?"

"제가 하고 싶은 이야기는 그런 것들이 모두 인간 행동의 문제라는 것입니다. 어떤 행동이 훌륭한 행동일까요? 어떤 행동이 옳은 행동이고 그른 행동이죠? 우리는 인간이고, 이 질문들에 최선을 다해 성실하게 대답해나가야 합니다. 이 세상에 살고 있으니까요. 하지만 그런 것들은 모두 영적 경험과는 아무런 관계가 없습니다."

"그렇군요." 와일딩이 중얼거렸다. "알 것 같습니다. 당신은 그런 경험을 하셨나보군요. 어떻게 그런 경험을 하시게 된 거죠? 대체 무슨 일이 있었습니까? 아주 어릴 때부터 이미 알고 있었―"

와일딩은 그 질문을 하다 멈췄다.

"혹시," 그가 천천히 말했다. "모르셨습니까?"

"전혀 몰랐습니다." 루엘린이 대답했다.

1

전혀 몰랐다…… 와일딩의 질문은 루엘린을 먼 과거로 데려
갔다. 오래전 그때로.

어린 시절로……

맑고 청량한 산 냄새가 그의 콧속으로 들어왔다. 추운 겨울,
덥고 건조한 여름. 작고 친밀한 공동체. 아버지는 키가 크고 비
쩍 마른 스코틀랜드인으로, 비장할 정도로 엄한 사람이었다.
신을 외경하는 올곧은 사람이었고, 삶과 직업은 소박했지만
상당히 유식했다. 공정하지만 융통성이 없었고, 마음속에 깊
은 애정을 감추고 있었다. 웨일스 출신인 검은 머리의 어머니
는 말하는 것도 노래처럼 들릴 만큼 목소리가 경쾌했다……
이따금 밤에 오래전 그녀의 아버지가 아이스테드포드* 때 응

모했던 시를 웨일스어로 낭독해주곤 했다. 자식들은 웨일스어를 잘 몰라서 의미는 모호했지만, 시의 운율감은 루엘린에게 어렴풋한 갈망을 일깨웠다. 묘한 직관력이 있었던 어머니는 남편만큼 지적이지는 못했지만 타고난 지혜가 있었다.

그녀는 검은 눈동자로 자식들을 차분하게 살펴보았는데, 장남인 루엘린을 가장 오래 바라보곤 했다. 그 눈빛에는 평가와 의심, 두려움에 가까운 뭔가가 있었다.

어머니의 눈빛은 루엘린을 안절부절못하게 만들곤 했다. 그는 불안한 듯 물었다. "왜요, 엄마? 내가 뭐 잘못했어요?"

그러면 어머니는 따뜻하고 애정어린 미소를 지으며 말했다.

"아무것도 아니다, 얘야. 넌 내 착한 아들이야."

그러면 아버지 앵거스 녹스는 고개를 돌려 아내를 본 뒤 아들을 쳐다보곤 했다.

행복한 시절이었다. 평범한 유년 시절이었다. 사치와는 거리가 멀고 전반적으로 무척 검소한 삶이었다. 엄한 부모, 절도 있는 생활. 소소한 집안일이 많았고, 동생 넷을 보살피고 공동체 활동에도 참여해야 했다. 좁고 험한 길**이지만 경건한 삶. 그는 그 방식에 적응하고 그것을 받아들였다.

---

* 웨일스의 전통적인 문화 예술 축제.

** 「마태복음」 7장 14절 "생명에 이르는 문은 좁고 또 그 길이 험해서 그리로 찾아드는 사람이 적다"에서 따옴.

하지만 루엘린은 교육받길 원했고, 아버지는 아들의 바람을 격려했다. 그는 스코틀랜드인답게 교육열이 높았고, 장남이 농사꾼보다는 나은 직업을 갖길 바랐다.

"능력껏 돕겠지만 많은 걸 해주지는 못할 거다. 대부분은 너 스스로 알아서 해야 한다."

루엘린은 아버지의 말대로 했다. 아버지의 격려를 받으며 학업을 이어갔고 대학에 진학했다. 방학 때는 호텔이나 캠프에서 일하고 밤에는 접시닦이를 했다.

그는 장래에 관련해 아버지와 상의했다. 교사나 의사가 되는 게 좋을 것 같았다. 이렇다 할 소명의식은 없었지만 두 직업 다 잘 맞을 것 같았다. 결국 그는 의과를 택했다.

지금까지 살아오면서 헌신, 특별한 사명에 대한 암시를 느낀 적이 있었을까? 그는 애써 기억을 떠올려보았다.

뭔가 있었다…… 그랬다, 지금 생각해보면 과거에 뭔가가 있었다. 그때는 알지 못했던 뭔가가 있었다. 일종의 두려움…… 이것이 그때의 느낌에 가장 가까운 표현이다. 평범한 일상생활을 한 꺼풀 벗기면 두려움이, 그 자신도 이해할 수 없는 두려움이 있었다. 혼자 있을 때 더 자주 그런 두려움을 느꼈고, 그래서 그는 공동체 생활에 더 열심히 참여했다.

그가 캐럴을 의식하게 된 것도 그즈음이었다.

루엘린은 아주 어릴 때부터 캐럴을 알았다. 두 사람은 함께

학교에 다녔다. 루엘린보다 두 살 어린 캐럴은 치아교정기를 끼고 있었고, 수줍음을 타고 멍한 구석이 있지만 상냥한 아이였다. 부모님들도 서로 친했기 때문에 캐럴은 그의 집에 자주 놀러왔다.

졸업을 앞두고 집에 돌아왔을 때, 루엘린은 캐럴을 새롭게 보게 됐다. 치아교정기를 뺐고 멍한 구석도 사라졌다. 캐럴은 예쁘고 애교 많은 아가씨로 성장했고 청년들은 그녀와 데이트하고 싶어 안달했다.

그때까지 루엘린의 삶에 영향을 미친 여자는 없었다. 그는 죽어라 공부만 했고, 감정적으로는 아직 어린아이였다. 하지만 그의 남성성이 갑자기 눈을 떴다. 루엘린은 외모에 대해 고민하기 시작했고, 저금을 털어 자신의 넥타이와 캐럴에게 줄 선물을 샀다. 어머니는 아들이 남자가 된 것을 알아채고 다른 어머니들처럼 흐뭇하면서도 한편으로는 아쉬웠다! 아들을 다른 여자에게 넘겨줘야 하는 시간이 왔다고 생각했다. 결혼은 아직 이르지만, 캐럴과 결혼한다면 만족스러울 것 같았다. 좋은 집안에서 잘 자란 아가씨였다. 상냥한 성격이었고, 몸도 건강했다. 생판 모르는 도시 출신 여자와 결혼하는 것보다 훨씬 낫다고 생각했다. '하지만 내 아들의 상대로는 어딘가 부족하지.' 그녀는 속으로 중얼거렸고, 그러다가 빙긋 웃었다. 오랜 옛날부터 세상의 모든 어머니가 그런 생각을 했을 거란 생각이 들었기 때문이다. 그녀는 망설이면서 남편에게 이 얘기를 꺼냈다.

"아직 일러." 앵거스가 말했다. "루엘린은 아직 갈 길이 멀어. 물론 더 못한 짝을 데려올 수도 있을 거야. 캐럴은 영특하진 않지만 성품이 착하긴 하지."

캐럴은 예쁘고 인기가 많았고, 그 인기를 즐겼다. 종종 데이트를 했지만, 그녀가 가장 좋아하는 남자는 루엘린이 분명했다. 캐럴은 루엘린에게 장래에 대해 진지하게 묻곤 했다. 내색은 하지 않았지만 그녀는 루엘린의 애매한 태도가 내심 불안했다. 야망이 없어 보였기 때문이다.

"루엘린, 의사 자격을 딴 뒤에 뭔가 확실한 계획이 있겠지?"

"일자리를 얻게 되겠지. 갈 곳은 많을 거야."

"요즘은 전문의가 되려고 하지 않니?"

"특별히 하고 싶은 분야가 있으면 모르지만 난 아직 없어."

"하지만 루엘린, 너도 쭉 뻗어나가고 싶지 않아?"

"뻗어나가다니—어디로?" 그는 가볍게 놀리는 미소를 지었다.

"글쎄—어딘가로 가야지."

"인생이 원래 그렇지 않나? 여기서 저기로 가는 거잖아." 루엘린은 손가락으로 모래 위에 선을 그으며 말했다. "탄생, 성장, 학교, 취직, 결혼, 자식, 가정, 일, 은퇴, 노화, 그리고 죽음.

이 나라의 국경에서 저 나라의 국경으로 여행을 가는 거야."

"내 말은 그런 뜻이 아니야. 너도 알잖아. 난 어딘가에 도달해서 이름을 떨치고 출세해서 최고 자리에 오르는 걸 말하는 거야. 모두가 자랑스럽게 생각하도록."

"그런다고 뭐가 달라질까." 루엘린이 심드렁하게 말했다.

"분명히 달라!"

"중요한 건 어디로 가느냐가 아니라 어떻게 헤쳐가느냐야."

"그런 어리석은 소리는 듣고 싶지 않아. 넌 성공하고 싶지 않은 거야?"

"모르겠어. 아닌 것 같은데."

캐럴은 그에게서 갑자기 멀리 떨어져나갔다. 그는 혼자가 됐다. 완전히 혼자였고, 두려움을 의식했다. 위축감, 무시무시한 위축감. '난 아니야—다른 사람이야.' 하마터면 이 말을 소리 내어 할 뻔했다.

"루엘린! 루엘린!" 아득히 멀리서 캐럴의 목소리가 희미하게 들렸다. 그는 황야에서 그 목소리를 듣고 있었다. "무슨 일이야? 너무 이상해 보여."

그는 자기 자신으로 돌아왔고, 캐럴도 돌아왔다. 캐럴은 어리둥절하고 겁먹은 표정으로 그를 바라보았다. 캐럴에 대한 고마운 마음이 밀려들었다. 캐럴이 그를 구했고, 그를 황야에서 불러들였다. 루엘린은 캐럴의 손을 잡았다.

"넌 정말 좋은 여자야." 그는 캐럴의 손을 끌어당기고 수줍은 듯 가만히 키스했다. 그녀의 입술이 키스에 답했다.

루엘린은 생각했다. '이제는 캐럴에게 말할 수 있어…… 사랑한다고…… 내가 자격을 따면 우리는 약혼할 수 있다고. 난 기다려달라고 말할 거야. 캐럴과 함께라면 불안하지 않을 거야.'

하지만 그는 그 말을 못하고 남겨두었다. 물리적인 힘을 지닌 어떤 손이 그의 가슴을 누르고 밀치고 가로막는 것 같았다. 실제 같은 그 느낌에 그는 깜짝 놀랐다. 그는 일어났다.

"캐럴, 언젠가는," 그가 말했다. "언젠가는—네게 얘기할 거야."

그녀는 루엘린을 올려다보며 만족한 듯이 미소 지었다. 캐럴은 그가 이런 지점에 이른 것이 특별히 불안하지는 않았다. 나름대로 최선의 상태였다. 캐럴은 무구한 행복감에 젖은 채 젊은 남자의 구애를 받는 젊은 여자의 승리감을 즐겼다. 언젠가는 루엘린과 결혼할 거라고 생각했다. 캐럴은 그의 키스에서 감춰둔 감정을 감지했다. 그녀는 루엘린에 대해 확신했다.

이상하게 야심이 부족한 점에 대해서는 별로 걱정하지 않았다. 여자들은 자신이 남자들에게 영향력을 미친다고 자신했다. 계획을 세우고 그것을 성취하도록 남편을 부추기는 건 여자의 역할이었다. 여자들과 그들의 주된 무기인 자식들. 그녀와 루엘린은 자식들을 위해 최상의 것을 바라게 될 테고, 그것이 루엘린에게 박차를 가하는 원동력이 될 것이었다.

루엘린은 무거운 마음으로 집으로 걸어갔다. 얼마나 기묘한 경험이었던가. 최근에 들은 심리학 강의 내용을 떠올리며 의심을 품고 자신을 분석했다. 혹시 섹스에 대한 저항일까? 왜 그런 저항을 하게 됐을까? 루엘린은 저녁을 먹으면서 어머니를 바라보았다. 혹시 오이디푸스 콤플렉스가 있는 걸까? 그는 불편한 마음으로 자문했다.

하지만 대학에 돌아가기 전에 루엘린이 위안을 구한 사람은 어머니였다.

그가 불쑥 말했다.

"캐럴을 좋아하시죠?"

그녀는 올 것이 왔다고 생각하면서 섭섭한 기분이 들었지만 담담하게 대답했다.

"착한 아이지. 네 아버지와 나는 캐럴을 무척 좋아한단다."

"전 캐럴에게 말하려고 했어요—지난번에—"

"사랑한다고 말이냐?"

"네. 그리고 캐럴에게 기다려줄 수 있느냐고 물어보려고 했어요."

"캐럴이 널 사랑한다면 그런 질문은 할 필요가 없단다, 얘야."

"하지만 말할 수 없었어요. 도무지 그 말이 입 밖으로 나오지 않았어요."

그녀는 미소 지었다. "그런 거라면 걱정할 것 없다. 남자들은 대개 그런 말을 할 때 말문이 막히거든. 네 아버지는 몇 날 며칠 앉아서 날 노려보기만 했어. 날 사랑하는 게 아니라 미워하는 것 같았지. 그이는 '잘 지내?' '날씨 한번 좋네' 말고는 아무 말도 못하는 사람 같았단다."

루엘린은 심각하게 말했다. "아뇨, 그런 게 아니었어요. 어떤 손이 진짜로 절 밀치는 것 같았어요. 마치 절―가로막는 것 같았다고요."

그제야 그녀는 루엘린의 고민이 다급하고 심각하다는 것을 알아챘다.

"캐럴이 네 짝이 아닐지도 모르지. 그래서―" 그녀는 루엘린의 항의를 막았다. "젊고 혈기가 왕성할 때는 제대로 알아보기 힘든 법이야. 하지만 네 안에 있는 뭔가는―아마 진정한 자신이겠지―해야 할 일과 해선 안 될 일을 알고 있어. 그것이 널 너 자신으로부터, 진짜가 아닌 충동으로부터 구해주는 거겠지."

"내 안에 있는 뭔가가……" 그는 그것을 깊이 생각했다.

루엘린은 갑자기 간절한 눈빛으로 어머니를 바라보았다.

"정말 모르겠어요―저 자신에 대해 아무것도요."

2

대학에 돌아온 그는 학업을 계속하고 친구들과 어울리며 하루하루를 채웠다. 두려움은 사라졌다. 자신을 되찾고 있었다. 그는 청년기의 성행동에 관한 난해한 논문들을 읽으며 납득이 되도록 스스로를 분석해보려 했다.

우수한 성적으로 대학을 졸업했고, 그것 역시 그의 자신감을 북돋웠다. 루엘린은 진로를 정하고 고향집으로 돌아갔다. 그의 미래는 분명해 보였다. 그는 캐럴에게 청혼하고, 자격을 땄으니 앞으로 자기 앞에 열린 다양한 가능성에 대해 함께 의논하자고 할 생각이었다. 미래가 눈앞에 확실하게 펼쳐져 있다는 사실이 큰 안도감을 주었다. 잘 맞고 잘할 수 있는 경쟁력을 갖춘 일, 함께 가정을 이루고 자식을 낳아줄 사랑하는 여자가 있었다.

집에 도착한 그는 공동체의 모든 행사에 참가했다. 사람들과 함께였지만, 무리 속에서 루엘린과 캐럴은 한 쌍이었고 모두가 그들을 커플로 인정했다. 혼자 지내는 시간은 거의 없었고, 밤에는 캐럴이 나오는 꿈을 꾸었다. 성적인 꿈이었는데, 그는 그런 꿈이 반가웠다. 모든 것이 원만하고 좋았다. 모든게 마땅한 방향으로 풀려나갔다.

그는 그렇게 확신하고 있었기 때문에 어느 날 아버지의 질문에 크게 놀랐다.

"뭐가 잘못된 거니, 루엘린?"

"잘못되다니요?" 루엘린은 아버지를 물끄러미 보았다.

"네 본래 모습이 아니잖니."

"이렇게 좋았던 적이 없었는데요."

"몸은 충분히 건강하겠지."

루엘린은 아버지를 응시했다. 수척하고 냉담한 노인. 움푹 들어간 타는 듯한 눈으로 그가 천천히 고개를 끄덕이며 말했다.

"인간에게는 혼자가 되어야 할 때가 있다."

아버지는 더이상 말하지 않고 몸을 돌렸고, 루엘린은 그 순간 설명할 수 없는 불안이 솟구치는 것을 느꼈다. 그는 혼자 있고 싶지 않았다―결코 그러고 싶지 않았다. 혼자 있을 수 없었다, 절대 그러면 안 됐다.

그러나 사흘 후, 루엘린이 아버지에게 말했다.

"산으로 캠핑 다녀올게요. 혼자 갑니다."

아버지는 고개를 끄덕였다. "알았다."

아버지의 눈, 신비로운 그 눈빛이 아들에게 안다고 말하고 있었다.

루엘린은 생각했다. '난 아버지에게 뭔가를 물려받았어. 아버지는 알지만 나는 아직 모르는 뭔가를.'

3

루엘린은 적막한 산에서 석 주 가까이 혼자 지냈다. 묘한 일이 벌어졌다. 처음부터 그는 고독을 쉽게 받아들였다. 왜 그렇게 오랫동안 고독을 거부했는지 의아할 정도였다.

처음에 그는 자기 자신에 대해, 캐럴과 함께할 미래에 대해 많은 생각을 했다. 그런 생각은 아주 확실하고 논리적으로 펼쳐졌고, 한참 후에야 그는 자신이 삶을 바깥에서 보고 있다는 것을 깨달았다. 당사자가 아니라 구경꾼으로 바라보고 있었다. 계획된 미래가 논리적이긴 했지만 그 어떤 것도 현실적이지 않았기 때문이다. 루엘린은 캐럴을 사랑하고 갈망했다. 그러나 그녀와 결혼하는 일은 없을 것이었다. 지금까지 알지 못했지만 그에게는 할일이 있었다. 그것을 인식하자 다음 단계가 찾아왔다. 그는 이 단계를 공허, 메아리치는 거대한 공허라고밖에 달리 묘사할 수 없었다. 그는 아무것도 아니었고, 그의 내면 또한 마찬가지였다. 더이상 두려움은 없었다. 공허를 받아들임으로써 불안을 쫓아버리게 되었다.

이 시기에 그는 거의 먹지도 마시지도 않았다.

이따금 가벼운 현기증이 일었다.

신기루처럼 눈앞에 여러 장면과 사람들이 나타났다.

한두 번 어떤 얼굴이 아주 확실하게 떠올랐다. 여자였다. 그녀는 루엘린의 내면에 형언할 수 없는 설렘을 일으켰다. 가녀리고 아름다운 얼굴. 움푹한 관자놀이 뒤로 검은 머리카락이 물결치고, 깊은 두 눈은 슬퍼 보였다. 그녀의 등뒤로 타오르는 불꽃과 교회의 윤곽 같은 것이 어렴풋이 보였다. 불현듯 그는 이 여자가 소녀임을 인식했다. 계속해서 이 소녀의 고통 또한 인식했다. 루엘린은 생각했다. '내가 도울 수만 있다면……' 하지만 도울 도리가 없었고, 그 생각이 틀리고 잘못된 것임을 알았다.

다른 환영은 크고 번들거리는 옅은 색 사무용 목재 책상이었다. 하관이 넓고, 작고 파란 눈은 경계심으로 가득한 남자가 앉아 있었다. 남자는 뭔가 말하려는 듯 몸을 앞으로 내밀고 있었고, 작은 자를 잡고 흔들면서 자신의 말을 강조하려는 듯했다.

그러다가 다시 묘한 각도에서 어떤 방을 보았다. 창문이 보이고, 창밖으로 눈 덮인 소나무의 윤곽이 보였다. 그와 창문 사이에서 누군가가 그를 내려다보고 있었다. 둥글고 불그레한 얼굴의 남자는 안경을 쓰고 있었지만, 그 역시 루엘린이 확실히 인식하기도 전에 희미해져버렸다.

루엘린은 그런 환영이 자신의 단편적인 망상일 뿐이라고 생각했다. 환영에는 감각도 의미도 없었고, 처음 보는 얼굴이나 장면이 등장했다.

이윽고 그런 이미지도 더이상 보이지 않았다. 그가 아주 확실히 의식했던 공허는 이제 광막하지도, 모든 것을 아우르지도 않았다. 공허는 점차 정리되면서 의미와 목적을 띠었다. 루엘린은 더이상 그 안에서 떠돌지 않았다. 오히려 공허가 그의 내면으로 들어왔다.

그는 그 이상의 뭔가를 깨달았다. 그는 기다리고 있었다.

4

갑작스러운 모래폭풍이, 외진 산악지대에서 불현듯 폭풍이 일어났다. 붉은 먼지구름 속에서 바람이 회오리치며 비명을 질렀다. 폭풍은 생명체 같았다. 그러다가 시작했을 때처럼 갑자기 그쳤다.

그후로 고요가 더 뚜렷해졌다.

캠핑 도구는 모두 바람에 휩쓸려 날아갔고, 텐트는 미친듯이 펄럭이다 데굴데굴 굴러 계곡 아래로 떨어져버렸다. 그는 빈털터리가 되었다. 갑자기 새로 창조된 것 같은 평화로운 세상에서 그는 온전히 혼자였다.

루엘린은 언제나 예지해오던 일이 곧 벌어지리란 것을 알았다. 다시 불안을 느꼈지만, 예전의 불안은 아니었다. 저항으로 인한 불안도 아니었다. 그는 받아들일 준비가 되어 있었다. 내면에서 치워지고 잘 정돈된 공허가 신을 맞아들이려 하고 있었다. 루엘린이 두려웠던 건 자기 자신이 얼마나 작고 보잘것없는 존재인지 겸손하게 알기 때문이었다.

다음에 일어난 일을 와일딩에게 설명하기는 쉽지 않았다.

"설명할 수 있는 적당한 말이 없기 때문입니다. 하지만 그게 무엇인지는 아주 확실합니다. 그건 신의 존재에 대한 인식이었어요. 그것을 가장 잘 설명할 수 있는 말은 이겁니다. 책을 통해 태양을 알고 손으로 그 온기를 느껴봤던 맹인이 갑자기 눈을 뜨고 그것을 본 것 같았다는 겁니다.

전 신의 존재를 믿고 있었지만 그때 비로소 알게 됐습니다. 그건 직접적이고 개인적이며, 설명할 수 없는 인식이었습니다. 누구든 두려워했을 겁니다. 전 그제야 이해했습니다. 왜 신이 인간에게 다가갈 때 인간의 육신을 입어야 했는지 말입니다.

그후―겨우 몇 초 동안의 일이었지만―발길을 돌려 집으로 돌아갔습니다. 이삼일 걸렸고, 비틀거리며 집에 들어설 때 전 몹시 지치고 약해져 있었죠."

그는 잠시 침묵을 지켰다.

"어머니는 많이 걱정하셨습니다! 그분은 아들에게 무슨 일이 일어났는지 모르셨어요. 아버지는 어렴풋이 짐작하셨던 것 같습니다. 적어도 제가 뭔가 커다란 경험을 했다는 건요. 제가 말로 표현할 수 없는 묘한 환영을 봤다고 하자 어머니가 말씀하셨습니다. '네 아버지 집안에 예지력을 가진 분들이 있었지. 아버지의 할머니와 누이 한 분이 그러셨단다.'

며칠 쉬면서 잘 먹고 기운을 차렸죠. 사람들이 장래에 대해 물으면 전 아무 말도 하지 않았습니다. 제게는 이미 정해진 길이 있다는 것을 알게 됐으니까요. 그저 받아들이기만 하면 됐지만—전 이미 받아들였습니다—그게 무엇인지 그때까지는 몰랐습니다.

일주일 후 이웃 마을에서 대규모 전도집회가 열렸습니다. 일종의 부흥 전도집회라고 표현하면 될 것 같습니다. 어머니가 가고 싶어하셨고, 아버지도 별 관심은 없지만 가시겠다고 했어요. 전 부모님과 그 집회에 갔습니다."

루엘린은 와일딩을 바라보며 미소 지었다.

"당신이 좋아할 만한 집회는 아니었습니다. 진부하고 무척 통속적인 분위기였으니까요. 제 마음을 움직이지도 못했습니다. 그래서 조금 실망했죠. 여러 사람이 차례로 간증을 했고, 바로 그때 제게 부르심이 있었습니다. 분명하고 확실하게요.

전 일어났습니다. 절 쳐다보던 얼굴들이 지금도 눈에 선합니다.

무슨 말을 할지 저 자신도 몰랐습니다. 생각하지도 않았고, 제 신앙을 설명하지도 않았죠. 말은 머릿속에 있었습니다. 이따금 말이 저를 앞질렀고 전 따라잡기 위해 더 빨리 말했죠.

내용을 놓치기 전에 말로 옮기려면 그래야 했어요. 그걸 지금 상세하게 묘사할 수는 없습니다. 불꽃처럼 뜨겁고 꿀처럼 달았다고 하면 알겠습니까? 불꽃은 저를 태웠지만 거기에는 꿀의 달콤함이 있었어요. 순종의 달콤함이 말입니다. 신의 사자가 되는 건 두려운 동시에 한없이 기쁜 일이었습니다."

"깃발을 내건 군대처럼 말입니까?" 와일딩이 중얼거리듯 물었다.

"그렇습니다. 「시편」의 저자는 그것이 어떤 느낌인지 알았습니다.*"

"그래서…… 그 집회 후에는요?"

루엘린 녹스는 두 팔을 벌렸다.

"기진맥진했어요, 완전히 녹초가 됐습니다. 사십오 분쯤 말했을 겁니다. 집에 돌아온 저는 난롯가에 앉아 부들부들 떨었고, 손을 움직일 기력조차 없고 말도 할 수 없었죠. 어머니는 이해해주셨습니다. '아이스테드포드가 끝난 뒤의 네 할아버지 같구나' 하시더군요. 어머니는 뜨거운 수프를 만들어주셨고, 침대에 탕파를 넣어서 잠자리를 덥혀주셨습니다."

와일딩이 중얼거렸다. "당신은 필요한 유전적 소질을 다 갖추셨군요. 스코틀랜드계의 신비주의, 웨일스계의 시적이고 창

---

*「시편」에서 신을 "만군의 하느님" "만군의 야훼"라고 표현했다.

의적인 기질―목소리까지요. 마치 아주 창조적인 한 폭의 그림 같군요―두려움, 좌절감, 공허, 이어지는 힘의 분출, 그리고 피로감."

그는 잠시 침묵한 뒤 물었다.

"계속해주시겠습니까?"

"이제 할 이야기가 별로 없습니다. 다음날 캐럴을 만났어요. 아무튼 의사가 되지는 않을 거라고, 전도자가 될 거라고 말했습니다. 그녀와 결혼하고 싶었지만 이젠 그 희망을 버릴 수밖에 없다고요. 캐럴은 이해하지 못했습니다. '의사도 전도자 못지않게 좋은 일을 할 수 있잖아?' 하더군요. 전 좋은 일을 하는 게 문제가 아니라고 대답했습니다. 그건 부르심이고, 전 순종해야 한다고요. 그녀는 제가 결혼할 수 없다고 하는 건 말이 안 된다고 했습니다. 가톨릭 수도자가 되는 것도 아니잖아, 하면서요. 그래서 전 '내 전부, 내가 가진 것, 미래의 모든 것이 전부 신의 것이 되어야 한다'고 말했습니다. 당연히 캐럴은 이해하지 못했습니다. 어떻게 이해할 수 있었겠습니까? 그것은 그녀의 어휘에는 없는 말이었죠. 전 집에 돌아가 어머니에게 사정을 말씀드리고 캐럴을 위로해달라고, 절 이해해달라고 부탁드렸습니다. 어머니가 말씀하셨어요. '난 충분히 이해한다. 이제 네게는 여자에게 줄 것이 아무것도 남지 않은 거겠지.' 그러고는 상심에 젖어 우셨어요. '난 알고 있었다―언제나 알았어―뭔가 있었다는 걸 말이다. 넌 다른 아이들과 달랐어. 그래, 하지만 어머니와 아내 될 여자에게는 고통스러운 일이지.'

어머니는 이런 말씀도 하셨습니다. '널 다른 여자에게 빼앗긴다면 당연히 서운하겠지. 하지만 그건 네 삶이고, 시간이 흐르면 네 자식들을 내 무릎에 앉히고 예뻐했을 거다. 하지만 이런 삶이라면 난 널 영원히 빼앗기게 되겠구나.'

전 그렇지 않다고 말씀드렸지만, 우리 두 사람 다 그것이 핵심임을 알았습니다. 모든 인연을 놓아야 했던 겁니다."

와일딩은 안절부절못하며 움직였다.

"용서하십시오. 하지만 전 그것이 삶이라는 데는 동의할 수가 없군요. 인간에 대한 애정, 연민, 인류에 대한 봉사―"

"삶을 말하는 게 아닙니다! 전 지금 선택받은 자, 다른 사람들 이상인 동시에 그들보다 훨씬 못한 사람에 대해 말하는 겁니다―그는 다른 사람들보다 한없이 부족하며, 또 그래야만 한다는 것을 결코 잊으면 안 되는 존재입니다."

"바로 그 점을 잘 이해하지 못하겠습니다."

루엘린은 부드럽게, 듣는 사람이 아니라 자신에게 말하듯 중얼거렸다.

"물론 그 점이 위험합니다―인간이 망각의 동물이라는 것이요. 신이 그럴 때 마침 제게 동정을 베푸셨음을 이제는 압니다. 전 때맞춰 구원을 받았던 겁니다."

6

1

루엘린의 마지막 말에 와일딩은 조금 당황한 것 같았다.

와일딩은 멋쩍은 듯이 말했다. "모든 이야기를 들려주셔서 고맙습니다. 얄팍한 호기심 때문은 아니었다는 것을 알아주십시오."

"알고 있습니다. 당신은 인간에게 진심어린 관심을 가진 분이죠."

"당신은 비범한 표본이라 할 수 있는 분입니다. 이런저런 간행물에서 당신의 경력을 읽었지만 제 관심을 끈 건 그게 아니었습니다. 그런 기사는 표면적인 사실을 기반으로 한 일부에 지나지 않으니까요."

루엘린은 고개를 끄덕였다. 그의 마음은 여전히 과거에 있었다. 그는 엘리베이터를 타고 고층빌딩 35층으로 올라간 날을 떠올리고 있었다. 연회장에서 키가 크고 우아한 금발의 여자가 그를 맞았다. 그녀는 그를 어깨가 떡 벌어진 건장한 청년에게 데려갔고, 루엘린은 마지막 성소라 할 만한 방에 들어갔다. 재계 거물의 집무실이었다. 크고 반들거리는 옅은 색 책상 앞에 앉아 있던 남자가 일어나 악수를 청하며 인사를 건넸다. 넓은 하관, 꿰뚫어보는 듯한 작고 파란 눈. 산에서 봤던 환영 그대로였다.

"……만나서 반갑습니다, 녹스 씨. 난 이 나라가 신에게 대단한 보답을 할 시기가 무르익었다고 생각합니다. 대규모로 해야 할 겁니다. 성과가 있으려면 돈도 필요하고요…… 난 당신의 집회에 두 번 참석했고…… 감동을 받았습니다…… 정말 훌륭했어요, 한마디 한마디에 모두가 귀를 기울이고…… 대단했습니다…… 대단했어요!"

신과 대기업. 둘은 어울리지 않는다. 하지만 과연 그럴까? 사업 수완 역시 신이 인간에게 주신 재능이라면, 신을 위해 그것을 쓰면 안 될 이유가 있을까?

루엘린은 의심하지 않았고 거리낌도 없었다. 이 사람도 이 집무실도 이미 그가 본 것들이었다. 이것은 정해진 그의 삶에서 패턴의 일부였다. 그런데 진정성이 있을까? 초기의 세례반*에 새겨진 조각처럼 기괴해 보일지언정 소박한 진정성이 있을까? 아니면 이것 역시 돈벌이 수단에 불과할까? 신 안에서도 돈벌이의 가능성을 보는 상혼商魂일까?

사실 루엘린은 알지 못했고, 심지어 궁금해하며 자신을 괴롭히지도 않았다. 이것은 패턴의 일부였다. 그는 전달자에 불과했고, 순종하는 사람이었다.

십오 년…… 처음에는 소규모 야외 집회였다가 이어서 강연장, 강당, 넓은 스타디움으로 규모가 커졌다.

얼굴들, 뿌옇고 거대한 덩어리의 얼굴들이 멀어졌다가 빽빽이 줄지어 떠올랐다. 기다리고, 갈망하며……

그의 역할은? 언제나 똑같았다.

한기를 느끼고, 두려움에 움츠러들고, 그리고 공허와 기다림이 있었다.

그러다가 루엘린이 일어나고…… 말이 입 밖으로 밀려나오고…… 그러나 그 말은 그의 것이 아니었다, 결코 그가 하는 말이 아니었다. 하지만 그것을 말하는 영광과 황홀감은 그의 것이었다.

(물론 거기에 위험이 도사리고 있었다. 지금까지 그가 그것을 깨닫지 못했다는 것이 이상했다.)

그러다가 끝이 났다. 호들갑스러운 여자들과 떠들어대는 남

---

* 세례용 물을 담은 큰 돌주발.

자들, 좌절감, 지독한 욕지기, 환대, 지나친 찬사, 과잉반응이
있었다.

루엘린은 신의 전달자가 아니라 자신이 한낱 부족한 개인에
지나지 않는다고 스스로 의식하면서 이에 응하고자 했다. 어
리석은 숭배의 눈길로 그를 쳐다보는 군중보다 그는 훨씬 부
족한 인간이었다. 힘이 다 빠져나간 그는 인간에게 존엄을 부
여하는 모든 것을 잃은 완전히 지치고 절망에 사로잡힌 병자
에 불과했다. 어둡고 공허하고 텅 빈 좌절감.

사람들은 말했다. "가엾게도 녹스 씨는 너무 지쳐 보여요."

피로. 갈수록 심해지는 피로……

그는 건강을 타고났지만, 십오 년 동안의 그 생활을 견디기
에는 역부족이었다. 구역질, 현기증, 두근거림, 호흡 곤란, 일
시적인 기억상실, 기절. 한마디로 기력이 다 빠져버렸다.

그는 산속의 요양원으로 갔다. 거기서 꼼짝하지 않고 누워
하늘로 치솟은 창밖의 소나무를 바라보았다. 둥글고 불그레한
얼굴, 두꺼운 안경알 뒤의 올빼미처럼 진지한 눈으로 누군가
그를 내려다보고 있었다.

"꽤 시간이 걸릴 겁니다. 인내심을 가지셔야 해요."

"그렇군요."

"건강을 타고나시긴 했지만 그동안 몸을 너무 혹사했습니
다. 심장, 폐―모든 장기가 상한 상태입니다."

그는 가벼운 호기심을 내비치며 물었다. "제가 죽는다는 말입니까?"

"그건 절대 아닙니다. 우리가 건강을 되찾아드리겠습니다. 분명 시간은 오래 걸리겠지만 건강한 몸으로 나가시게 될 겁니다. 다만—"

의사는 머뭇거렸다.

"다만 뭐죠?"

"이 점은 명심하셔야 합니다, 녹스 씨. 앞으로는 평온하게 지내셔야 합니다. 공인으로서의 삶은 무리입니다. 심장이 견디지 못할 겁니다. 대중 앞에 서지도 말고, 격한 활동이나 연설을 해서도 안 됩니다."

"조금 쉬면—"

"아닙니다. 아무리 휴양하셔도 제 진단은 마찬가지일 겁니다."

"알겠습니다." 그는 이 문제에 대해 생각했다. "알겠어요. 체력이 다했다는 거군요?"

"그렇습니다."

체력이 다하다. 신의 목적을 위해 사용된 몸은 연약한 인간의 기구이므로 오래가지 않았던 것이다. 루엘린은 쓸모없어졌다. 쓰다 버려지고 내던져졌다.

그다음에는 무엇일까?

그게 문제였다. 다음에는 무엇일까?

그것은 결국 이것이었다. 루엘린 녹스는 누구인가.

그것을 알아내야 했다.

2

와일딩의 목소리가 생각에 잠긴 루엘린을 가볍게 흔들었다.

"앞으로 어떤 계획이 있는지 물어봐도 될까요?"

"계획은 없습니다."

"정말입니까? 어쩌면 예전의 생활로 돌아가서……"

루엘린이 격렬한 어조로 가로막았다.

"돌아가는 일은 없습니다."

"다른 형태로 활동하실 수 있지 않을까요?"

"아닙니다. 이미 다 끝난 일입니다―그래야 하고요."

"의사가 그렇게 말했나요?"

"꼭 그런 건 아닙니다만 의사는 제게 공인으로서의 삶은 무리라고 강조했어요. 더이상 연단에 서지 말라고요. 그건 끝을 의미하죠."

"어딘가 조용한 곳에 가서 사시면요? 이 말이 당신들이 쓰는 표현이 아니라는 건 압니다.* 그러니까, 어딘가의 교회에서 목사가 되신다면요?"

"전 대중 전도자였습니다. 그건 전혀 다른 일이죠."

"미안합니다. 알 것 같습니다. 완전히 새로운 삶을 시작해야 하는군요."

"그렇습니다, 한 개인으로서 다시 시작해야 합니다."

"혼란스럽고 걱정되십니까?"

루엘린은 고개를 저었다.

"그렇지 않습니다. 여기서 지내면서 확실히 알게 됐습니다. 제가 큰 위험을 면했다는 것을 말이죠."

"어떤 위험 말입니까?"

"인간에게 권력은 위험한 겁니다. 권력은 인간을 부패시키죠. 내면에서부터 말입니다. 제가 부패에 잠식되지 않고 얼마나 더 오래갈 수 있었겠습니까? 어쩌면 이미 시작되었는지도 모릅니다. 수많은 대중에게 연설하던 그 순간순간을 지나며, 말하고 있는 사람이 나라고 생각하게 되지 않았을까요? 그 사람들에게 메시지를 전하는 사람이 나라고, 나는 더이상 신의 말씀을 전하는 전도자가 아니라 신을 대신하는 사람이라고 생각하게 되지 않았을까요? 아시겠습니까? 고위직에 올라 다른 사람들 위에 군림하면서 기고만장한 인간처럼 말입니다!" 그

---

* '살다'라는 뜻의 'live'에는 '성직'이라는 의미도 있다.

는 조용히 덧붙였다. "선하신 신은 그 지경에서 절 구원해주는
게 좋겠다고 판단하신 겁니다."

"그런 일을 겪으면서도 당신의 믿음은 변하지 않았습니까?"

루엘린은 웃었다.

"믿음이요? 제게는 이상한 말입니다. 우리는 태양, 달, 우리
가 앉아 있는 의자, 우리가 걸어다니는 대지를 믿습니까? 이미
그것을 아는데 무슨 믿음이 더 필요하죠? 제가 어떤 비극에 빠
져 있을 거란 생각은 마십시오. 그렇지 않습니다. 전 가야 할
길을 걸어왔고 지금도 여전히 가는 중입니다. 이 섬에 온 것도
그래서입니다. 때가 되면 이 섬을 떠나야 하고요."

"그 말은 다른—그걸 뭐라고 부르죠? 명령을 받게 된다는
뜻인가요?"

"아, 아닙니다. 그렇게 분명한 게 아닙니다. 하지만 제가 어
떤 일을 해야 하는지, 불가피한 미래가 확실히 드러나겠죠. 그
러면 앞으로 나아가 행동할 겁니다. 마음속에서 상황이 저절
로 명료해질 겁니다. 어디로 가야 하는지, 무슨 일을 해야 하
는지 말입니다."

"그렇게 쉽게 명료해질까요?"

"전 그럴 거라고 생각합니다. 그래요. 말하자면 그건 조화의
문제입니다. 잘못된 행동 방침은—도덕적으로 나쁘다는 것이
아니라 잘못 택한다는 뜻입니다—당장 알게 됩니다. 춤을 출

때 스텝을 못 맞추고 노래할 때 박자를 못 맞추는 것과 비슷하죠—그건 거슬리니까요." 루엘린은 어떤 기억에 가슴이 뭉클해져서 말을 이었다. "여자라면, 뜨개질할 때 코를 하나 빠트린 것과 비슷한 느낌일 겁니다."

"여자에 관해서는 어떠신가요? 혹시 고향으로 돌아가실 건가요? 첫사랑을 찾으실 겁니까?"

"감상적인 결말을 지으라고요? 아니요. 게다가……" 루엘린은 미소 지었다. "캐럴은 벌써 오래전에 결혼했습니다. 자식이 셋이나 되고, 남편은 부동산업자로 성공했죠. 우린 서로의 짝이 아니었습니다. 어린 남녀의 풋사랑이었어요."

"그 오랜 세월 동안 사랑한 여자는 없었습니까?"

"다행히도 없었습니다. 만약 그랬다면, 그런 사람을 만났다면—"

그가 말을 끝맺지 않고 얼버무리자 와일딩은 어리둥절했다. 루엘린의 머릿속에 어떤 장면이 떠올랐는지 와일딩은 알지 못했다—뻗친 검은 머리, 가녀리고 섬세한 얼굴, 슬픈 눈.

루엘린은 언젠가 분명히 그녀를 만날 거라고 믿고 있었다. 그녀는 현실이 됐던 집무실 책상과 요양원만큼이나 현실적이었다. 그녀는 분명 존재할 것이다. 전도에 헌신하던 시기에 그녀를 만났다면, 그는 그녀를 포기할 수밖에 없었을 것이다. 그런데 그럴 수 있었을까? 루엘린은 의심스러웠다. 검은 머리의 그 여자는 캐럴이 아니었다. 인생의 봄에 청년의 감성을 자극하는 가벼운 사랑이 아니었다. 하지만 그는 아직 그런 희생을 치르지 않았다. 이제 그는 자유로웠다. 두 사람이 만나면……루엘린은 그녀를 만나리라는 데 한 치의 의심도 없었다. 어떤 상황에서, 어떤 곳에서, 어떤 순간에 만날지 아무것도 알 수 없었다. 단지 교회의 성수반, 타오르는 불길, 그런 것들이 루엘린이 갖고 있는 지표였다. 하지만 그는 아주 가까이 다가왔다고, 이제 얼마 남지 않았다고 느꼈다.

갑자기 책장 사이에 있는 문이 벌컥 열리자 루엘린은 깜짝 놀랐다. 와일딩도 고개를 돌리고 놀라서 벌떡 일어났다.

"여보, 당신이 나올 줄은─"

그녀는 스페인풍 숄을 두르지도 않았고 하이넥 검정 드레스를 입고 입지도 않았다. 아주 얇고 폭이 넓은 연보라색 옷을 입었고, 어쩌면 그 색깔 때문에 루엘린은 그녀에게서 고풍스러운 라벤더 향기가 나는 것 같은 느낌을 받았다. 그녀는 그를 보자 멈춰 섰고, 크고 반짝이는 눈으로 루엘린을 바라보았다. 아무 감정이 담기지 않은 그 눈빛이 루엘린을 놀라게 했다.

"두통은 좀 어때요? 이분은 루엘린 녹스 씨고, 녹스 씨, 제 아내입니다."

루엘린이 앞으로 걸어와 그녀의 힘없는 손을 잡고 정중하게 말했다. "뵙게 되어 영광입니다, 레이디 와일딩."

휘둥그렇던 눈빛이 따뜻하게 변했다. 아주 얼핏 안도감이 떠올랐다. 그녀는 남편이 당겨준 의자에 앉아 뚝뚝 끊기는 말투로 급하게 말했다.

"루엘린 녹스 씨라고요? 전에 당신 기사를 읽은 적이 있어요. 이런 데까지 오시다니 정말 뜻밖이군요. 이 섬에 말이에요. 왜죠? 그러니까 무슨 일이 있었느냐는 뜻이에요. 사람들은 대개 그러지 않거든요. 그렇죠, 리처드?" 그녀는 고개를 살짝 돌리고 두서없이 급히 중얼거렸다.

"섬에 머무는 사람들이 없다는 말이에요. 배를 타고 왔다가 다시 배를 타고 돌아가거든요. 그들이 어디로 가는지 이따금 궁금해요. 그들은 과일이며 우스꽝스러운 작은 인형이며 이 섬 사람들이 만든 밀짚모자를 사들고 배에 오르죠. 그리고 배가 출발해요. 그들은 어디로 갈까요? 맨체스터? 리버풀? 아니면 치체스터? 그들은 손으로 짠 밀짚모자를 쓰고 교회에 갈 거예요. 우스워요. 이상하고요. 사람들은 '뭐가 뭔지 모르겠다'는 말을 해요. 제 간호사도 곧잘 그렇게 말했죠. 하지만 정말 그래요, 안 그런가요? 그런 게 인생이죠. 저도 뭐가 뭔지 모르겠어요."

그녀는 고개를 저으며 갑자기 헛웃음을 터뜨렸다. 앉아 있는데도 몸이 흔들렸다. 루엘린은 그녀가 곧 정신을 잃을 것 같다고 생각했다. 와일딩은 그 사실을 알지 못하는 것 같았다.

루엘린은 와일딩을 곁눈으로 보았다. 세상 물정에 밝은 그가 아무것도 알아차리지 못하고 있었다. 아내에게 몸을 굽히고 있는 그의 얼굴에는 사랑과 불안만 서려 있었다.

"당신 열이 있어요. 더 누워 있지 그랬어요."

"약을 먹었더니 괜찮아졌어요. 두통은 사라졌는데 좀 어지러워요." 그녀는 확신 없이 희미하게 웃으며 빛나는 옅은 색머리를 쓸어넘겼다. "괜찮으니까 신경쓸 것 없어요. 리처드, 녹스 씨에게 마실 거라도 드려야겠어요."

"당신도 마실 거예요? 브랜디 줄까요? 당신에게 좋을 텐데."

그녀는 곧바로 얼굴을 찌푸렸다.

"아니요, 난 라임과 소다면 돼요."

그가 잔을 건네자 그녀는 미소로 화답했다.

"술 때문에 죽는 일은 없어요." 그가 말했다.

순간 그녀의 표정이 굳었다. 그녀가 말했다.

"누가 알아요?"

"내가 알죠. 녹스 씨는 뭘로 드시겠습니까? 청량음료를 드릴까요? 아니면 위스키?"

"브랜디와 소다로 하죠."

루엘린이 잔을 받자 그녀의 시선이 향했다.

그녀가 불쑥 말했다. "리처드, 우리도 떠날 수 있을까요? 우리도 떠나요."

"이 집에서? 아니면 섬에서 떠나자는 거예요?"

"네, 섬에서요."

와일딩은 자기 잔에 위스키를 따라 그녀의 의자 뒤로 가서 섰다.

"어디든 당신이 가고 싶은 곳으로 갈 수 있죠. 어디든, 언제든. 당신이 원한다면 오늘밤에라도."

그녀는 한숨을 쉬었다. 길고 깊은 한숨이었다.

"당신은 정말 친절한 사람이에요. 물론 난 여길 떠날 마음 없어요. 당신이 어떻게 떠날 수 있겠어요? 당신은 부지를 지켜야 하잖아요. 이제 겨우 진척되고 있는데."

"맞아요. 하지만 사실 그건 중요하지 않아요. 당신이 먼저지."

"나 혼자 잠시 떠날 수도 있어요."

"아니, 같이 가요. 내가 당신을 지켜줘야지. 누군가 당신 옆에 있다고 느끼게―언제나."

"내게 관리인이 필요하다고 생각해요?" 그녀는 웃기 시작했다. 억제되지 않는 듯한 웃음이었다. 그러더니 갑자기 웃음을 멈추고 손으로 입을 막았다.

"난 그저 내가 언제나 당신 옆에 있다고 느끼길 바라는 거예요." 와일딩이 말했다.

"아, 그럼요―그렇죠."

"이탈리아에 갈까요? 당신이 원하면 영국도 좋고. 향수병에 걸린 건지도 몰라요."

"아니에요." 그녀가 말했다. "아무데도 안 갈래요. 여기 그냥 있어요. 어딜 가든 마찬가지일 거예요. 똑같을 거라고요."

그녀는 의자에 등을 기대고 눈앞을 골똘히 응시했다. 그러다가 불현듯 어깨 너머를 힐끗 쳐다보더니, 당황하고 걱정하는 표정을 짓는 와일딩을 올려다보았다.

"리처드, 당신은 내게 정말 잘해줘요. 언제나 참아주고요."

그가 부드럽게 대답했다. "그걸 알아주는 한, 내게 당신 말고 중요한 건 아무것도 없어요."

"나도 알아요―아무렴요, 잘 알죠."

그가 말을 이었다.

"난 당신이 여기서 행복하게 지내길 바랐는데, 기분을 달래줄 만한 게 거의 없다는 걸 나도 잘 알아요."

"손님이 계시잖아요." 그녀가 말했다.

그녀는 얼른 손님에게 고개를 돌리더니 갑자기 쾌활하고 장난스러운 미소를 던졌다. 루엘린은 생각했다. '이 여자는 원래 쾌활하고 매혹적인 사람이었을 거야―'

그녀가 말을 이었다. "이 섬과 저택은 낙원 같아요. 전에 당신이 그렇게 말했고, 난 그 말을 믿었어요. 그래요, 그건 사실이죠. 여기는 낙원이에요."

"아!"

"하지만 전 그걸 받아들일 수 없어요. 그런 것 같지 않으세요, 루엘린 녹스 씨?" 뚝뚝 끊기는 말투가 다시 시작됐다. "낙원에 살려면 뚜렷한 개성이 필요해요. 면류관을 쓰고 나무 아래 나란히 앉아 있는 축복받은 사람들이 나오는 프리미티브* 그림처럼요—전 그들의 왕관이 너무 무거워 보인다고 생각했어요—주의 보좌 앞에 모든 성도 면류관을 벗어드리네—이런 찬송가가 있지 않나요? 무게 때문에 왕관을 내던졌지만 신도 그들을 내버려두셨어요. 언제나 왕관을 써야 한다면 당연히 무거울 거예요. 인간은 지나치게 많은 것을 가질 수도 있어요. 그렇지 않나요? 전 그렇게 생각해요—" 그녀가 일어나서 약간 비틀거렸다. "침대로 가야겠어요. 당신 말이 맞아요, 리처드. 열이 있나봐요. 어쨌든 왕관은 무거워요. 이 집은 꿈이 현실로 이루어진 것 같은 곳이죠. 하지만 난 더이상 꿈속에 있지 않아요. 나는 다른 곳에 있어야 하는데 거기가 어딘지 모르겠어요. 단지—"

아주 갑작스레 그녀가 주저앉았고, 이 순간을 예상했던 루엘린이 늦지 않게 그녀를 붙잡았다. 그러고는 와일딩에게 그녀를 인도했다.

"다시 침대로 모시는 게 좋겠군요." 루엘린이 굳은 어조로

---

* 르네상스 이전의 미술작품.

말했다.

"네, 그러죠. 의사에게 전화해야겠어요."

"한숨 자면 괜찮아질 겁니다." 루엘린이 말했다.

리처드 와일딩은 의아한 눈으로 루엘린을 바라보았다.

루엘린이 말했다. "제가 도와드리죠."

두 사람은 의식을 잃은 여자를 그녀가 들어왔던 문으로 데리고 나갔다. 짧은 복도 끝에 침실이 있었고, 문은 열려 있었다. 그들은 침대에 그녀를 조심조심 눕혔다. 나무상감이 된 큰 침대에 짙은 색 양단 가리개가 늘어져 있었다. 와일딩이 복도로 나가 소리쳤다. "마리아! 마리아!"

루엘린은 재빨리 방안을 둘러보았다.

그는 커튼이 드리워진 벽감을 지나 욕실로 들어갔고, 유리문이 달린 욕실장 안을 살펴보고 나왔다.

와일딩이 다급하게 외치고 있었다. "마리아!"

루엘린은 화장대로 갔다.

잠시 후 와일딩이 들어오고, 키가 작고 피부가 검은 여자가 따라들어왔다. 그녀는 재빨리 침대로 걸어갔고, 여주인 위로 몸을 숙이더니 탄식했다.

와일딩이 무뚝뚝하게 말했다.

"잘 보고 있어. 의사에게 전화하고 올 테니까."

"그러실 것 없어요. 제가 어떻게 해야 하는지 알아요. 아침

이면 괜찮아지실 거예요."

와일딩은 고개를 저으면서 내키지 않는 듯한 걸음걸이로 방에서 나갔다.

루엘린이 그를 뒤따르다 문가에서 멈추고 여자에게 물었다.

"그건 어디 있죠?"

여자가 그를 쳐다보았다. 그녀의 눈길이 루엘린의 뒤편 벽으로 향했다. 그는 몸을 돌렸다. 작은 그림이 걸려 있었다. 코로*풍의 풍경화였다. 루엘린은 못에 걸린 그림을 들어냈다. 벽에 구식의 작은 금고가 있었다. 예전에 부인들이 보석을 보관하는 용도로 썼지만, 요즘 도둑들에게는 먹히지 않을 것이다. 자물쇠에 열쇠가 꽂혀 있었다. 루엘린은 조심스럽게 금고를 열어 안을 살폈다. 그러고는 고개를 끄덕이고 금고를 닫았다. 그는 완전히 납득한 듯한 눈빛으로 마리아와 눈을 맞췄다.

루엘린은 침실에서 나와 와일딩에게 갔다. 와일딩이 수화기를 내려놓고 말했다.

"외출중이라는군요. 아기를 받으러 간 것 같습니다."

"제 생각에는," 루엘린은 신중하게 단어를 고르며 이야기했다. "마리아가 어떻게 해야 하는지 아는 것 같습니다. 전에도 이런 일이 있었던 것 같은데요."

---

* 19세기 프랑스 풍경화가. 시적 정취가 넘치는 따스한 풍경을 주로 그렸다.

"네…… 그렇죠…… 당신 말이 맞을 겁니다. 마리아는 아내에게 무척 헌신적이죠."

"그런 것 같더군요."

"누구나 제 아내를 좋아합니다. 사랑스러운 사람이니까요— 사랑과 보호 본능을 일으키죠. 이곳 사람들은 미인을 좋아하고, 고통에 빠진 미인에게는 더욱 그렇죠."

"하지만 어떤 면에서 그들은 앵글로색슨보다 훨씬 현실적입니다."

"어쩌면요."

"이곳 사람들은 현실을 회피하지 않습니다."

"우리는 그런다는 말씀인가요?"

"아주 자주 그러죠. 부인의 침실이 참 아름답더군요. 제 머릿속에 어떤 생각이 스쳤는지 아십니까? 부인의 침실에서는 여자들이 좋아하는 향수 냄새가 전혀 나지 않는다고 생각했습니다. 라벤더와 오드콜로뉴* 냄새뿐이더군요."

리처드 와일딩은 고개를 끄덕였다.

"맞습니다. 전 라벤더 하면 아내를 떠올리죠. 또 그 향기를 맡으면 어린 시절로 되돌아간 기분이 들어요. 어머니의 장롱에서 라벤더 향기가 났거든요. 청결한 하얀 침구들과 어머니

---

* 초기의 오드콜로뉴는 복용도 하는 의약품이었다.

가 만들어 걸어둔 작은 라벤더 주머니. 깨끗하고 순수한, 온통 봄의 향기가 풍겼습니다. 소박한 시골의 향기죠."

그는 한숨을 내쉬고 고개를 들어 손님을 바라보았다. 루엘린은 그가 이해할 수 없는 표정을 짓고 있었다.

루엘린이 손을 내밀며 말했다. "가봐야겠습니다."

1

"아직도 이 카페에 오시는군요."

웨이터가 물러가자 녹스가 물었다.

레이디 와일딩은 한동안 침묵했다. 오늘밤 그녀는 항구를 멍하게 내다보고 있지 않았다. 자신의 유리잔을 들여다보고 있었다. 잔에는 짙은 황금색 액체가 담겨 있었다.

"오렌지주스예요." 그녀가 말했다.

"알아요. 형식적인 시늉이겠죠."

"네. 그렇긴 하지만―도움이 돼요."

"물론이죠."

"그 사람에게 절 여기서 봤다고 말씀하셨나요?"

"아니요."

"왜 안 하셨어요?"

"말했다면 그에게나 당신에게나 고통을 줬을 테니까요. 그가 제게 묻지도 않았고요."

"그 사람이 물어봤다면 말씀하셨을까요?"

"네."

"왜요?"

"어떤 일이든 단순하게 행동하는 편이 좋다고 생각하니까요."

그녀가 한숨지었다.

"당신이 절 얼마나 이해하실지 모르겠어요."

"전 모르겠습니다."

"아세요? 전 리처드에게 상처를 줄 수 없어요. 그는 정말 좋은 사람이에요. 절 믿고, 언제나 제 걱정만 하죠."

"네, 압니다. 다 알아요. 그는 당신에게 슬픔을 줄 모든 해악에 맞서고 싶어하죠."

"하지만 지나쳐요."

"맞아요, 지나치죠."

"인간은 어떤 상황에 빠지죠. 도망칠 수 없어요. 그래서 연기를 해요. 매일같이. 그러다가 싫증이 나면 소리쳐요. '날 사랑하지 마, 날 보살피지 마, 날 걱정하지 마, 날 지켜주지도 마!'" 그녀는 두 손을 꼭 맞잡았다. "전 리처드와 행복하게 지내고 싶어요. 그러고 싶다고요! 그런데 왜 그러지 못할까요?

왜 전 모든 게 견딜 수 없는 걸까요?"

"사랑에 지친 이 몸, 힘을 내라고, 기운을 내라고, 건포도와 능금을 입에 넣어주시네."*

"그래요, 바로 그거예요. 그게 저예요. 제 잘못이에요."

"왜 그와 결혼했죠?"

"아, 그거요!" 그녀는 눈을 동그랗게 떴다. "답은 간단하죠. 그를 사랑했으니까요."

"그렇군요."

"열병 같았어요. 그는 아주 매력적이었고, 성적으로도 끌렸어요. 이해하시겠어요?"

"네, 이해합니다."

"그리고 낭만적으로 사람을 사로잡는 면이 있었어요. 제가 태어났을 때부터 절 알았던 분이 경고하셨죠. '리처드와 연애하는 건 좋지만 결혼은 안 된다'고요. 그분 말씀이 맞았어요. 전 불행에 빠져 있었어요. 그때 리처드가 다가왔죠. 꿈을 꾸는 것 같았어요. 사랑, 리처드, 섬, 달빛. 꿈은 아무도 해치지 않았고, 용기를 줬어요. 그러다 꿈이 현실이 됐지만—전 이제 꿈속의 제가 아니에요. 저는 꿈을 꾸던 사람일 뿐이고—그건 아무 도움도 되지 않아요."

---

*「아가서」 2장 5절.

그녀는 테이블 너머 루엘린의 눈을 바라보았다.

"꿈을 꾸던 저로 되돌아갈 수 있을까요? 그러고 싶어요."

"그게 진정한 당신이 아니라면 그럴 수도 없죠."

"떠날 수도 있는데―그런데 어디로 가야 할까요? 모든 게 사라지고 부서져서 과거로 돌아갈 수도 없어요. 다시 시작해야 하는데 어디서부터 어떻게 시작해야 할지 모르겠어요. 리처드에게 상처 주고 싶지는 않아요. 이미 충분히 상처받았으니까."

"그가 상처를 받았다는 겁니까?"

"네, 전부인에게 상처를 받았어요. 매력적이고 쾌활했지만 도덕적으로 그를 실망시켰죠. 하지만 리처드는 그렇게 생각하지 않아요."

"그렇게 생각하고 싶지 않은 거겠죠."

"그 여자 때문에 리처드는 완전히 실망했고, 몹시 상심했어요. 자책했고, 자신이 그 여자를 망쳤다고 생각했죠. 그래요, 리처드는 그녀를 비난하지 않고 연민을 느낄 뿐이죠."

"지나친 연민이에요."

"그럴 수도 있나요?"

"네, 그건 현실을 똑바로 보지 못하게 만들죠."

루엘린이 덧붙였다. "연민은 모욕입니다."

"대체 어떤 의미에서요?"

"바리새인*의 기도가 이를 그대로 암시하고 있죠. '주여, 제가 그 사람과 다르다는 데 감사합니다.'"

"당신은 다른 사람에게 연민을 느낀 적이 없었나요?"

"있죠. 저도 사람이니까요. 하지만 그런 감정을 두려워합니다."

"그게 어떤 해를 끼칠 수도 있기 때문에요?"

"연민은 어떤 행동을 야기하기도 하죠."

"그게 잘못인가요?"

"대단히 곤란한 결과를 낳을지도 모르죠."

"자신에게요?"

"아니요, 자신이 아니라 연민을 받는 사람에게 그렇죠."

"그러면 누군가에게 연민을 느끼면 어떻게 해야 하죠?"

"그냥 내버려둬야죠―신의 손에 맡기는 겁니다."

"굉장히 무자비하고 비정한 말 같은데요."

"적어도 안이한 연민에 빠지는 것만큼 위험하지는 않습니다."

그녀가 몸을 조금 내밀며 말했다.

"말씀해주세요, 제가 안됐다고 생각하세요?―조금이라도?"

"그렇게 생각하지 않으려고 노력하고 있습니다."

"왜요?"

---

* 기원전 2세기 유대 민족의 한 종파. 형식주의와 위선에 빠져 예수를 공격했다.

"자기연민에 빠지도록 당신을 부추길까봐요."

"제가 자기연민에 빠졌다고 생각하신 것 아니에요?"

"그렇습니까?"

"아니요." 그녀가 천천히 말했다. "사실은 그렇지 않아요. 모든 일이 뒤죽박죽됐고 그건 분명 제 탓이라고 생각해요."

"대부분은 그렇지만 당신의 경우에는 꼭 그렇다고만 할 순 없어요."

"말씀해주세요. 당신은 현명한 분이고, 많은 사람에게 신의 말씀을 전하셨잖아요. 전 어떻게 해야 할까요?"

"당신은 알고 있습니다."

그녀는 루엘린을 바라보다가 불현듯 소리 내어 웃기 시작했다. 쾌활하고 당당한 웃음이었다.

"네, 알죠. 아주 잘 알아요. 맞서 싸워라. 그거죠?"

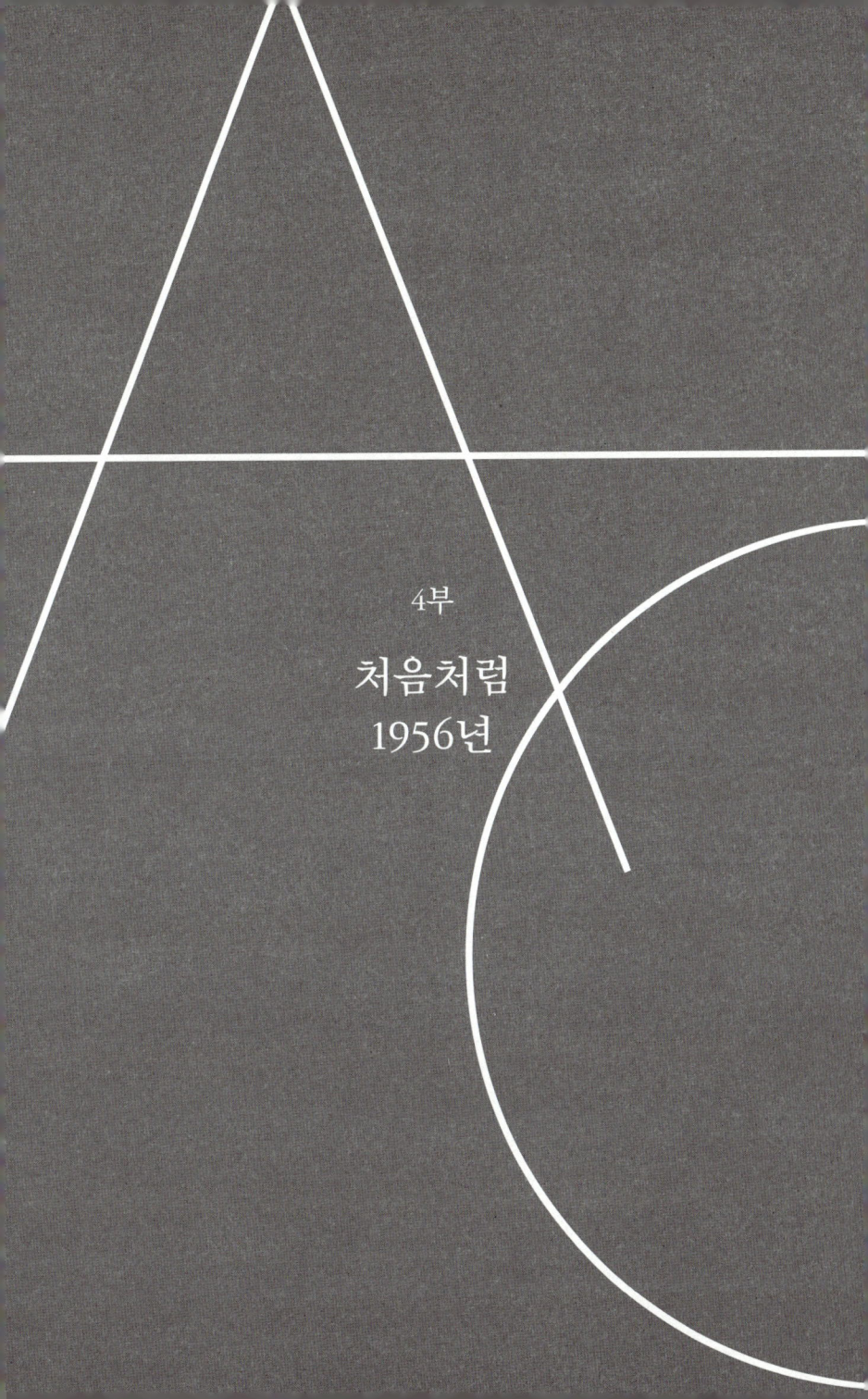

4부

처음처럼
1956년

1

루엘린은 건물을 올려다보다가 안으로 들어갔다.

건물도 주변의 거리도 하나같이 우중충했다. 런던의 이 지역은 전쟁의 흔적과 일반적인 쇠락의 기운이 여전히 남아 있었다. 사람을 울적하게 만드는 풍경이었다. 루엘린도 침울한 기분을 느끼고 있었다. 그는 괴로운 용무를 처리해야 했다. 위축될 정도는 아니었으나 최대한 능력을 발휘해서 일을 마치면 후련해질 것 같았다.

루엘린은 한숨을 쉰 뒤 어깨를 펴고 계단을 올라 회전문 안으로 들어갔다.

건물 안은 부산해 보였지만 질서와 체계가 있었다. 복도에서 서두르면서도 절도 있게 걷는 소리가 났다. 탁한 푸른색 제

복을 입은 젊은 여자가 루엘린 앞에서 멈춰 섰다.

"무슨 일로 오셨습니까?"

"로라 프랭클린 씨를 만나러 왔습니다."

"죄송하지만 그분은 오늘 오전에 시간을 내실 수 없습니다. 비서에게 연락해드리죠."

루엘린은 꼭 만나야 한다고 예의를 갖춰 말했다.

"중요한 용건입니다. 이 편지를 전해주면 아실 겁니다."

젊은 여자는 그를 좁은 대기실로 안내한 뒤 급히 나갔다. 오 분 후 둥근 얼굴에 친절하고 진중해 보이는 여자가 들어왔다.

"로라 프랭클린 씨의 비서, 해리슨이라고 합니다. 죄송하지만 몇 분만 더 기다려주시겠습니까? 로라 프랭클린 씨는 수술 받은 아이가 마취에서 깨기를 기다리고 계시거든요."

루엘린은 고맙다고 인사하고 몇 가지 물어보았다. 해리슨은 갑자기 환한 표정을 지으며 '지적장애아를 위한 월리 재단'에 대해 열심히 설명했다.

"상당히 유서 깊은 재단입니다. 1840년대로 올라가지요. 설립자인 너새니얼 월리 씨는 제분소 주인이었습니다." 해리슨이 술술 말했다. "운이 없었습니다…… 기금은 줄고 투자 이윤도 격감하고…… 비용은 오르고…… 물론 운영진의 무능 탓도 있었죠. 하지만 로라 프랭클린 씨가 인수한 후로……"

그녀의 얼굴이 밝아지고 말은 더 빨라졌다.

그녀의 천국에서 로라 프랭클린은 태양이 분명했다. 로라 프랭클린이 해묵은 문제들을 해결했고, 이런저런 일을 재정비했고, 행정 당국과 싸워 승리했다. 그후로 로라 프랭클린은 원장으로서의 지위를 확립했고, 만사가 최선의 방향으로 풀렸다. 루엘린은 지도자에 대한 그녀의 숭배가 딱하도록 노골적이라고 생각했다. 그는 유능한 로라 프랭클린이 자신의 마음에 들지 의심스러웠다. 마치 여왕벌 같았다. 수많은 벌이 윙윙대며 주변을 맴돌고, 여왕벌은 주어진 권력 위에 서서 점점 비대해지고.

마침내 그는 위층으로 안내돼 복도를 걸어갔다. 해리슨이 어느 방 앞에서 노크하고 옆으로 물러서면서 들어가라고 몸짓했다. 이곳은 성역─로라 프랭클린의 집무실이 분명했다.

그녀는 책상 앞에 앉아 있었고, 수척하고 몹시 피곤해 보였다.

그녀가 일어나서 다가오자, 루엘린은 경이로움과 놀라움에 사로잡혀 그녀를 뚫어지게 바라보았다.

그는 들릴 듯 말 듯한 목소리로 말했다. "당신은……"

당황스러운 듯 그녀의 미간에 살짝 주름이 잡혔고, 루엘린은 섬세하고 뚜렷한 이 눈썹을 잘 알고 있었다. 그 얼굴이었다. 창백하고 섬세한 얼굴, 크고 슬픈 입, 특이한 검은 눈, 관자놀이에서 날개처럼 당당하게 뻗친 머리카락. 비극적인 얼굴이지만 관대해 보이는 입매는 웃을 준비가 되어 있었고, 친절한 마음이 그녀의 엄숙하고 당당한 얼굴을 바꾸어놓을 것 같다고 루엘린은 생각했다.

로라 프랭클린이 상냥하게 말했다. "루엘린 녹스 씨죠? 제부에게 연락받았어요. 정말 감사합니다."

"동생의 사망 소식에 충격이 크셨을 겁니다."

"네, 너무 젊은 나이에 갔으니까요."

잠시 목소리가 떨렸지만, 그녀는 평정을 잃지 않았다. 루엘린은 생각했다. '단련된 사람이야. 자신을 잘 단련하며 살아왔어.'

흰색 옷깃이 달린 검은색 수수한 옷차림의 그녀는 마치 수녀 같은 분위기를 풍겼다.

그녀가 차분하게 말했다.

"차라리 저였으면 좋겠다고 생각했죠—그애가 아니라요. 누구나 그런 생각을 하겠지만요."

"누구나 그렇지는 않습니다. 많이 사랑했거나—현재의 삶이 견디기 힘들 때 그런 생각을 하죠."

검은 눈이 더욱 커졌다. 그녀는 궁금한 눈으로 루엘린을 바라보며 말했다.

"정말 루엘린 녹스 씨인가요?"

"예전엔 그랬죠. 지금은 머리 루엘린이라고 소개합니다. 그편이 끝없이 반복되는 동정을 피하게 해주고, 제게도 상대에게도 난처한 일을 줄여주니까요."

"신문에서 몇 번 사진을 봤지만 다른 데서 마주쳤다면 못 알아봤을 것 같아요."

"맞습니다. 이제는 대부분 못 알아보죠. 뉴스에는 계속해서 다른 얼굴들이 나오고, 전 줄어들었잖습니까."

"줄어들었다니요?"

루엘린은 미소 지었다.

"몸이 아니라 가치가 말입니다."

그가 계속했다.

"아시겠지만, 동생분의 유품 몇 점을 가져왔습니다. 리처드 와일딩은 당신이 갖고 싶어할 거라고 하더군요. 지금 호텔에 있습니다. 함께 식사하면서 드려도 좋고, 이곳으로 보내드릴 수도 있습니다."

"유품을 보면 반가울 거예요. 셜리에 대해 무슨 이야기라도 좋으니 들려주세요. 그 아이를 오랫동안 보지 못했거든요. 삼 년쯤 된 것 같아요. 전 그애가 죽었다는 게 여전히 믿기지 않아요—"

"언니로서 어떤 감정을 느끼실지 이해합니다."

"셜리에 대해 아시는 걸 전부 들려주세요—위로의 말은 빼고요. 당신은 여전히 신을 믿으시겠죠? 전 믿지 않거든요! 무례한 말이겠지만, 제 기분을 이해해주실 거라 생각해요. 신이 있다면, 잔인하고 부당한 신일 거예요."

"신이 당신의 동생을 죽게 내버려뒀기 때문인가요?"

"더 얘기해봐야 무슨 소용이겠어요. 제발 부탁인데, 종교 이야기는 하지 말아주세요. 셜리 이야기를 해주세요. 전 지금도 사고가 어떻게 일어났는지 몰라요."

"그녀는 길을 건너다가 대형 트럭에 치였습니다. 즉사했죠. 고통은 없었을 겁니다."

"리처드도 편지에 그렇게 썼더군요. 하지만 절 생각해서— 위로하려고 그랬을 거예요. 그는 원래 그런 사람이죠."

"맞습니다, 그는 그런 사람이죠. 하지만 전 아닙니다. 그녀는 즉사했고, 고통은 없었습니다."

"어쩌다 사고가 일어났죠?"

"늦은 밤이었습니다. 그녀는 항구가 내다보이는 카페의 노천 테이블에 앉아 있었습니다. 그리고 거기서 나와 길을 건너다가 모퉁이에서 달려나온 트럭에 치였습니다."

"혼자 있었나요?"

"혼자였습니다."

"리처드는 어디 있었죠? 왜 함께 있지 않았죠? 그게 너무 이상해요. 리처드가 셜리를 밤에 혼자 카페에 가게 두지 않았을 것 같거든요."

"그의 잘못이 아닙니다. 그는 아내를 무척 아꼈습니다. 아내를 위해 모든 면에서 신경쓰고 있었죠. 그리고 그날 그는 아내가 외출한 사실을 몰랐습니다."

로라의 표정이 부드러워졌다.

"그렇군요. 제가 억지스러운 말을 했군요."

그녀는 양손을 모았다.

"너무 잔인하고 불공평하고 헛되다는 생각이 들어요. 그렇게 잘 헤쳐나왔는데. 고작 삼 년밖에 행복을 누리지 못했다는 것이요."

루엘린은 그저 말없이 앉아 로라를 바라보았다.

"이런 질문을 하더라도 용서하십시오. 당신은 동생을 많이 사랑했습니까?"

"누구보다 사랑했죠."

"그런데 삼 년 동안 왜 한 번도 만나러 가지 않았죠? 동생 부부가 여러 번 초대했는데 가지 않으셨더군요."

"일을 놓고 가기가, 대신 해줄 사람을 찾기가 어려웠어요."

"그랬을 수도 있겠죠. 하지만 마음먹었다면 처리할 수 있었을 겁니다. 왜 가고 싶지 않았던 겁니까?"

"가고 싶었어요. 가고 싶었다고요!"

"하지만 가지 않은 이유가 있었죠?"

"말했잖아요. 일 때문에 —"

"일을 그렇게 사랑합니까?"

"일을 사랑하느냐고요? 아니요." 그녀는 당황한 눈치였다. "하지만 가치 있는 일이죠. 제가 해야 하는 일이고요. 아이들에게는 도움이 필요한 상황이었어요. 전 제가 하는 일이 가치 있다고 생각해요, 그렇고말고요."

그녀가 열을 올리며 말하자 루엘린은 미심쩍었다.

"물론 가치 있는 일이죠. 그걸 의심하진 않습니다."

"여긴 끔찍한 상태였어요, 상상할 수 없을 정도로 엉망진창이었다고요. 전 재단을 살리기 위해 열심히 노력했어요."

"당신은 훌륭한 지도자입니다. 그건 저도 압니다. 인품을 갖춘, 사람들을 이끌 줄 아는 사람이죠. 그래요, 당신이 여기서 꼭 필요하고 유용한 업무를 수행했다고 굳게 믿습니다. 일은 재미있습니까?"

"재미있냐고요?"

그녀는 어리둥절한 눈으로 루엘린을 바라보았다.

"제가 외국어를 한 게 아닐 텐데요? 아이들을 사랑한다면 일이 재미있을 수도 있지 않겠습니까?"

"누구를 사랑한다고요?"

"이곳의 아이들요."

그녀는 천천히 서글프게 말했다.

"아니요, 그렇지는 않아요—사실이 그래요—당신이 의미하는 방식으로는 아닐 거예요. 저도 그러고 싶어요. 그렇게 되면—"

"그렇게 되면 일이 재미있겠지, 의무가 아니라! 그런 생각을 했죠? 아닙니까? 그런데 당신이 가진 건 의무감이었습니다."

"무슨 근거로 그렇게 생각하죠?"

"당신 얼굴에 그렇다고 쓰여 있으니까요. 왜 그랬습니까?"

루엘린은 벌떡 일어나서 불안한 듯이 서성거렸다.

"대체 당신은 평생 어떻게 살았습니까? 참으로 이상하고 이해가 안 되는군요, 당신을 이렇게나 잘 알 것 같으면서도 전혀 모르겠으니 말입니다. 그게—마음이 아픕니다. 무슨 말부터 시작해야 할지 모르겠군요."

그녀는 비통해하는 그를 빤히 바라볼 수밖에 없었다.

"당신 눈에는 제가 미친 사람 같을 겁니다. 당신은 이해 못해요. 어떻게 이해하겠습니까. 하지만 전 당신을 만나기 위해 이 나라에 온 겁니다."

"셜리의 유품을 가져다주시려고요?"

루엘린은 다급히 손을 저었다.

"그래요, 그래요, 저도 그렇게 생각하고 있었습니다. 리처드가 차마 하기 힘들었던 일을 대신 해주기 위해서라고 말입니다. 몰랐습니다, 저도 몰랐어요—전혀 몰랐어요—그게 당신 일 줄은."

루엘린이 그녀를 향해 책상 위로 몸을 숙였다.

"들어봐요, 로라. 언젠가는 당신도 알아야 합니다—지금 아는 게 나을 수도 있겠군요. 오래전, 전도자가 되기 전 저는 세 가지 환영을 봤습니다. 지금 당신을 보고 있는 것처럼 세 가지 장면을 똑똑히 봤습니다. 책상 앞에 앉은 하관이 넓은 사내, 하늘로 치솟은 창밖의 소나무, 둥글고 불그레한 얼굴에 올빼미 같은 인상을 주는 남자. 그뒤 저는 그 남자들을 만나 환영과 똑같은 장면을 경험했습니다. 커다란 책상 앞에 앉은 남자는 우리의 종교운동을 후원한 부호였습니다. 그후 저는 요양원의 침대에 누워 하늘로 치솟은 눈 덮인 소나무를 봤습니다. 둥글고 불그레한 얼굴의 의사가 제 침대 옆에서, 전도자로서의 제 삶과 사명은 끝났다고 알려줬습니다.

세번째 환영은 당신이었어요. 그래요, 로라, 당신이었습니다. 지금 제 눈앞에 있는 당신을 똑똑히 봤습니다. 지금의 당신보다 어리지만, 슬픈 눈과 비극적인 얼굴을 봤습니다. 뚜렷한 배경을 본 건 아니지만, 비현실적인 베일처럼 아주 어렴풋하게 교회의 윤곽이 보였고, 타오르는 불꽃이 보였습니다."

"불꽃이라고요?"

로라는 깜짝 놀랐다.

"그래요. 혹시 화염에 갇힌 적이 있었습니까?"

"네, 어릴 때 그런 일이 있었어요. 하지만 교회라면—어떤 교회였죠? 가톨릭교회인가요? 파란 망토를 걸친 마리아상이 있는?"

"자세하게 볼 수는 없었습니다. 색깔도—빛도 보이지 않았어요. 차가운 회색빛, 그리고—그래요, 세례반. 당신은 그 옆에 서 있었어요."

그는 로라의 얼굴이 하얗게 질리는 것을 보았다. 그녀는 두 손을 천천히 관자놀이 쪽으로 가져갔다.

"뭔가 의미가 있군요. 어떤 의미죠?"

"셜리 마거릿 이블린, 성부와 성자와 성령의 이름으로……" 그녀의 목소리가 잦아들었다.

"셜리의 세례식이에요. 전 셜리의 대모였어요. 셜리를 안고 서 있었고, 아이를 돌바닥에 떨어뜨리고 싶었어요! 그애가 죽길 바랐죠! 그때 마음은요. 셜리가 죽으면 좋겠다고 생각했어요. 그런데 이제—이제—셜리는 죽었어요."

로라는 갑자기 두 손으로 얼굴을 감쌌다.

"로라, 알겠어요—그래요, 알겠습니다. 그런데 불꽃은 뭐였죠? 그것도 무슨 의미가 있습니까?"

"전 기도했어요. 그래요, 기도를 했어요. 그리고 기도가 이루어지길 바라며 촛불을 켰어요. 그런데 뭘 기도했는지 아세요? 셜리를 하늘로 데려가달라고 빌었어요. 그런데 이제—"

"그만해요, 로라. 이제 그런 말은 그만해요. 화재는—무슨 일이 있었던 겁니까?"

"그날 밤이었어요. 잠에서 깼어요. 연기가 나고 있었어요. 집에 불이 났던 거예요. 전 응답을 받았다고 생각했어요. 그때 아기 울음소리가 희미하게 들려왔고, 그 순간 모든 게 달라졌어요. 제가 원했던 건 그저 아기를 안전하게 데리고 나가는 것뿐이었어요. 전 그렇게 했어요. 셜리는 털끝 하나 다치지 않았어요. 전 셜리를 잔디밭으로 데려갔어요. 그때 모든 감정이 사라졌다는 걸 알았어요—질투심, 첫째가 되고 싶은 욕심—그런 게 모두 사라졌고, 전 셜리에게 사랑을 느끼게 됐어요. 아주 깊이. 그날부터 지금까지 계속."

"맙소사—아! 이런."

그는 또다시 로라를 향해 책상 위로 몸을 숙이고 황망하게 말했다.

"이제 알 겁니다, 아닌가요? 제가 여기 온 건—"

문이 열리자 루엘린은 말을 멈췄고, 해리슨이 숨을 헐떡이며 들어왔다.

"브래그 전문의가 오셨습니다. A동에 계시는데 원장님을 뵙자고 하세요."

로라가 일어나며 말했다. "곧 갈게요."

해리슨이 나갔고 로라가 서두르며 말했다.

"죄송해요. 이제 가봐야겠어요. 셜리의 유품은 여기로 보내주시면……"

"제가 묵는 호텔에서 함께 식사하는 게 어떻습니까? 채링 크로스역 근처에 있는 윈저호텔입니다. 오늘 저녁에—"

"오늘은 어렵겠는데요."

"그럼 내일은요?"

"밤에는 나가기가—"

"밤에는 일하지 않을 텐데요. 알고 있습니다."

"다른 약속이 있어요……"

"그런 게 아닐 겁니다. 당신은 두려워하고 있어요."

"맞아요, 전 두려워요."

"제가요?"

"네, 아마도요."

"왜요? 제가 미친 사람 같아서요?"

"아니요, 당신은 미치지 않았어요. 그건 아니에요."

"하지만 당신은 절 두려워하고 있습니다. 왜죠?"

"절 내버려두면 좋겠어요. 제 삶의 방식을—방해받고 싶지 않아요. 아! 제가 무슨 말을 하는 건지 모르겠네요. 이제 가봐야겠어요."

"하지만 당신은 저와 함께 식사할 겁니다. 언제가 좋겠습니까? 내일? 모레? 전 당신이 승낙할 때까지 여기 런던에서 기다릴 겁니다."

"그럼 오늘이요."

"얼른 끝내버리죠!" 루엘린은 웃었고, 놀랍게도 로라 역시 무심결에 웃음이 터졌다. 그러다가 다시 엄숙한 얼굴을 되찾고 급히 문으로 향했다. 루엘린은 옆으로 비켜서서 문을 열어 주었다.

"윈저호텔에서 여덟시. 기다리겠습니다."

1

로라는 작은 아파트의 침실 거울 앞에 앉아 얼굴을 찬찬히 들여다보았다. 입가에 묘한 미소가 떠올랐다. 오른손에 립스틱을 들고 금색 뚜껑에 새겨진 글씨를 읽었다. 치명적인 사과fatal apple.

왜 갑자기 고급스러운 향기가 나는 화장품 가게에 들어가고 싶은 알 수 없는 충동을 느꼈는지 다시 궁금해졌다. 매일 그 앞을 지나다녀도 그런 적이 없었는데.

점원이 립스틱 몇 개를 꺼내 자신의 마른 손등에 발라 보여 주었다. 그녀의 손가락은 이국적으로 길쭉했고, 손톱은 짙은 암적색이었다.

핑크, 서리스, 스칼릿, 머룬, 시클라멘을 발라봤고, 어떤 건 이름만 다를 뿐 구분되지 않을 정도로 색이 비슷했다. 로라는 그 이름들이 무척 환상적이라고 생각했다.

핑크 라이트닝, 버터드 럼, 미스티 코럴, 콰이어트 핑크, 페이틀 애플.

로라의 마음을 끄는 건 색이 아니라 이름이었다.

치명적인 사과…… 이 이름은 이브, 유혹, 여성성을 상징했다.

로라는 거울 앞에 앉아 정성껏 립스틱을 발랐다.

볼디! 로라는 그를 떠올렸다. 오래전에 그가 정원에서 잡풀을 뽑으면서 로라에게 잔소리했다. 뭐라고 했지? "여자라는 걸 명심하고, 여자답게 행동하면서 짝을 찾아……"

로라는 생각했다. '그래, 그거야. 오늘밤 한 번뿐이야. 딱 한 번, 나도 다른 여자들 같은 여자가 돼보는 거야. 남자의 마음을 끌기 위해 꾸미고 화장하는 여자. 전에는 그런 걸 원해본 적이 없었어. 난 그런 여자가 아니라고 생각했지. 하지만 결국 나도 그런 여자였어. 몰랐을 뿐이지.'

아무튼 볼디는 그런 말을 했었다. 지금 그녀의 행동이 바로 그런 걸까?

로라는 그가 바로 뒤에서 쳐다보는 것 같았다. 거봐, 하며 커다란 머리를 끄덕이며 걸걸한 목소리로 말할 것 같았다.

'그 말이 맞다, 꼬마 로라. 배움에는 나이가 없는 법이지.'

그리운 볼디……

그녀 삶의 모든 순간에 볼디가 함께 있었다. 그는 믿을 수 있는 진정한 친구였다.

로라의 기억은 이 년 전 그의 임종 때로 돌아갔다. 누군가 부르러 왔고, 로라가 그의 집에 도착하자 의사는 그의 의식이 희미해서 아마 그녀를 알아보지 못할 거라고 말했다. 그는 위독했고 의식이 거의 없었다.

로라는 침대 옆에 앉아서 마디 굵은 그의 손을 잡고 지켜보았다.

그는 꼼짝도 하지 않았고, 이따금 속에서 분노가 끓어오르는 것처럼 신음하고 씩씩거렸다. 그러다가 발작적으로 무슨 말인가가 터져나왔다.

한번은 눈을 뜨고 로라를 쳐다봤지만 알아보지는 못하고 이렇게만 말했다. "그애는 어디 있지? 불러와. 안 돼? 아이가 보면 안 좋다는 허튼소리는 꺼내지도 마. 다 경험이야…… 아이들도 나름대로 죽음을 받아들여, 어른보다 더 잘."

로라가 말했다.

"저 왔어요, 볼디. 여기 있어요."

하지만 그는 눈을 감고 씩씩거릴 뿐이었다.

"내가 정말 죽는다고? 그럴 리가 있나. 의사들은 다 똑같은 놈들이야. 암울한 악마들. 내가 깜짝 놀라게 해주지."

그러다가 다시 반의식 상태에 빠졌고, 이따금 중얼거리는 말로 지금 그의 기억이 과거 어디쯤을 헤매고 있는지 알 수 있었다.

"얼간이 같으니라고—역사 감각이라고는 눈곱만큼도 없어……" 그러더니 갑자기 껄껄 웃었다! "늙다리 커티스가 쓰는 골분 비료라니. 내 장미가 그놈 장미보다 항상 낫지."

그리고 그녀의 이름이 나왔다.

"로라—왜 저애에게 개를 기르게 하지 않지……"

그 말에 로라는 어리둥절했다. 개? 왜 개일까?

이제 그는 가정부에게 말하고 있었다.

"—단것들은 몽땅 가져가—아이들은 좋아할지 몰라도 난 보기만 해도 구역질나……"

볼디와 함께했던 화려한 다과의 향연. 로라의 어린 시절에 큰 행사였다. 로라를 위해 그는 그런 일까지 해줬다. 에클레어, 머랭, 마카롱…… 그녀의 눈에 눈물이 맺혔다.

그러다가 갑자기 그가 눈을 떴고, 로라를 알아본 듯이 말을 걸었다. 담담한 말투였다.

"그럴 것까진 없었다, 로라." 그가 나무라듯 말했다. "그럴 것까진 없었다고. 알겠니? 널 힘들게만 했잖니."

그러더니 그는 그게 가장 자연스럽다는 듯이 베개에서 살짝 고개를 돌리고 숨을 거뒀다.

그녀의 친구……

하나뿐인 친구.

로라는 다시 한번 거울에 비친 자기 얼굴을 바라보았다. 순간 깜짝 놀랐다. 진홍색 립스틱이 굴곡진 입술의 윤곽을 드러내서일까? 도톰한 입술에서 금욕적인 느낌을 찾아볼 수 없었다. 자기 모습을 찬찬히 살펴보는 지금 그녀에게는 금욕적인 분위기라곤 없었다.

로라는 자신이 아닌 듯한 거울 속 여자를 향해 소리 내어 반발했다.

"왜 아름답게 보이려고 노력하면 안 되는데? 오늘 한 번뿐이잖아? 오늘밤뿐이잖아? 너무 늦긴 했지만 그게 어떤 느낌인지 나는 알면 안 돼? 하다못해 추억이라도 만들려는 거야……"

2

루엘린이 보자마자 말했다. "무슨 일이 있었습니까?"

로라는 차분하게 그의 눈을 마주보았다. 갑자기 수줍음이 밀려왔지만 숨겼다. 그녀는 침착을 되찾고 루엘린을 물끄러미 살펴보았다.

로라는 눈앞에 있는 그의 모습이 마음에 들었다. 그는 젊지 않았다. 실제보다 나이들어 보였다(그녀는 기사를 보고 그의 나이를 알았다). 하지만 소년 같은 순진함이 있었고, 그것이 이상하고 묘하게도 사랑스러웠다. 서툰 열정, 기묘함, 희망에 찬 언사. 마치 그에게는 세상과 그 안의 모든 것이 신선하고 새로운 것 같았다.

"아무 일 없었는데요." 로라는 그에게 코트를 건네며 대답했다.

"아닌 것 같은데요? 오늘 아침과 전혀 달라 보입니다!"

로라가 무뚝뚝하게 말했다. "화장을 하고 립스틱을 발랐을 뿐이에요!"

루엘린은 그녀의 말을 그대로 받아들였다.

"아, 그렇군요. 그래요, 전 당신 입술이 다른 사람에 비해 창백하다고 생각했어요. 마치 수녀님 같아 보였거든요."

"네—그랬을 거예요."

"정말 아름다워요. 지금 당신은 아름다워요, 로라. 이런 말을 한다고 화를 내진 않겠죠?"

그녀는 고개를 저었다. "화내긴요."

'좀더 말해줘요.' 그녀의 자아가 외치고 있었다. '또, 또, 그 말을 들려줘요. 그 말을 듣는 것도 오늘이 마지막이니까.'

"식사는 여기로 가져다달라고 했어요. 여기서 식사해요. 전 당신이 그편을 좋아할 거라고 생각했어요—괜찮겠습니까?"

루엘린은 그녀를 초조하게 바라보았다.

"완벽하군요."

"식사도 완벽해야 할 텐데요. 좀 걱정입니다. 전 음식에 대해 별 관심 없이 살아왔지만, 음식이 당신 입맛에 잘 맞으면 좋겠습니다."

로라는 미소 지으며 테이블 앞에 앉았다. 루엘린은 웨이터를 부르는 종을 울렸다.

그녀는 마치 꿈속에 있는 것 같았다.

눈앞의 그는 오늘 아침 그녀를 만나기 위해 재단을 찾아왔던 그 사람이 아니었다. 전혀 다른 남자였다. 더 젊은 남자. 순진하고 열정적이고, 자기 확신 없이 상대의 기분을 맞추려고 애쓰고 있었다. 로라는 문득 생각했다. '이십대 때 그는 이런 모습이었을 거야. 놓쳐버린 모습…… 그는 그것을 찾기 위해 과거로 돌아갔어.'

순간 슬픔과 절망이 밀려왔다. 이것은 현실이 아니었다. 이것은 그들이 함께 연기하는 '그랬을지도 모르는' 상황이었다. 젊은 루엘린과 젊은 로라. 터무니없고 한심하고 비현실적인 한때. 하지만 묘한 감미로움이 있었다.

그들은 식사를 했다. 평범한 식사였지만 아무도 그것을 깨닫지 못했다. 그들은 상상의 나라를 탐험하고 있었다. 대화를 나누며 웃었으나, 무슨 얘기를 하고 있는지 알지 못했다.

웨이터가 테이블에 커피를 놓고 마침내 물러가자 로라가 말했다.

"당신은 저에 대해 잘 알고 있는 것 같은데 전 당신에 대해 아무것도 몰라요. 이야기해주시겠어요?"

루엘린은 어린 시절과 부모님, 성장 과정에 대해 자세하게 이야기했다.

"두 분은 아직 살아 계신가요?"

"아버지는 십 년 전에, 어머니는 작년에 돌아가셨어요."

"부모님—어머니는—당신을 무척 자랑스러워하셨겠죠?"

"아버지는 제 전도 방식을 못마땅해하셨습니다. 감정에 호소하는 종교를 혐오하셨지만 제게 다른 길이 없다는 것을 받아들이셨던 것 같습니다. 어머니는 그보다는 잘 이해하셨죠. 그리고 제 이름이 세상에 알려지게 된 것을 자랑스러워하셨어요—어머니들은 다 그렇잖습니까—하지만 슬퍼하셨죠."

"슬퍼하셨다고요?"

"제가 놓친 것들—인간적인 것들—때문이겠죠. 평범하지 않은 삶이 저를 다른 사람들과 갈라놓았고 당연히 어머니와도 멀어지게 했으니까요."

"네, 알 것 같아요."

그녀는 그것에 대해 생각했다. 루엘린은 계속해서 자신의 인생에 대해, 로라에게는 막연하게만 들리는 이야기를 해주었다. 전부 그녀가 경험해보지 못한 일이었고, 한편으로는 반감이 들었다. 로라가 말했다.

"너무 상업적이군요."

"그 조직이요? 네, 그렇습니다."

로라가 말했다. "제가 좀더 잘 이해할 수 있다면 좋겠어요. 알고 싶어요. 당신은 그 일이 정말 중요하고 가치 있다고 느끼시나요? 그때도 그렇게 느끼셨어요?"

"신에게 말입니까?"

그녀는 깜짝 놀랐다.

"아뇨, 아니죠. 그런 뜻이 아니에요. 제 말은—당신에게 가치 있는 일이냐는 뜻이에요."

그는 한숨을 내쉬었다.

"설명하기가 무척 어렵군요. 리처드 와일딩에게 설명해보려고 했었죠. 가치 있는 일인가 하는 생각은 해본 적이 없습니다. 제가 해야 하는 일이었을 뿐입니다."

"황량한 사막에서 연설했더라도 마찬가지였을 거라는 이야기인가요?"

"제가 생각하는 의미로는 그렇습니다. 물론 그런 상황이었다면 그렇게 잘하지 못했겠죠." 그는 미소 지었다. "텅 빈 극장에서 배우가 연기를 잘할 수 없듯이 말이죠. 작가에게는 독자가 필요합니다. 화가에게는 감상자가 필요하고요."

"그 말은 마치 결과는 당신의 관심사가 아니었다는 것처럼 들리는데요. 전 그 점을 이해할 수가 없어요"

"어떤 결과가 나올지 알 수 없었으니까요."

"하지만 수치, 통계자료, 개종자 수…… 그런 건 기록으로 명확히 나타나지 않나요?"

"네, 그렇죠, 압니다. 하지만 그것 역시 조직, 인간이 하는 계산에 불과하죠. 신이 어떤 결과를 원하셨는지, 실제로 뭘 얻으셨는지 전 모릅니다. 하지만 로라, 만약 제 집회에 왔던 수백만 명 중에서 신이 하나의―오직 하나의―영혼을 원하셔서 그 영혼에 닿기 위한 수단으로 절 선택하셨다면, 전 그걸로 충분합니다."

"한 알의 호두를 깨려고 증기 해머를 휘두르는 일 같군요."

"인간의 기준으로는 그럴 수도 있고 그렇지 않을 수도 있지 않나요? 그게 바로 어려운 점이에요. 우리는 인간의 가치 기준을―혹은 정의와 불의의 기준을―신에게 맞춰 정하죠. 신이 인간에게 진정 무엇을 바라시는지 우리는 몰라요. 인간이 인간으로서 나름대로 최고가 되는 것, 자신에게 있는 줄도 몰랐던 자질을 발현하는 존재가 되기를 바라시는 것 같다고밖에 말할 수 없을 것 같군요."

로라가 물었다.

"그러면 당신은 어떤가요? 신은 지금 당신에게 뭘 바라고 계실까요?"

"아—그냥 평범한 남자가 되기를 바라시는 것 같습니다. 돈을 벌고 여자를 만나 결혼하고 가정을 이뤄 이웃을 사랑하며 사는 것."

"당신은 그것으로 만족할 것 같은가요?"

"만족이요? 그 이상 제가 무엇을 바라겠습니까? 한 남자가 그 이상 뭘 더 바라겠습니까? 전 장애인이나 마찬가지인 사람입니다. 십오 년 동안 인간다운 삶을 놓치고 살았어요. 로라, 그래서 당신이 절 도와줘야 합니다."

"제가요?"

"제겐 당신이 필요합니다. 그리고 그건 이미 당신도 알 겁니다. 안 그렇습니까? 제가 당신을 원한다는 것을 당신은 알아요. 틀림없이 알고 있습니다."

로라는 창백한 얼굴로 그를 바라보았다. 그들의 비현실적인 축제 같은 식사는 끝났다. 이제 두 사람은 원래의 그들로 돌아와 있었다. 그들이 스스로 만들었던 그 자리로 돌아왔다.

로라가 천천히 말했다. "그건 불가능해요."

루엘린은 개의치 않았다. "불가능하다고요? 왜죠?"

"전 당신과 결혼할 수 없어요."

"생각할 시간을 주겠습니다."

"시간을 갖는대도 달라지지 않을 거예요."

"결코 절 사랑하지 못할 것 같은가요? 이런 말을 하는 절 용서해요, 로라. 하지만 전 그렇지 않다고 생각합니다. 당신도 이미 제게 사랑을 느끼고 있어요."

로라의 마음속에 불길처럼 감정이 타올랐다.

"그래요, 전 당신을 사랑할 수 있어요. 당신을 좋아해요……"

루엘린은 아주 부드럽게 말했다. "고마워요, 로라……"

그녀는 그를 밀어낼 것처럼 한 손을 뻗었다.

"하지만 전 당신과 결혼할 수 없어요. 누구와도 할 수 없어요."

루엘린은 그녀를 물끄러미 바라보았다.

"당신 머릿속에 무슨 생각이 있는 거죠? 뭔가가 있어요."

"네, 뭔가 있죠."

"가치 있는 일에 헌신한다고 맹세했기 때문인가요? 독신으로 살겠다고 신에게 맹세라도 했습니까?"

"아니, 아니에요. 아니라고요!"

"미안해요. 바보 같은 말을 했습니다. 말해줘요, 로라."

"그래요. 당신에게 말할게요. 이건 누구에게도 말하지 않겠다고 생각했던 일이에요."

"그랬겠죠. 하지만 제게는 분명히 말해야 합니다."

로라가 일어나서 벽난로로 다가갔다. 그녀는 루엘린을 쳐다보지 않고 조용하고 담담하게 이야기하기 시작했다.

"셜리의 첫 남편은 제 집에서 죽었어요."

"알아요. 당신 동생에게 들었습니다."

"그날 저녁에 셜리는 외출했어요. 집에는 헨리와 저만 있었죠. 헨리는 매일 밤 수면제를 복용했는데, 위험한 약이었어요. 셜리가 그날 외출하면서 헨리에게 약을 줬다고 저를 향해 소리쳤어요. 하지만 그때 전 이미 집안에 들어가 있었어요. 열시쯤 헨리에게 필요한 게 있는지 물었더니 약을 먹지 않았다고 하더군요. 그래서 헨리에게 약을 가져다줬어요. 이미 먹은 줄도 모르고요. 어떤 특정한 약이 사람의 정신을 혼미하고 몽롱하게 만들듯이 헨리는 그 약 때문에 의식이 멀어졌어요. 평소보다 배로 복용한 약이 그를 죽게 만든 거예요."

"책임을 느끼는 겁니까?"

"제 책임이에요."

"정황은 그렇죠."

"그 이상이에요. 사실 전 헨리가 약을 이미 먹었다는 걸 알았어요. 셜리가 외치는 소리를 들었으니까요."

"과용하면 위험하다는 걸 알았단 말입니까?"

"알고 있었죠."

로라는 신중하게 덧붙였다. "그렇게 되길 바랐어요."

"그랬군요." 루엘린의 태도는 차분하고 담담했다. "헨리는 나을 가망이 없는 환자였어요, 그렇잖아요? 분명 평생 장애인으로 살았을 거라고요."

"안락사가 아니었어요, 혹시 그런 뜻으로 말씀하신 거라면."

"그래서 어떻게 됐죠?"

"전 모든 것이 제 책임이라고 했어요. 하지만 비난받지 않았어요. 자살일 수도 있다는 의문이 제기됐죠. 헨리가 약을 더 얻으려고 일부러 거짓말했을지도 모른다고요. 약은 그의 손이 닿지 않는 곳에 있었거든요. 혹시 그가 우울과 분노를 다스리지 못할 경우에 대비해서."

"당신은 그 의문에 대해 뭐라고 대답했나요?"

"그렇게 생각하지 않는다고 했어요. 헨리는 자살할 사람이 아니었어요. 그는 그 상태로 오래오래 살았을 거예요—아주 오래. 셜리는 이기적이고 괴팍한 헨리를 견디면서 그를 보살피느라 자기 인생을 바쳤을 거예요. 전 셜리가 행복하길 바랐어요, 자기 삶을 살길 바랐어요. 셜리는 헨리가 아프기 얼마 전에 리처드 와일딩을 만났고, 둘은 서로 사랑하고 있었어요."

"네, 그것도 직접 들었습니다."

"평범한 상황이었다면 셜리는 헨리와 헤어졌을 거예요. 하지만 병들고 불구가 된 헨리가 셜리에게 매달렸죠. 셜리는 그런 헨리를 버릴 수 없었어요. 이제 더이상 사랑하지 않는다 해도 절대 남편을 버리지 않았을 거예요. 셜리는 성실한 아이예요, 제가 아는 누구보다 성실했죠. 아아, 모르시겠어요? 전 셜리의 인생이 완전히 허비되고 망가지는 걸 보고만 있을 수가 없었어요. 제가 어떤 벌을 받게 되더라도 상관없다고 생각했어요."

"하지만 당신은 아무런 벌도 받지 않았죠."

"맞아요. 때로는 제가 차라리 벌을 받았다면 얼마나 좋았을까 하고 생각해요."

"네, 이해합니다. 하지만 사실 누가 당신을 어떻게 할 수 있었겠습니까? 그것이 실수였다 해도, 당신이 자비로운 충동, 아니 자비롭지 않은 충동으로 그랬다고 의사가 의심한다 해도, 당신은 의사가 그것을 증명할 수 없다는 걸 알았을 겁니다. 의사는 사건화하는 걸 원치 않았겠죠. 만약 셜리에게 의혹이 있었다면 그건 다른 문제가 됐겠지만 말입니다."

"그런 의혹은 전혀 없었어요. 헨리가 약을 먹지 않았다며 가져다달라는 것을 하녀가 들었으니까요."

"그랬군요. 그래서 당신에게는 아무 일이 없었던 거군요—아주 쉽게." 루엘린은 그녀를 올려다보았다. "그래서 지금은 그 일에 대해 어떻게 생각하죠?"

"전 셜리를 자유롭게 해주고 싶었어요—"

"여기서 셜리 얘기는 하지 맙시다. 이건 당신과 헨리의 일이니까요. 당신은 헨리에 대해 어떻게 생각합니까? 그게 최선이었다고 생각해요?"

"아뇨."

"그렇다면 다행이군요."

"헨리는 죽고 싶어하지 않았어요. 제가 죽인 거예요."

"후회합니까?"

"그 말이 —만약 똑같은 상황이 주어지면 다시 그럴 거냐는 뜻이라면—아마 그럴 거예요."

"양심의 가책도 없이?"

"양심의 가책? 그래요, 가책을 느끼죠. 그게 나쁜 짓이라는 걸 알아요. 그날부터 전 죄책감을 안고 살았죠. 잊을 수가 없었어요."

"그래서 '지적장애아를 위한 재단'에서 일하게 된 겁니까? 선행을 하는 거예요? 의무, 준엄한 의무로요? 그것이 보상의 수단이었군요."

"제가 할 수 있는 유일한 것이었으니까요."

"도움이 됐나요?"

"무슨 뜻이죠? 그건 가치 있는 일이에요."

"그 일이 다른 사람들에게 도움이 됐느냐고 묻는 게 아닙니다. 당신에게 도움이 됐습니까?"

"모르겠어요……"

"당신이 원하는 건 벌 아닙니까?"

"전 보상하고 싶어요, 그런 것 같아요."

"누구에게요? 헨리에게 말입니까? 헨리는 죽었어요. 그리고 헨리는 아마 그런 아이들에게 눈곱만큼도 관심 없었을 겁니다. 사실을 직시해요, 로라. 당신은 보상할 수 없습니다."

로라는 충격을 받은 듯 한동안 꼼짝도 않고 서 있었다. 그러다가 고개를 홱 젖혔다. 뺨은 상기돼 있었다. 그녀는 도전하는 눈빛으로 루엘린을 바라보았고, 그의 심장은 갑자기 두근거렸다.

"맞아요," 로라가 말했다. "전 사실로부터 도망치며 살았어요. 당신은 그럴 수 없다고 제게 가르쳐주고 있고요. 신을 믿지 않는다고 말했지만 사실은 믿어요. 제가 저지른 행동이 나쁘다는 걸 알아요. 진심으로 뉘우치지 않으면 벌을 받을 거라고 마음 깊이 믿고 있죠—하지만 전 후회하지 않았어요. 두 눈을 똑바로 뜨고 그 일을 했어요. 셜리에게 기회를 주고 싶었고, 행복하게 해주고 싶었어요. 셜리는 행복해졌어요. 그래요, 그 행복이 오래가지는 않았지만—겨우 삼 년이었죠. 하지만 그 삼 년 동안 그 아이가 행복하고 만족스럽게 살았다면, 요절했다 해도 그럴 만한 가치가 있었다고 생각해요."

루엘린은 그녀를 바라보며 자기 인생 최대의 유혹을 느꼈다. 입을 다물고 싶은 유혹, 로라에게 진실을 말하고 싶지 않다는 유혹에 휩싸였다. 로라가 계속 그런 환상을 품고 살게 놔두고 싶었다. 그것이 그녀가 가진 전부니까. 루엘린은 이 여자를 사랑하고 있었다. 사랑하는 여자의 용감한 영혼을 어떻게 흙속에 처박을 수 있을까? 로라는 몰라야 했다.

그는 창가로 걸어가 커튼을 젖히고, 불 밝힌 거리를 멍하니 내다보았다.

잠시 후 그는 몸을 돌리고 갈라진 목소리로 말했다.

"로라, 셜리가 어떻게 죽었는지 압니까?"

"트럭에 치여서—"

"그래요. 하지만 그녀가 어쩌다가 트럭에 치이게 됐는지— 그건 모를 겁니다. 그녀는 취해 있었어요."

"취해 있었다고요?" 로라는 그 말을 알아듣지 못한 것처럼 되물었다. "그날—파티가 있었나요?"

"아닙니다. 셜리는 몰래 집에서 나와 타운에 갔어요. 자주는 아니지만 가끔 그렇게 나가 카페에서 술을 마셨어요. 대개는 집에서 정신을 잃을 때까지 술 대신 라벤더 워터 같은 오드콜 로뉴를 마신 것 같아요. 하인들은 알았지만 와일딩은 몰랐습니다."

"셜리가 그랬다고요? 하지만 그애는 한 번도 그런 적이 없었어요! 술을 마셨다니! 왜요?"

"사는 게 힘들었기 때문입니다. 도망치고 싶었던 거예요."

"믿을 수 없어요."

"사실입니다. 제가 직접 들었어요. 헨리가 죽자, 셜리는 길을 잃어버린 사람이 돼버렸어요. 길을 잃고 방황하는 아이가 됐던 겁니다."

"하지만 셜리는 리처드를 사랑했어요. 리처드 역시 그랬고요."

"리처드는 셜리를 사랑했죠. 그런데 그녀도 그랬을까요? 잠깐 빠져들었겠죠. 그게 전부였어요. 괴팍하고 우울한 남편에게 오래 시달리며 약해졌던 그녀는 그래서 리처드와 결혼해버린 겁니다."

"그 결혼생활이 행복하지 않았다는 건가요? 전 여전히 믿을 수가 없군요."

"당신은 셜리에 대해 얼마나 알고 있죠? 다른 두 사람이 어떤 사람을 똑같이 볼까요? 당신은 셜리에게서 언제나 사랑과 보호가 필요한 연약하고 무기력한 존재를 본 겁니다. 불속에서 구해낸 힘없는 아기를 본 거죠. 하지만 전 그녀를 완전히 다르게 봤습니다. 물론 당신이 틀린 것처럼 저도 틀릴 수 있습니다. 제 눈에 셜리는 용감하고, 명랑하고, 모험심 넘치는 젊은 여자였습니다. 어떤 힘든 일을 당해도 의지를 굽히지 않는 사람, 모든 정신력을 끌어모아 역경에 부딪쳐나갈 사람 같았습니다. 그녀는 지치고 압박감을 느꼈지만 그 싸움에서 이기고 있었습니다. 자신이 선택한 인생을 아주 잘 헤쳐나가고 있었고, 헨리를 절망의 구렁텅이에서 밝은 곳으로 이끌어가고 있었어요. 헨리가 죽던 밤, 셜리는 승리감에 가득차 있었습니다. 셜리가 사랑한 사람은 헨리였고, 그녀가 원한 사람도 헨리였죠. 그녀의 삶은 고됐지만 맹렬하게 살아낼 가치가 있었습니다.

그런데 헨리는 죽고, 그녀는 행여 다칠까 애지중지하고 안달하는 사랑 속으로 다시 떠밀리듯 들어간 겁니다. 셜리는 그 속에서 몸부림쳤지만 자유로워지지 않았습니다. 그러다가 술이 도움이 된다는 걸 알게 됐죠. 술은 현실을 흐릿하게 만들어주니까요. 일단 술에 빠지면 헤어나오기가 쉽지 않아요."

"셜리는 불행하다고 말한 적이 없어요―단 한 번도."

"당신에게 말하고 싶지 않았던 거겠죠."

"제가 셜리를 그렇게 만들었다는 건가요―제가요?"

"네, 안타깝지만."

"볼디는 알고 있었어요." 로라가 천천히 말했다. "'그럴 것까진 없었다'는 말이 그 뜻이었네요. 오래전, 아주 오래전에 경고하셨죠. 참견하지 마라, 그러셨어요. 왜 우리는 자기가 남들에게 최선이 뭔지 안다고 생각할까요?" 그러고는 루엘린을 향해 급히 돌아섰다. "설마 셜리가 일부러 그런 건가요? 자살한 거예요?"

"대답할 수 없는 질문입니다. 그럴 가능성도 있죠. 그녀는 보도에서 내려가 트럭을 향해 똑바로 걸어갔어요. 와일딩은 그렇게 생각하고 있어요."

"아닐 거예요. 아, 아니에요!"

"하지만 전 그렇게 생각하지 않습니다. 셜리는 강인한 인간이었어요. 간혹 깊은 절망에 빠지는 일은 있었겠지만, 실제로 그것에 몸을 맡기는 일은 없었을 겁니다. 그녀는 투사였어요. 끝까지 맞서 싸우는 투사. 하지만 알코올중독은 쉽게 치료되는 게 아니에요. 끊었다가도 다시 빠져들기 마련이죠. 셜리는 자신이 무슨 행동을 하는지 어디로 가는지도 모른 채 길에서 벗어나 영원 속으로 갔을 겁니다."

로라는 쓰러지듯 소파에 앉았다.

"이제 전 어떻게 해야 하죠? 아! 어떻게 해야 하는 거죠?"

루엘린이 다가와 그녀를 끌어안았다.

"저와 가정을 이뤄 다시 시작하는 겁니다."

"아뇨, 안 돼요. 그럴 순 없어요."

"왜 안 되죠? 당신에게는 사랑이 필요해요."

"당신은 이해할 수 없어요. 전 대가를 치러야 해요. 벌을 받아야 한다고요. 죄를 지으면 누구든 그래야 하듯이요."

"당신은 그 생각에 지나치게 사로잡혀 있어요."

로라가 다시 말했다. "죄를 지었으면 누구든 대가를 치러야 해요."

"그래요, 맞는 말이에요. 하지만 로라, 모르겠어요?" 그는 망설이다가 로라가 알아야 할 마지막 쓸쓸한 진실을 털어놓았다. "당신이 저지른 일에 대해 이미 대신 대가를 치른 사람이 있다는 걸 모르겠습니까? 셜리가 치렀어요."

로라는 겁에 질린 얼굴로 루엘린을 바라보았다.

"셜리가 치렀다니요—그 아이가 저 대신 대가를 치렀다고요?"

루엘린은 고개를 끄덕였다.

"그래요. 당신은 그 사실을 가슴에 품고 살아가야 할 겁니다. 셜리는 죽고, 빚은 청산됐어요. 당신은 계속 살아가야 해요, 로라. 과거를 잊지 말고 마음에 담아둬요. 과거를 묻어버리지 말고 그것이 있어야 할 당신 기억 속에 간직해요. 당신은 벌이 아니라 행복을 받아들여야 해요. 그래요, 행복! 이제는 주는 것을 멈추고 받는 법을 배워요. 신은 오묘하게 우리를 다루십니다. 전 그분이 당신에게 행복과 사랑을 선물하려 한다고 확신해요. 겸손하게 받아들여요."

"전 그럴 수 없어요!"

"받아들여야 해요."

루엘린은 로라를 일으켜세웠다.

"당신을 사랑해요, 로라. 당신도 절 사랑하고요—저만큼은 아니지만 당신도 절 사랑해요."

"그래요, 당신을 사랑해요."

루엘린은 로라에게 키스했다. 길고 간절한 입맞춤이었다.

두 사람이 떨어지자 로라가 조금 떨리는 목소리로 웃음을
터뜨리며 말했다.

"볼디가 아시면 좋아했을 텐데!"

로라는 물러서다가 균형을 잃고 비틀거렸다.

루엘린이 그녀를 잡았다.

"조심해요—안 다쳤어요? 대리석 선반에 머리를 부딪칠 뻔
했잖아요."

"말도 안 돼요."

"그래요, 말도 안 되죠—하지만 소중한 당신이 다치는
건……"

로라는 미소 지었다. 그녀는 루엘린의 사랑과 염려를 느꼈다.

그녀는 어린 시절 간절히 바랐던 것처럼 사랑받고 싶었다.

순간 그녀의 어깨가 거의 의식하지 못할 만큼 아주 살짝 내
려갔다. 가벼운 짐 하나가 어깨에 얹어진 것 같았다.

로라는 처음으로 사랑의 무게를 느끼고 이해했다……

옮긴이의 말

눈부신 봄날 아침. 오늘은 좀 특별한 날이다. 지난해 초『봄에 나는 없었다』를 시작으로, 애거사 크리스티가 메리 웨스트매콧이라는 필명으로 발표한 장편소설 여섯 권의 번역을 모두 마무리하는 날이기 때문이다. 한 작가의 소설을 여러 편 번역한 적은 있지만 일 년 반 남짓한 사이에 여섯 편을 연달아 하기는 이번이 처음이다. 19세기 말에 태어나 85세를 일기로 세상을 떠날 때까지 팔십여 편의 추리소설을 집필하고 '추리소설의 여왕'으로 불렸던 애거사 크리스티는 메리 웨스트매콧이라는 필명으로 추리소설의 문법으로 못다 풀어낸 이야기를 쓰기 시작했고, 이 사실은 그녀의 뜻에 따라 오랜 시간 비밀에 부쳐졌다. 애거사 크리스티가 이십오 년에 걸쳐 발표한 이 여섯 권의 소설을 잇따라 번역하면서 세월을 거슬러올라가 마치 비밀스러운 프로젝트에 참여하는 기분을 맛보았다. 그녀 옆에 앉아 함께 작업하는 듯한 특별한 경험을 했다. 우연히 오리엔탈 익스프레스의 같은 침대칸에 탄 작가에게 몇 날 며칠 내밀한 이야기를 들으면서 동서양을 넘는 것 같기도 했고, 대서양을 횡단하는 유람선에서 만난 노부인에게 끝없이 이어지는 삶의 내력을 듣는 것 같기도 했다. 그 기나긴 여정, 여섯 권의 번역 작업이 『사랑을 배운다』로 마무리되었다.

『사랑을 배운다』는 애거사 크리스티가 노년기에 쓴 소설로 원제는 '짐 The Burden'이다. 언니 로라와 동생 셜리, 자매의 관계를 중심으로 사랑이라는 '짐'에 대해 그린다. 부모의 사랑을 독차지하던 오빠가 죽자 로라는 부모의 사랑을 받을 거라는 은밀한 기대에 들뜨지만 갓 태어난 동생에게 또다시 부모의 사랑을 뺏긴다. 로라가 하느님에게 동생을 천국으로 데려가달라고 기도하던 날 밤 집에 화재가 나고, 로라는 위험에 처한 동생 셜리를 구하면서 죄책감과 강한 사랑을 느낀다. 이후 로라의 삶은 오직 셜리에 대한 희생적이고 무조건적인 사랑으로 채워지고, 이 자매의 이야기를 통해 애거사 크리스티는 사랑을 주고받는 것의 본질을 탐구한다.

흔히 누군가의 불행에 마음 아파하고 동정하면서 내 마음과

물질을 나누어주는 것을 사랑으로 여긴다. 사랑하는 이의 불행이 내 책임인 것만 같고, 그 불행에 함께 젖어 자신의 삶을 망치는 우를 범하기도 한다. 우리가 느끼는 사랑과 희생과 고통에 대해 애거사 크리스티는 작중인물인 존 볼독의 입을 빌려 말한다. 그는 동생의 불행에 노심초사하는 로라에게 "그 아이가 불행해지는 게 뭐가 대수지? 많은 사람이 다 그러고 산다. 불행을 견뎌야지"라면서 로라 자신이나 챙기라고 충고한다. 노작가는 우리가 행복을 당연시하고 불행을 엄청난 시련으로 느끼지만 사실 불행 또한 삶의 한 축일 뿐이며, 타인의 불행을 떠안을 수 없으니 우리는 그저 스스로의 길을 걸어가야 한다고 말하고 싶었던 것 같다.

하지만 로라는 사랑이라는 짐을 내려놓을 수 없었고, 셜리는 그 짐의 대가를 아프게 치를 수밖에 없게 된다. 애거사 크리스티는 "우리의 반감이라는 짐, 미움이라는 짐, 그리고 사랑이라는 짐"을 신이 짊어진다고 말한다. 또 짧은 오솔길이라 생각하고 들어선 숲이 어디까지 계속될지 모르며 밖으로 나가는 지점은 이미 정해져 있으니 우리가 선택할 수 있는 것은 발길을 돌릴지 계속 나아갈지를 결정하는 일밖에 없다고 말한다. 나는 다른 어떤 작품보다 이 소설에서 애거사 크리스티가 인간으로, 가족으로 살아간다는 것에 대해 많이 말하고 있다고 느낀다. 『사랑을 배운다』를 통해 사랑이 짐이 되고 희생이 굴

레가 되어버릴 수도 있는 것이 인생이며, 짐은 신에게 맡기고 그저 나아가는 것이 최선임을 배웠다. 아니, 나 개인적으로는 위로를 받았다. 그녀가 나이가 들면서 인생을 개인의 공간이 아니라 신에게 닿는 더 넓은 영역으로 확장시켰다는 생각도 든다. 빠듯한 삶에 조금 숨통이 트이는 기분, 조금 자유로워진 듯한 기분을 느낀다. 이제 애거사 크리스티와의 여정을 마치며 나는 계속 나아가기로 결정한다. 이 숲을 빠져나가는 길은 이미 정해져 있으므로.

공경희

옮긴이 **공경희**

1965년 서울에서 태어나 서울대학교 영어영문학과를 졸업했다. 성균관대학교 번역대학원 겸임교수를 역임했고, 서울여자대학교 영어영문학과 대학원에서 강의했다. 시드니 셸던의 『시간의 모래밭』을 시작으로 『모리와 함께한 화요일』 『비밀의 화원』 『매디슨 카운티의 다리』 『파이 이야기』 『천국에서 만난 다섯 사람』 『우리는 사랑일까』 『행복한 사람, 타샤 튜터』 『우연한 여행자』 『타샤의 정원』 『포그 매직』 『꿈꾸는 아이』 『매뉴얼』 『빗속을 질주하는 법』 『좀비―어느 살인자의 이야기』 『대디 러브』 『카시지』 등을 우리말로 옮겼다.

문학동네 세계문학

사랑을 배운다

초판 인쇄 2026년 2월 10일 | 초판 발행 2026년 3월 20일

지은이 애거사 크리스티 | 옮긴이 공경희
기획 김혜정 | 책임편집 윤정민 | 편집 김혜정 이희연
디자인 김유진 이원경 | 저작권 박지영 형소진 주은수 오서영 조경은
마케팅 정민호 서지화 한민아 이민경 왕지경 정유진 한경화 정경주 김혜원 김예진 이서진
브랜딩 함유지 김은솔 박민재 이송이 박다솔 조다현 김하연 이준희
제작 강신은 김동욱 이순호 | 제작처 한영문화사

펴낸곳 (주)문학동네 | 펴낸이 김소영
출판등록 1993년 10월 22일 제2003-000045호
주소 10881 경기도 파주시 회동길 210
전자우편 editor@munhak.com | 대표전화 031) 955-8888 | 팩스 031) 955-8855
문학동네카페 http://cafe.naver.com/mhdn
인스타그램 @munhakdongne | 트위터 @munhakdongne
북클럽문학동네 http://bookclubmunhak.com

ISBN 979-11-416-1529-1 04840
      979-11-416-1525-3 (세트)

www.munhak.com